屠格涅夫创作的

诗学研究

王 晨◆著

黑龙江大学出版社
HEILONGJIANG UNIVERSITY PRESS
哈尔滨

图书在版编目（CIP）数据

屠格涅夫创作的诗学研究 / 王晨著． -- 哈尔滨 ：
黑龙江大学出版社，2024.6（2025.3 重印）
ISBN 978-7-5686-1114-5

Ⅰ．①屠… Ⅱ．①王… Ⅲ．①屠格涅夫（Turgenev,
Ivan Sergeyevich 1818-1883）－诗学－诗歌创作－研究
Ⅳ．① I512.072

中国国家版本馆 CIP 数据核字（2024）第 082485 号

屠格涅夫创作的诗学研究
TUGENIEFU CHUANGZUO DE SHIXUE YANJIU

王 晨　著

策划编辑　张微微
责任编辑　王瑞琦　张　迪
出版发行　黑龙江大学出版社
地　　址　哈尔滨市南岗区学府三道街 36 号
印　　刷　三河市金兆印刷装订有限公司
开　　本　720 毫米 ×1000 毫米　1/16
印　　张　14.25
字　　数　233 千
版　　次　2024 年 6 月第 1 版
印　　次　2025 年 3 月第 2 次印刷
书　　号　ISBN 978-7-5686-1114-5
定　　价　56.00 元

前　言

伊凡·谢尔盖耶维奇·屠格涅夫,作为最早将俄国文学介绍到欧洲的作家,因在文学创作方面所取得的卓越成就而在世界文坛享有盛誉,与列夫·托尔斯泰、陀思妥耶夫斯基并称19世纪俄国文学"三巨头"。屠格涅夫的作品不仅语言优美,而且具有深刻的思想性和艺术性。凭借其对时代的敏锐洞察,屠格涅夫被冠以"时代歌者"的称号。

本书的主题是对屠格涅夫创作的诗学研究,具体表现为:通过对屠格涅夫代表性作品的解读,来对其长篇小说中的主题、创作中的浪漫主义特色及其世界观的诗学表达进行论述。

本书的绪论部分对"诗学"概念进行了界定。通过梳理亚里士多德、哈利泽夫、勒内·韦勒克、奥斯汀·沃伦以及波捷布尼亚几位学者的观点,最终确定本书中诗学的研究范畴。绪论中还对国内外屠格涅夫研究情况进行了梳理,对取得的学术成果进行了总结与归纳。

屠格涅夫创作的主题是多样的。在其作品中,屠格涅夫不仅准确地描绘了19世纪俄国的社会风貌,而且对当时社会的发展以及暴露出的问题都进行了深入思考,这些思考在其作品中表现为以下主题:理想与现实的矛盾、爱情与义务的关系,以及社会变革,等等。屠格涅夫用作品来表达自己对这些主题的观点与看法。

尽管身为一名现实主义作家,屠格涅夫能把对客观社会生活的准确描绘与浪漫主义特色完美融合在一起,这与其"将现实提升到理想层面""诗意的现实主义"的美学主张是密不可分的。浪漫主义特色不但没有影响屠格涅夫作品的现实意义,反而为其增添了艺术价值,提升了读者的审美体验。屠格涅夫创作中的浪漫主义特色主要表现为诗情画意的景物描写、真挚深刻的主观抒情和具有传奇性的人物与情节。

通过对屠格涅夫作品的分析,本书发现:在哲学观上,屠格涅夫受到唯心主义与唯物主义的共同影响;在人生观上,屠格涅夫持消极悲观态度;在爱情观上,屠格涅夫希望享受恋爱的过程,而不刻意追求爱情的结果。这些思想观念在屠格涅夫的文学作品中都有所体现,因此在对屠格涅夫创作的诗学进行研究时,屠格涅夫的世界观是不可或缺的参考因素之一。

目　录

绪　　论

19 世纪 40—70 年代是俄国历史上重要的变革时期之一，此时正是屠格涅夫从事文学创作之时。屠格涅夫在文学领域取得的辉煌成就，不仅得益于其个人的文学天赋，还因为其创作符合时代发展的要求。卢那察尔斯基（Луначарский А. В.）曾无限钦佩地表示：我们尤其尊重屠格涅夫的磅礴的才智、敏锐的眼光、预见的能力，以及社会观察家的正直态度。①

屠格涅夫步入文坛时，俄国文学正处于现实主义发展时期，普希金和果戈理为推动现实主义文学发展做出了重大贡献。就个性而言，屠格涅夫极富浪漫气质，对美好的事物有敏锐的感受力，而时代则要求文学创作具有果戈理式的批判精神，因此，屠格涅夫一方面投入到现实主义文学创作的潮流中，一方面继承了普希金创作的浪漫主义特点。屠格涅夫的作品饱含诗意，其所刻画的人物形象饱满充实，其创作令著名评论家别林斯基（Белинский В. Г.）赞赏有加。②

本书的研究重点是屠格涅夫创作的诗学，拟分别从屠格涅夫长篇小说中的主题、屠格涅夫创作中的浪漫主义特色和屠格涅夫世界观的诗学表达这三方面进行论述。

谈及对"诗学"的界定，不同学者持有不同观点。亚里士多德首次使用"诗学"一词并创立了系统性的诗学理论，他认为诗学是对所有艺术形式进行研究的美学思想。亚里士多德对诗学的界定与其哲学思想有着密切联系，他指出：诗学中的"诗"是一种艺术加工和创造，诗人通过其作品表达个人对客观事物进行的艺术化的再现，艺术的创作不同于理论性和实践性的知识，是以塑造形象的方式来表现特殊的事物。③ 古罗马的贺拉斯、17 世纪的布瓦洛也都持相似观点，都认为诗学是研究艺术表现形式的科学。

法国学者方丹在其著作《诗学》一书中列举了瓦莱里、雅各布森、热奈特等人对诗学的界定。瓦莱里认为诗学是文学的内部原理，是研究文学作品内在结构的科学；雅各布森则从形式主义文学理论的角度出发，认为诗学是文学作品文学性的体现；热奈特则从不同文学作品体裁的角度对诗学进行

---

① 卢那察尔斯基. 论俄罗斯古典作家[M]. 蒋路，译. 北京：人民文学出版社，1958.
② Белинский В Г. Полное собрание сочинений в трёх томах[M]. Москва：Правда，1980.
③ 姚介厚. 论亚里士多德的《诗学》[J]. 中国社会科学院研究生院学报，2001（5）：15-28.

了界定和研究。①

哈利泽夫(Хализев В. Е.)对诗学做出了总结,认为诗学是指研究整个语言艺术和形式表达的学说。② 哈利泽夫将亚里士多德的诗学定义具体化了。俄罗斯形式主义理论家托马舍夫斯基(Томашевский Б. В.)则认为,诗学是通过对有价值的文学作品进行分析从而研究作品结构的科学。③

法国结构主义文学批评的代表人物之一茨威坦·托多罗夫(Tzvetan Todorov)在其专著《诗学的介绍》④中对诗学做出了解释:诗学是研究文学作品内容与形式的一门科学。

《辞海》中对诗学的释义为:古希腊亚里士多德所著《诗学》,是欧洲最早一部文艺理论著作。后来欧洲历史上相沿成习,将一切阐述文艺理论的著作统称诗学。⑤ 现在有些国家有时专称研究诗歌原理的著作为诗学,以区别于一般阐述文艺理论的著作。

《文学百科辞典》将诗学界定为一门研究文学作品表达手段的学科,是文学理论中最为古老的一个分支。从广义而言,"诗学"是研究文学作品、文学流派和思潮、文学体裁以及创作方法、文学作品内在的结构规则的科学。诗学可以专门研究某一种文学思潮,例如浪漫主义诗学、现实主义诗学、后现代主义诗学等;同时,诗学也可以专门研究某一位作家的文学创作,例如普希金诗学、果戈理诗学、托尔斯泰诗学等。⑥

对于诗学的研究对象和研究重点,不同学者也持有不同观点。亚里士多德在其专著《诗学》中论述了诗学作为一种美学思想的研究对象和侧重点。他在书中主要探讨了"是什么"和"怎么做"两个问题,前者涉及艺术模仿的对象,后者则关乎艺术模仿的方式。亚里士多德认为诗学的研究范围包括:艺术的本质和表现形式;悲剧和诗歌中的语言艺术;模仿客观事物的媒介、方式及手段;艺术批评的标准、原则和方法。

---

① 莫运平. 诗学形而上学的建构与解构[D]. 杭州:浙江大学,2005.

② Хализев В Е. Теория литературы[M]. Москва:Высшая школа,2004.

③ 维克托·什克洛夫斯基,等. 俄国形式主义文论选[M]. 方珊,等译. 北京:生活·读书·新知三联书店,1989.

④ Todorov T. Introduction of Poetics[M]. Minneapolis:University of Minnesota Press,1981.

⑤ 陈至立. 辞海:缩印本[M]. 7版. 上海:上海辞书出版社,2022:2017.

⑥ Николюкин А Н. Литературная энциклопедия терминов и понятий[M]. Москва:Интелвак,2001.

哈利泽夫认为,诗学按照研究对象的不同可以分为以下三种:理论诗学,即研究作品的结构和功能以及文学类别和体裁;规范诗学,即研究某一种文学流派的经验并对其进行论证;普通诗学,即研究文学作品的普遍共性。在 20 世纪,诗学又获得了新的含义,可以用来记录文学进程中的特定层面——在作品中已经得以体现的具体作家的艺术思潮,以及整个时代的定位原则,例如古罗斯诗学、早期拜占庭诗学、浪漫诗学、果戈理诗学、陀思妥耶夫斯基诗学、契诃夫诗学等。在维谢洛夫斯基(Веселовский А. Н.) 撰写的研究茹科夫斯基(Жуковский В. А.) 的专著中,其中一章名为《茹科夫斯基浪漫诗学》。

随着研究的逐步深入,诗学研究的对象和重点也发生了变化。

一种观点认为,诗学应以文学作品为研究重点。其他要素,诸如作者的创作背景、作者的思想、受众对作品的反应等,都是在研究作品时产生的辅助性和派生性要素,不是诗学的主要研究对象。学者佩列韦尔泽夫(Переверзев В. Ф.) 在研究果戈理的文学创作时指出其论述只与果戈理的作品有关,不涉及其他更多东西,只求尽可能地深刻透视果戈理的作品。[①]

另一种观点则认为,诗学是在关注作者的精神层面、世界观、身处的文化背景的前提下研究作品本身,同时,还要关注作者的经历、读者的精神体验以及作品体现的社会意义和价值等。勒内·韦勒克和奥斯汀·沃伦在专著《文学理论》[②]中认为,倾心于研究作品本身是正确的,但在作品创作的环境和背景下就显得微不足道了。学者波捷布尼亚(Потебня А. А.) 在对诗学和美学进行研究时,也认为诗学研究不应只关注文本,他认为,从诗学的角度研究作品,可以对作品进行层级划分,具体分为外在形式的词语、内在形式的文学形象、内容中蕴含的思想,这三者都是诗学研究的重点。[③] 蒂尼亚诺夫(Тынянов Ю. Н.) 也对上述观点表示赞同。[④]

托多罗夫指出,在对文学作品进行诗学研究时,一种观点是把文学作品

---

① Переверзев В Ф. Гоголь и Достоевский[М]. Москва: Литература, 1990.
② 韦勒克,沃伦. 文学理论[М]. 刘象愚,等译. 南京: 江苏教育出版社, 2005.
③ Потебня А А. Эстетика и поэтика[М]. Москва: Искусство, 1980.
④ 蒂尼亚诺夫并不赞同诗学研究就是单纯的文学文本研究,他认为诗学如果只研究文本,如同"形式-内容=杯子-酒",那么这样的诗学研究过于单调。他提倡要关注文本形式和结构以外的要素。

当作唯一的、最终的研究对象,即做"阐释"性研究,诗学研究的主要目的就是关注文本,让文本自身说话,而另一种观点则认为每一个文学文本都是某个抽象结构的表现,因此,在进行诗学研究时,根据研究的需要,可以从哲学、心理学、社会学等不同视角进行研究,即做"科学"性研究。托多罗夫认为诗学研究的重点就是要弥合"阐释"性研究和"科学"性研究之间的裂隙和矛盾。他还指出,诗学不是用来单纯解释某一部作品的学科,也不像心理学、社会学那样具有客观的学科规律。诗学既要关注文学作品的外部结构,也要关注文学作品的内部联系,所以诗学是一个既抽象又具体的学科。①

本书基于托多罗夫、勒内·韦勒克等人的观点,通过对屠格涅夫文学创作的剖析,分别从长篇小说中的主题、创作中的浪漫主义特色以及世界观的诗学表达这三重维度明确了诗学研究的具体范畴,详细阐释了屠格涅夫创作的诗学研究的理论体系内涵。

在对屠格涅夫的作品进行分析时,本书采用了叙事学的相关理论。叙事学(нарратология)又称叙述学,源于结构主义文学批评,其诞生受到了法国结构主义的深刻影响。因此,叙事学是采用结构主义的方法来研究叙事作品的学科。②

按照发展过程,叙事学可分为经典叙事学和后经典叙事学。经典叙事学也被称为结构主义叙事学③,其理论源于索绪尔(Ferdinand de Saussure)的结构主义语言学,其理论观点认为,文学作品如同语言,自成独立体系,具有其内在客观规律,是一个相对封闭的系统。结构主义叙事学在确定研究对象时认为:1)叙事作品是一个内部自足的独立体系,这个体系不受外部条件的制约和限制;2)研究的对象是静态的,对叙事作品进行共时性研究和分析。

本书采用结构主义叙事学作为分析屠格涅夫作品的理论依据,原因在于结构主义叙事学摒弃了传统文学评论中的主观因素,排除了社会影响和主观臆断,将叙事作品视为研究中心。④ 屠格涅夫的作品曾被评论家从功利

---

① Todorov T. Introduction of Poetics[M]. Minneapolis: University of Minnesota Press, 1981.
② 申丹,王丽亚. 西方叙事学:经典与后经典[M]. 北京: 北京大学出版社,2010.
③ 申丹. 也谈"叙事"还是"叙述"[J]. 外国文学评论,2009(3): 219-229.
④ 龙迪勇. 空间叙事学[D]. 上海:上海师范大学,2008.

的角度进行解读,而从叙事学的角度对屠格涅夫的作品进行解读,可以公正地表现屠格涅夫原本的创作意图。

美国著名叙事学理论家杰拉德·普林斯(Gerald Prince)把叙事学的研究重点分为以下三种,从不同层面予以关注:

第一种研究重点关注叙事者,认为叙事作品的表达形式多通过叙事者的文字予以展现,也就是叙事学当中的"文字媒介叙事"。因此,叙事者在整个叙事过程中起到主导作用,叙事过程中叙事话语的变化、叙事空间的转换,都会对叙事行为产生影响,都是研究的重点。持有上述观点的代表人物为法国著名结构主义批评家热拉尔·热奈特(Gérard Genette)。

第二种研究重点关注叙事事件,关注故事的结构和情节安排,旨在探讨事件的叙事功能以及叙事逻辑。持有上述观点的代表人物可追溯到古希腊的亚里士多德。

第三种研究重点认为,无论是叙事过程中的故事结构,还是叙事者,都非常重要,不可以单纯地片面地评论孰重孰轻,最好的方法就是采取兼顾两者的方式进行研究。持有上述观点的代表人物就是杰拉德·普林斯,他也称此种叙事学为"融合的"叙事学。①

在屠格涅夫的文学创作(尤其是其长篇小说创作)中,叙事者和情节在叙事过程中有重要功能和作用。本书部分借鉴杰拉德·普林斯的观点,对屠格涅夫作品中的叙事者和叙事过程进行分析,研究屠格涅夫创作的诗学特点。在借鉴叙事学相关理论的同时,本书也使用文本分析的方法对作品进行研究。在研究屠格涅夫的小说作品时,本书关注了屠格涅夫对景物的细致描写、情节的精心安排、人物的巧妙设计等方面;在研究屠格涅夫的诗歌作品时,本书关注了屠格涅夫使用的词语所具有的感情色彩,旨在深入地对屠格涅夫创作的诗学特点进行分析。

一、国内研究情况

在中国,屠格涅夫是深受欢迎的外国作家,对其创作的研究也是学界的

---

① Gerald Prince. "Narratology": The Guide to Literary Theory and Criticism [M]. Baltimore: The Johns Hopkins University Press, 1982.

热点之一,其中有对其作品内容的研究,有对其创作手法的研究,也有对其作品中反映出的思想的研究,等等,研究的内容丰富多样。

率先对屠格涅夫创作进行研究的是国内一些著名的翻译家和文学家,他们在向国内读者介绍屠格涅夫、翻译屠格涅夫作品的同时,也开展了对屠格涅夫文学创作的研究工作。

茅盾是我国较早介绍和研究屠格涅夫的作家之一。他认为屠格涅夫是一位"诗意的写实家",其创作基于对现实社会的观察,通过文字对生活进行真实的再现和反映。茅盾认为屠格涅夫具有非常强的社会觉醒意识,其创作的《猎人笔记》聚焦于农奴制问题,这部小说的成功为屠格涅夫带来了极高声誉。茅盾指出,屠格涅夫的创作与俄国社会发展紧密相关,其作品真实地凸显了俄国当时的社会状况。①

瞿秋白在《俄国文学史及其他》一书中对屠格涅夫有专门论述。瞿秋白认为,屠格涅夫真实地描绘了19世纪农奴解放时代俄国的社会风貌,在创作中,屠格涅夫坚持严格的客观现实性。瞿秋白写道:"俄国当时社会的自觉,在屠格涅夫的文学里,确有圆满的映影。"②

与上述两位从作品内容角度进行研究不同,巴金在人物塑造方面阐释屠格涅夫创作中的现实主义。巴金指出,屠格涅夫作品中的人物塑造基于俄国社会发展的不同时期,人物性格不仅具有其时代特点,而且极具典型性。巴金以巴扎罗夫为例,认为屠格涅夫的人物创作符合时代发展规律,他笔下的六部长篇小说很好地证明了他对于时代发展规律的准确把握,作品所描绘的内容宛如19世纪俄国社会的编年史,巴扎罗夫的出现预示着新事物的出现与旧事物的消亡这一亘古不变的规律。③

朱宪生对屠格涅夫创作的现实主义特点进行了总结,他在文章《屠格涅夫现实主义的两个特点》④中指出,屠格涅夫的创作堪称典型的"心理现实主义",语言简洁准确、人物内心塑造深刻为其现实主义创作的两大特点。朱宪生认为屠格涅夫的心理描写是对普希金创作的继承和发展。在《论屠格

① 茅盾.茅盾译文选集[M].上海:上海译文出版社,1981.
② 瞿秋白.俄国文学史及其他[M].上海:复旦大学出版社,2004:31.
③ 巴金.巴金选集[M].成都:四川人民出版社,1982.
④ 朱宪生.屠格涅夫现实主义的两个特点[J].外国文学研究,1983(2):16-23.

涅夫的现实主义特点》①一文中,朱宪生论述了屠格涅夫的现实主义特征。他认为,屠格涅夫的现实主义表现为以下特点:1)敏锐的现实主义,即对生活的各方面变化及社会发展的高度敏感;2)心理的现实主义,即人物内心变化与客观现实相结合,人物在面对爱情、死亡、不幸时所产生的情感变化;3)抒情的现实主义,即在现实主义中融入抒情元素,将丰满的人物形象与深邃的思想分析相结合,同时对否定的人物加以讽刺。

　　吴嘉佑在文章《屠格涅夫·浪漫主义者·理想主义者》②中认为,屠格涅夫是一位现实主义者,这是不争的事实,但同时,屠格涅夫也是一位具有浪漫主义思想的诗人和思想家。由于传统的文学评论常带有功利性,作为一位浪漫主义者的屠格涅夫经常被世人忽略,使其作品遭到误读。吴嘉佑通过对屠格涅夫作品中的浪漫主义特色进行分析,揭示了对屠格涅夫作品产生误读的原因,同时指出屠格涅夫的浪漫主义思想是19世纪俄国黑暗里的明灯。

　　屠格涅夫创作中所表现的矛盾性亦是国内学界重点关注的问题之一。智量在《论屠格涅夫思想的两个主要方面》③一文中的观点有助于人们认识屠格涅夫矛盾性产生的根源。智量认为,屠格涅夫具有民主主义和自由主义两种思想。屠格涅夫具有民主主义思想表现在其生活和文学创作的不同方面,例如对封建农奴制的批判、对民主主义知识分子的态度等。屠格涅夫不赞同知识分子持积极的革命立场,但是赞赏他们为人民谋求解放所做出的努力。尽管如此,由于其自身的阶级局限性,屠格涅夫在具有民主主义思想的同时又具有自由主义思想,所以屠格涅夫既不属于贵族圈子,也不处于革命民主主义者的战斗行列。

　　朱红琼在文章《大自然在屠格涅夫散文诗中的两副面孔》④中指出,大自然在屠格涅夫笔下有时显得温和善良,有时显得暴虐冷酷,有完全相反的两副面孔。屠格涅夫在面对大自然时,既有纵情于山水之间享受生活的积极

　　① 朱宪生.论屠格涅夫的现实主义特点[J].江西大学学报(哲学社会科学版),1984(3):78-84.
　　② 吴嘉佑.屠格涅夫·浪漫主义者·理想主义者[J].黄山学院学报,2008,10(6):97-100.
　　③ 智量.论屠格涅夫思想的两个主要方面[J].文艺理论研究,1983b(1):62-67.
　　④ 朱红琼.大自然在屠格涅夫散文诗中的两副面孔[J].译林(学术版),2012(8):38-48.

乐观精神,也有感受到大自然的威严和冷酷后产生的消极悲观情绪。积极乐观与消极悲观同时寓于屠格涅夫的思想中,屠格涅夫在描绘大自然时就会赋予其不同的面孔和形象。

屠格涅夫创作中蕴含的美学思想也是学者们研究的重点。朱宪生在其专著《在诗与散文之间——屠格涅夫的创作与文体》①中介绍了屠格涅夫的美学思想。朱宪生从四个方面分别加以论述:自然观和历史观;把生活提升到理想高度;在瞬间中捕捉永恒;艺术就是人加自然。朱宪生认为,研究屠格涅夫的美学思想需要兼顾其哲学思想。屠格涅夫是一位思想兼具唯物主义与唯心主义、创作兼具浪漫主义与现实主义的作家,他把自己的哲学观投入到对俄国现实社会问题的思考中,使思想不与现实脱节,同时在文学创作中,他将现实主义与浪漫主义融合在一起,将生活"理想化",并通过大自然来感悟人生。这些美学追求极大地决定了屠格涅夫的艺术风格。

朱宪生在其文章《屠格涅夫的美学思想初探》②中也对屠格涅夫的美学思想进行了分析,认为屠格涅夫在思想上和文学创作上都有别于其他作家。朱宪生指出,屠格涅夫是一位思想家,虽然有评论称屠格涅夫的思想与托尔斯泰的思想相比并不那么深刻,不过,屠格涅夫的思想有时虽然并不深刻,但通过艺术形式表现出来之后,比托尔斯泰的说教式表达更具有美学意义。屠格涅夫在文学创作方面区别于其他现实主义作家的最大特点是具有"诗意"。朱宪生认为,单纯用现实主义来形容屠格涅夫创作的艺术特色是不够的,屠格涅夫的美学思想体现在诗的理想、诗的高度、诗的境界上,这其实就是他主观对客观的态度——诗意的现实主义。

闫吉青在《屠格涅夫少女形象的美学品格》③一文中认为,艺术之美是通过人物表现的,人物的形象之美与性格之美是作品美感的重要来源。屠格涅夫塑造的少女人物在形象之美与性格之美方面达到了完整统一,表现为以下四个方面。第一,崇高之美。作为一种审美的属性,崇高与审美理想是密不可分的,屠格涅夫通过展示人物的言语行为、内心思想、主观意愿、生活

---

① 朱宪生.在诗与散文之间——屠格涅夫的创作与文体[M].西安:陕西人民教育出版社,1999.

② 朱宪生.屠格涅夫的美学思想初探[J].外国文学研究,1991(3):29-37.

③ 闫吉青.屠格涅夫少女形象的美学品格[J].俄罗斯文艺,2003(6):17-20.

态度等方面来表现崇高之美。第二,朦胧之美。屠格涅夫笔下的少女形象是屠格涅夫爱与美的理想负载者,她们优雅、善良、温柔、动人,这些性格特点体现在以"初恋情怀"为本质特征的少女形象中,表现了朦胧的诗意之美。第三,自然之美。美的艺术源于自然与人的和谐统一,屠格涅夫热爱自然,他笔下的女性之美与自然的纯净之美很好地融合在一起,人寓于自然之中,二者相映成趣。第四,刚毅之美。屠格涅夫笔下的女性形象在外形和气质上具有女性的阴柔之美,在性格上则具有刚毅之美,她们坚毅、顽强,对待爱情、婚姻和家庭时都表现出远超男性的执着和忠贞,她们内心强大、勇敢无畏。

在屠格涅夫研究这一领域中,越来越多的学者关注屠格涅夫与其他作家在文学创作上的异同之处,把屠格涅夫研究置于比较文学视域下,取得了许多学术成果。

卢洪涛和公炎冰两位学者在文章《影响与超越——鲁迅〈野草〉与屠格涅夫散文诗比较论》①中,将鲁迅先生的《野草》与屠格涅夫的散文诗进行了比较,两位学者认为,屠格涅夫与鲁迅在感情抒发上的细腻程度具有相似之处。屠格涅夫晚年创作的散文诗中充满了淡淡的凄婉和幽怨之情,这是屠格涅夫回顾一生中经历了海外旅居、孑然一身、病痛纠缠后的情感写照,是屠格涅夫晚年时的心境反映。鲁迅的《野草》带有困惑和苦闷之情,这是鲁迅当时的内心写照。五四运动结束后,《新青年》杂志的创作团体解散,面对未来,鲁迅的内心充满了彷徨和孤独。两位作家虽身处不同时代和国度,但作品中表现出来的伤感、忧郁的情怀是相似的。除了感情抒发,卢洪涛、公炎冰认为,屠格涅夫与鲁迅在艺术表现上也具有相似之处。屠格涅夫与鲁迅都擅于在作品中运用象征手法,借助对形象的生动描绘来表达深刻的思想意义和人生哲理,正因如此,两位作家的作品中都充满了朦胧的诗意之美。除了擅于采用象征手法,细腻的形象刻画、优美的景物描写以及对内心感受的着重表达,都是屠格涅夫与鲁迅在创作中的相似之处,在作品中则表现为结构紧凑、灵活多变、跌宕有致。除了论述相似性,卢洪涛、公炎冰在文

---

① 卢洪涛,公炎冰.影响与超越——鲁迅《野草》与屠格涅夫散文诗比较论[J].陕西师范大学学报(哲学社会科学版),1999,28(2):92-98.

章中还指出了两位作家的不同之处。屠格涅夫与鲁迅在作品中所表达的思想不同:鲁迅表现出了充满昂扬斗志的革命民主主义精神,这一点是鲁迅对屠格涅夫的超越。

金宏宇在文章《模仿还是独创——合读巴金的〈爱情三部曲〉与屠格涅夫的〈罗亭〉》①中探究了巴金《爱情三部曲》的创作究竟是对《罗亭》这部作品的模仿还是巴金的独创的问题。围绕此问题,金宏宇在人物形象、情节设计、语言风格等方面将屠格涅夫的创作与巴金的创作进行对比。金宏宇指出,巴金的作品分为两大系列,即青年革命系列和家庭生活系列,而其描写青年革命的作品在很大程度上都受到了屠格涅夫创作的影响。通过对《爱情三部曲》与《罗亭》的比较分析,金宏宇认为巴金在创作上对屠格涅夫进行了学习和模仿。巴金与屠格涅夫都具有敏锐的社会洞察力,因此在作品中,通过人物塑造,两位作家都表达了自己对社会发展的思考。从作品的内容来看,屠格涅夫作品中的主人公在对待爱情和革命事业时的态度是一致的,这种一致性被巴金很好地学习和借鉴,巴金笔下的人物也都具有罗亭式的性格特征,各个人物之间也有对理想和事业的激烈争辩。综上所述,金宏宇认为,巴金的创作深受屠格涅夫的影响,但巴金不是对屠格涅夫进行简单模仿,而是基于中国社会的实际情况融入了个人的创新和发展。学者徐拯民也指出,巴金和屠格涅夫都擅于创造美好的女性形象,他认为很难再找出别的作家能像巴金和屠格涅夫一样,把所有的精力都放在细致刻画女性形象上。②巴金与屠格涅夫都有着对祖国和人民的真挚感情,在巴金的创作中,无论是主题、题材、艺术风格,还是对女性形象的刻画,都有屠格涅夫创作的影子。

屠格涅夫的文学创作在很大程度上受到了西欧文学的影响。胡日佳在专著《俄国文学与西方——审美叙事模式比较研究》③中,专门对屠格涅夫的小说与西欧小说进行了叙事美学类型上的比较研究。胡日佳首先梳理了屠格涅夫在评论席勒和歌德的作品时提出的美学主张,指出屠格涅夫是用现

---

① 金宏宇.模仿还是独创——合读巴金的《爱情三部曲》与屠格涅夫的《罗亭》[J].贵州社会科学,1996(5):43-47.
② 徐拯民.巴金与屠格涅夫笔下的女性形象[J].俄罗斯文艺,2000(1):60-62.
③ 胡日佳.俄国文学与西方——审美叙事模式比较研究[M].上海:学林出版社,1999.

代人的眼光来评价德国古典名著,是从艺术品质的角度对歌德的《浮士德》进行评论。胡日佳认为,屠格涅夫的叙事美学具有现代精神,强调人的内在自我反省。在将屠格涅夫的《贵族之家》与福楼拜的《包法利夫人》进行对比时,胡日佳认为《贵族之家》与《包法利夫人》相似,其美学意义在于"情节情感化",将个人爱情幸福的权利与合理性安置在人与社会的伦理关系上。同为欲望与情感的悲剧,《贵族之家》与《包法利夫人》在塑造人物性格方面存在相似之处:福楼拜强调用具体形象的手法描绘包藏道德本性的身体外貌,屠格涅夫在塑造人物时重视通过外在行为来表现内在心理活动。

刘久明在文章《郁达夫与屠格涅夫》①中将屠格涅夫创作与郁达夫创作进行比较,指出屠格涅夫作品中反映的人生观、艺术观,以及对"多余人"形象的塑造和诗意般的景物描写,对中国作家的创作具有重要而深远的意义和影响,对郁达夫的创作之影响尤为明显。刘久明认为,郁达夫早年的成长经历和细腻而忧郁的性格是其认同屠格涅夫创作的基础,而作品是作者本人生活的真实写照,这一点也得到了郁达夫的赞同。在小说创作方面,郁达夫喜欢运用第一人称进行叙述,主人公往往具有与其相似的性格和内在气质,这一点与屠格涅夫的《猎人笔记》《初恋》等作品是极为相似的。刘久明还指出了郁达夫与屠格涅夫在创作上的不同之处:屠格涅夫的小说情节完整,结局充满了悲剧色彩,在情节推动过程中会有适当的悬念设计;郁达夫的小说除集中描写主人公外,其他陪衬人物的着笔不多,人物关系也较为简单,小说中的叙事方式以顺叙为主,兼有插叙,很少使用倒叙。

任光宣在《论心理分析类型及其特征——托尔斯泰、屠格涅夫、契诃夫的心理分析方法之比较》②一文中对三位作家的心理分析方法进行了比较,认为三者之间存在很大差异。托尔斯泰注重分析心理变化过程。托尔斯泰在人物内心刻画上是全面而细腻的,他关注人物内心变化的全过程,并把这一变化过程加以描写,在整个内心变化过程中展示人物内心世界的真实面貌和全部内容。契诃夫注重分析心理活动的全部感受。契诃夫在描写人物的心理变化时,几乎不描写人物内心的所思所想,而是间接地使用诸如搓

①　刘久明. 郁达夫与屠格涅夫[J]. 外国文学研究,2000(4): 98-105.
②　任光宣. 论心理分析类型及其特征——托尔斯泰、屠格涅夫、契诃夫的心理分析方法之比较[J]. 国外文学,1988(3): 24-39.

手、微笑、提问题、清喉咙等动作来表现人物内心变化的全部感受。屠格涅夫注重分析心理活动中的细节。屠格涅夫与契诃夫相同,也不正面描写人物的内心活动,而是将其分成几个特定的不同阶段,这些阶段性的细微心理变化通过人物的外部行为表现出来,即采用"隐蔽心理分析"的方法对人物内心进行刻画。

赵明针对托尔斯泰、屠格涅夫和契诃夫的文学创作进行了比较研究。他撰文论述了这三位俄国著名文学家的创作特点,同时运用接受美学的相关理论,从受众的角度探讨了三位作家的作品被引入 20 世纪的中国后所产生的影响。[①] 托尔斯泰的作品更多表现出道德上的救赎,通过说教的方式使人们接受其道德观和宗教观,这也是托尔斯泰创作的特色。与侧重于道德救赎的托尔斯泰式创作不同,屠格涅夫的作品更真实地反映生活,关注生活本身的艺术性。屠格涅夫在描绘现实社会时体现了他对现实社会的敏锐观察和及时反思,他的作品具有更好的审美效果。契诃夫的作品体现了他的冷静思考,对典型人物和事件的讽刺表达了他对社会现实的批判,他的作品具有深远的社会影响,其中的创作手法也得到了一些中国作家的借鉴。

王立业在研究屠格涅夫创作中的心理描写时,将其与陀思妥耶夫斯基创作中的心理描写进行对比。王立业认为,屠格涅夫创作中的心理描写常与托尔斯泰进行对比,与陀思妥耶夫斯基的对比并不多。[②] 作家对于世界的认知、对于历史与人的认识,决定了其在创作中所选择的艺术表现手法。屠格涅夫和陀思妥耶夫斯基对现实都具有敏锐的感受力,这一点对两人在心理分析手法方面的选择产生重要影响。屠格涅夫专注于特定的心理状态描写,将现实诗意化,令自然的感情带有哀伤的抒情[③];而陀思妥耶夫斯基的心理描写则不具有浪漫主义特色,有的只是对病态心理的真实描绘。此外,从心理活动的表现手法来看,屠格涅夫的特点是简洁与矜持。屠格涅夫并不像托尔斯泰一样对人物心理变化的复杂过程进行描绘,而是将人物内心的所有感受都通过其外在行为表现出来,人物的举手投足、一颦一笑都具有反

---

① 赵明. 托尔斯泰·屠格涅夫·契诃夫——20 世纪中国文学接受俄国文学的三种模式[J]. 外国文学评论,1997(1):114-121.

② 王立业. 屠格涅夫、陀思妥耶夫斯基心理分析比较[J]. 国外文学,2001(3):66-69.

③ 王立业. "两山也有碰头的时候"——论屠格涅夫与陀思妥耶夫斯基小说创作的心理分析[J]. 内蒙古大学学报(人文社会科学版),2003a,35(1):99-104.

映自身心理活动的功能。反观陀思妥耶夫斯基,他笔下的心理描写则是借助人物独白开放地直接体现,陀思妥耶夫斯基的小说中几乎充满了人物的各种内心独白。

屠格涅夫笔下的人物形象迥异。国内学者对屠格涅夫创作中的人物形象也进行了深入研究。

陈恭怀依据屠格涅夫创作的不同时期,分别论述了"多余人"形象在屠格涅夫作品中的地位和意义。陈恭怀认为,"多余人"在俄罗斯历史中有一定的进步意义,"多余人"在当时俄国国内黑暗的统治下不向权势低头,面对沙皇的专制和腐朽的农奴制,这些"多余人"表达了自己的不满和愤怒,为探索俄国的发展命运而奋斗。虽然"多余人"的抗争和奋斗是软弱的,但是对社会进步仍然有推动作用,就这一点而言,陈恭怀认为"多余人"也是值得尊重的。① 武晓霞在《屠格涅夫"多余人"形象的塑造艺术及其魅力》②一文中指出,在屠格涅夫的文学创作中,"多余人"是他重点塑造的一类形象,屠格涅夫运用心理描写的方式对人物进行塑造,使他笔下的"多余人"与其他俄国作家笔下的"多余人"有所不同。在研究"多余人"形象时,罗亭是学者们比较关注的人物形象之一。方坪在《设谜与解谜——重新解读罗亭形象》③中指出,屠格涅夫倡导作家应当在作品中隐藏自己,所以在对罗亭的塑造上,屠格涅夫赋予了罗亭特有的语言、心理、动作和神态。方坪认为,对罗亭形象进行分析时,需要关注小说中的细节描写,每一处细节描写都是对人物形象的展现,重新解读罗亭形象就如同与屠格涅夫进行一次设谜与解谜的智慧交流。

林精华在文章《屠格涅夫创作中的平民知识分子形象》④中指出,屠格涅夫身上体现了俄国传统文化和欧洲先进文化的融合,如屠格涅夫这样具有双重文化背景的作家,创造出来的平民知识分子形象必然具有深远意义。林精华认为屠格涅夫笔下的平民知识分子具有两大特点。其一,他们以普通公民的身份参与俄国的社会改革,平民知识分子试图从自身实际出发来

---

① 陈恭怀.试谈屠格涅夫笔下的"多余人"形象[J].外国文学研究,1991(2):20-25.
② 武晓霞.屠格涅夫"多余人"形象的塑造艺术及其魅力[J].俄罗斯文艺,1995(6):57-58.
③ 方坪.设谜与解谜——重新解读罗亭形象[J].上海师范大学学报(哲学社会科学版),2007,36(1):116-121.
④ 林精华.屠格涅夫创作中的平民知识分子形象[J].外国文学评论,1997(3):100-107.

探讨社会发展的道路,寻求个人出路。其二,平民知识分子是"没有过去,没有历史"的新生群体,他们对俄国传统文化缺少感情,甚至会有排斥情绪,却对西方的理性主义和功利主义非常青睐。正因如此,平民知识分子才会具有一定的改革性,但他们身上也具有否定一切的虚无主义思想。

朱宪生在文章《屠格涅夫笔下的两类女性》①中,对屠格涅夫笔下的女性形象进行了分析和论述。朱宪生指出,屠格涅夫笔下的女性形象众多,所处阶层各不相同,有处境艰难的女农奴、有普通的平民,还有身处上流社会的女贵族。从形象而言,有敦厚善良的农妇、放荡不羁的贵族夫人,以及渴望追求爱情与幸福的纯真少女。屠格涅夫正是通过塑造这些女性形象,描写她们与男主人公之间的爱恨纠葛,直接或间接地反映当时俄国的社会生活。朱宪生总结出了屠格涅夫笔下美好女性形象的共同特点:1)她们感受到的真挚爱情并非超越社会和历史的抽象物,她们的爱情与社会理想是相通的,无论是娜塔莉娅与罗亭、丽莎与拉夫列茨基,还是叶琳娜与英沙罗夫,他们的爱情都超越了单纯的世俗之爱,成为屠格涅夫所追求的社会理想的反映;2)美好的女性形象内心都充满了伟大的人道主义精神,她们拥有真挚的感情,同情穷苦人民、热爱祖国、追求美好的爱情和人生理想,并愿意为自己的信仰牺牲自我;3)屠格涅夫创造的女性形象代表着希望和未来,女性通过爱情对男主人公间接地进行考验,通过这种考验展示人物的性格特征。

緱广飞在对屠格涅夫笔下的女性形象进行研究时,将少女形象与少妇形象进行对比。② 緱广飞指出,屠格涅夫擅于塑造妙龄少女形象,其笔下的少妇形象同样光彩照人,但往往被研究者忽略。少女形象与少妇形象在屠格涅夫的作品中构成了对立与冲突。緱广飞认为,这种少女形象和少妇形象的对立在世界文学史上是罕见的,但是在屠格涅夫的创作中却反复出现,形成屠格涅夫特有的少女与少妇对立创作原则。通过分析,緱广飞认为,屠格涅夫创作中的少女与少妇对立原则反映了作家本人的温和禁欲主义的艺术气质,这种气质是贵族知识分子内在的天性。屠格涅夫塑造了"新人"形象,但是又对其是不理解甚至是反对的。从温和禁欲主义角度来看,"新人"

① 朱宪生.屠格涅夫笔下的两类女性[J].外国文学研究,1980(4):133-136.
② 緱广飞.浅论屠格涅夫的少女少妇对立原则[J].俄罗斯文艺,2003(4):28-30.

充满了激情和旺盛的生命力。少妇形象如同"新人"一样,从情感上,屠格涅夫是反对的,但是对于其积极的生活热情,屠格涅夫又是称赞的。

散文诗是屠格涅夫作品中最具特色的文学体裁之一。散文诗既具有散文在结构上的灵活特点,也具有诗歌在内容上的抒情特点,是散文与诗歌这两种文学体裁的完美结合。屠格涅夫的散文诗更是别具风格,结合了自由的形式与饱含情感的内容,与他本人浪漫、忧郁、崇尚自由的内在气质相吻合。

黄伟经在译著《爱之路——屠格涅夫散文诗集》的译后记中以《一份值得珍视的文学遗产》①为题,论述了其对屠格涅夫散文诗的理解。黄伟经认为,屠格涅夫的散文诗用词优美、风格清新、文笔流畅。通过对具体作品的分析,黄伟经指出,屠格涅夫的爱情散文诗饱含屠格涅夫对爱情的深刻领悟,闪耀着民主主义思想和哲学思考的光辉,屠格涅夫的政论性散文诗则表现了屠格涅夫对祖国和人民的关心和深沉的爱。在抒情散文诗中,屠格涅夫表达了喜悦、幸福、孤独、悲观、绝望等多种感情。在文章《浅论屠格涅夫的散文诗》②中,黄伟经对屠格涅夫性格中的反抗性以及思想中的进步性给予充分肯定,认为屠格涅夫不仅是作家,更是民主主义革命的斗士。黄伟经认为,抒情诗的幻想和独白,小说的构思和情节,散文的自由形式和生动描写,叙事的深刻寓意、辛辣讽刺和发人深省的警句,都是屠格涅夫散文诗的独特艺术风格。

在文章《从〈门槛〉谈象征》③中,智量通过分析《门槛》来对屠格涅夫创作手法进行研究。智量认为,《门槛》中的象征手法运用得非常出色,语言纯净而细致,没有过多雕饰,描述性的词语也很少见,屠格涅夫将创作重点全部集中于描绘一位毅然决然地跨过门槛的人物,而这一人物具有一定的象征意义,彰显出其所为之奋斗的事业是如此伟大。智量认为,屠格涅夫运用象征手法使作品并不晦涩和模棱两可,在智量看来,《门槛》具有象征性作品的全部特色,而独独没有象征性作品常见的暧昧和朦胧,他评价道:"它在读

---

① 黄伟经.一份值得珍视的文学遗产[M]//屠格涅夫.爱之路——屠格涅夫散文诗集.黄伟经,译.长沙:湖南人民出版社,1981:160-176.
② 黄伟经.浅论屠格涅夫的散文诗[J].花城,1981(4):232-236.
③ 智量.从《门槛》谈象征[J].名作欣赏,1983a(5):4-6.

者心头唤起的,是一种光明的、向上的、健康的感情,它引导人们进取和奋斗,它的美之中饱含着真和善的品质和力量。"

除了对《门槛》一文进行分析和研究,智量还相继发表文章《一幅洋溢着俄罗斯气息的"油画"——屠格涅夫散文诗〈乡村〉赏析》①和《两座山峰在对话——屠格涅夫散文诗〈对话〉鉴赏》②。在评论《乡村》这篇作品时,智量认为,该作品的亮点在于,屠格涅夫在采用现实主义创作方法描绘乡村风貌的同时结合了浪漫主义抒情手法。屠格涅夫没有采用象征、比喻等手法,而是如实地描绘出乡村的自然风貌,表现了他极高的描绘现实生活的艺术技巧,而结尾处的浪漫主义抒情则充分体现了屠格涅夫寄理想于大自然的浪漫主义哲思。在评论《对话》这篇作品时,智量关注了该作品的创作目的,认为屠格涅夫意图通过两座山之间的对话来展示自己在生活中对伟大与渺小、永恒与短暂、不朽与消亡等现象的概括性思考。通过解读,智量认为屠格涅夫的《对话》语言优美、风格清新典雅,给读者艺术美感之余还会带来精神上的超脱感和高尚感,但是智量也指出,在作品中,屠格涅夫表达的人与自然的关系是略有偏差的:屠格涅夫把人的存在价值过度贬低,认为人在大自然面前十分脆弱,这显然失之偏颇。

智量在《屠格涅夫散文诗评析》③一文中认为,屠格涅夫创作《散文诗》的思想源泉是其自身一直具有的强烈孤独感和悲观主义思想。以往的研究认为,屠格涅夫的《散文诗》是其晚年创作的作品,长达半生的漂泊生活以及人生种种起伏,加上人到暮年时的萧索心境,使《散文诗》中的许多内容都反映出屠格涅夫的悲观情绪。智量指出,性格上的敏感、思想上的矛盾、生活经历的曲折是屠格涅夫产生悲观思想的主要原因,而爱情的不幸使屠格涅夫无论在现实生活中还是内心世界中都倍感孤独。这些消极的情绪导致屠格涅夫的作品具有悲剧色彩,《散文诗》正是其人生感悟和内心感受的体现。

朱宪生在《天鹅的歌唱——屠格涅夫的〈散文诗〉散论》④一文中指出,屠格涅夫可谓散文诗这一文学体裁的创作先驱者。朱宪生认为,创作之初,

---

① 智量.一幅洋溢着俄罗斯气息的"油画"——屠格涅夫散文诗《乡村》赏析[J].名作欣赏,1985(3):19-21.

② 智量.两座山峰在对话——屠格涅夫散文诗《对话》鉴赏[J].名作欣赏,1986a(2):18-20.

③ 智量.屠格涅夫散文诗评析[J].国外文学,1986b(4):104-118.

④ 朱宪生.天鹅的歌唱——屠格涅夫的《散文诗》散论[J].外国文学研究,1990(3):50-58.

屠格涅夫希望以较为轻松、不受拘束的自由方式记下自己的零星感受,他也确实是俄国作家中极少数能够驾驭散文诗体裁的作家之一。从屠格涅夫的创作目的和意图来看,《散文诗》并没有一个统一的主题,情节和内容的丰富使《散文诗》中作品的主题具有多样性。朱宪生赞同传统观点,认为《散文诗》的艺术特色是简洁和具有象征意义。他指出,从《散文诗》的体裁来看,简洁是其必然的艺术特色,作品如果过于冗长则不符合散文诗的创作原则;另一方面,具有象征意义虽是《散文诗》的艺术特色,但是不可以片面地认为它就是作品的主要特点,因为其中许多篇目是具有现实主义色彩的精雕细琢之作。

　　2005 年,朱宪生又发表文章《论屠格涅夫〈散文诗〉的文体特征》①,他在文中指出,散文诗是屠格涅夫对自己文学创作的回顾与总结,更是一种创新。朱宪生对散文诗的主题和体裁进行了分析,认为散文诗的主题和体裁结构都呈现多样性:从主题上来看,散文诗可以分为爱情主题、生死主题、自然主题和社会争论主题等;从体裁结构上来看,屠格涅夫在散文诗中似乎对以前采用的随笔、故事、小说、戏剧等不同体裁形式进行了压缩,使这些体裁元素在散文诗作品中交替出现,诗化的随笔、微型小说、对话录、沉思录、随想录等共同构成了一个多样化的散文诗体裁。

　　李祯在《屠格涅夫〈散文诗〉的艺术特色》②一文中对屠格涅夫的散文诗创作以及作品的艺术性进行了概括。李祯指出,屠格涅夫晚年创作的 82 篇散文诗是其文学生涯的最后一座丰碑,体现了屠格涅夫晚年对社会价值、人生意义等问题的深入思考,散文与诗歌的结合更使散文诗这种文学体裁具有书写自由、形式活泼、逻辑清晰等特点。屠格涅夫的散文诗作品大多短小精悍、含义隽永,这也是其散文诗最大的艺术特色。

　　吴嘉佑在《屠格涅夫〈散文诗〉中的浪漫主义要素研究》③一文中指出,《散文诗》的创作是屠格涅夫从散文创作转为诗歌创作的一个里程碑,标志着屠格涅夫的创作从现实主义转向浪漫主义。吴嘉佑认为,诗歌是屠格涅

---

①　朱宪生.论屠格涅夫《散文诗》的文体特征[J].中外文化与文论,2005(1):55-63.
②　李祯.屠格涅夫《散文诗》的艺术特色[J].外国文学研究,1999,83(1):109-111.
③　吴嘉佑.屠格涅夫《散文诗》中的浪漫主义要素研究[M]//金亚娜,刘锟.俄罗斯文学与文化研究(第一辑).北京:北京大学出版社,2011:44-65.

夫文学创作的起点和终点,纵观屠格涅夫的一生,其创作经历可谓从诗歌起又以诗歌终,从浪漫主义出发又回归到浪漫主义。《散文诗》虽然并非采用浪漫主义手法写就,但其中充满了浪漫主义特色。吴嘉佑分别从象征性和理想化的道德观、对生命的哲理思考、升华的爱情、神秘的大自然、人生的孤独与痛苦、多彩的梦境等方面对《散文诗》中的作品进行了分析,他认为,在消解文学批评功利主义的同时,人们应当承认屠格涅夫不仅是一位现实主义作家,也是一位真正的浪漫主义诗人,《散文诗》中如果只有现实主义,那么就不会对后世产生如此深远的影响。

2013 年,吴嘉佑又发表文章《朦胧的〈门槛〉,尴尬的误读——重读〈门槛〉》①。在文章中,吴嘉佑指出,由于受功利主义文学批评的影响,苏联时期的众多文学批评家在对《门槛》进行评价时,大多看重作品的内在思想而忽视了作品的艺术特色,从而造成了误读,认为作品中的俄国姑娘是革命者扎苏里奇并认为《门槛》是现实主义作品。吴嘉佑对《门槛》进行重读后认为,作品中的俄国姑娘不应被认为是扎苏里奇的原因在于屠格涅夫个人对革命的不肯定态度。屠格涅夫所倡导的革命是温和的改良主义,而非暴力革命,所以屠格涅夫的创作不会讴歌一位革命者,如果认为扎苏里奇是民粹主义者,那么屠格涅夫在小说《处女地》中对民粹主义改革的失败的描写,也可以证明屠格涅夫并不赞同或支持民粹主义,所以无论如何联系,《门槛》中的俄国姑娘都不会是扎苏里奇。吴嘉佑认为不应将《门槛》认定为现实主义作品。吴嘉佑指出,如同普斯托沃依特在评论屠格涅夫的《散文诗》创作时所认为的,《散文诗》中处处蕴含了浪漫主义特色。吴嘉佑认为,《门槛》中运用了象征手法和梦幻形式,不具有真实性,这恰恰是浪漫主义的创作手法,没有真实的历史背景,没有典型的人物刻画,都表明了《门槛》绝非单纯的现实主义作品。

朱红琼在《诗中有画——简论屠格涅夫〈散文诗〉的绘画特征》②一文中认为,屠格涅夫具有超高的鉴赏眼光和绘画能力,在《散文诗》中,屠格涅夫绘制的形象简洁但细腻。朱红琼剖析了屠格涅夫在创作过程中所使用的绘

---

① 吴嘉佑.朦胧的〈门槛〉,尴尬的误读——重读《门槛》[J].俄罗斯文艺,2013(1):105-108.
② 朱红琼.诗中有画——简论屠格涅夫《散文诗》的绘画特征[J].外国文学研究,2013b(1):109-116.

画技法,例如透视法、光影线条配合、人物素描等,将文学和绘画两大艺术形式结合在一起来研究屠格涅夫创作的特点。在《屠格涅夫散文诗〈老年〉体裁刍议》①一文中,朱红琼对《散文诗》中的《老年》做了详细解读,认为《老年》的体裁虽备受争议,但可将其理解为屠格涅夫对以往文学创作体裁的继承以及对散文、随笔等创作体裁的浓缩。针对屠格涅夫的政治散文诗,朱红琼在《屠格涅夫的社会政治散文诗略谈》②一文中指出,屠格涅夫的散文诗数量不多,其中政论性的散文诗更是小众,但是政论性散文诗表达了屠格涅夫对国家和民族命运的思考,因此朱红琼分析了屠格涅夫的政论性散文诗所具有的思想性和艺术性。

2013年,朱红琼出版了专著《屠格涅夫散文诗研究》③。在这部专著中,朱红琼对屠格涅夫的散文诗创作进行了深入研究,总结归纳了屠格涅夫散文诗研究的现状,分别从屠格涅夫散文诗的创作、文体特色、内容分类、语言风格以及散文诗对中国文学的影响等方面进行论述。在介绍创作时,朱红琼介绍了屠格涅夫的晚年生活即散文诗的创作背景,以及散文诗的创作、问世、被社会接受的整个过程,同时介绍了散文诗创作与法国文学的关系和散文诗在屠格涅夫整个文学生涯中的地位。在对散文诗内容的分类上,朱红琼认为屠格涅夫的散文诗可以分为自然散文诗、爱情散文诗、社会政治散文诗、其他散文诗。在谈及屠格涅夫散文诗的语言特色时,朱红琼梳理了自己之前所发表的学术论文中的观点,认为屠格涅夫散文诗的语言特色主要表现为音乐性和绘画性。在这部专著的最后一章谈及屠格涅夫散文诗与中国文学的关系时,朱红琼重点论述了屠格涅夫的散文诗在中国的翻译和出版情况,并将其与鲁迅先生的创作进行了对比。《屠格涅夫散文诗研究》是朱红琼对屠格涅夫散文诗创作研究的总结,朱红琼客观而翔实地对屠格涅夫的散文诗这一特定主题和内容进行了深入研究。

朱宪生在《时代与个性——对屠格涅夫创作的再认识和再思考》④一文中谈及屠格涅夫的文学创作时认为,屠格涅夫的创作似乎对普希金传统有

---

① 朱红琼.屠格涅夫散文诗《老年》体裁刍议[J].社会科学战线,2013a(6):134-138.
② 朱红琼.屠格涅夫的社会政治散文诗略谈[J].安徽文学,2014(1):53-54.
③ 朱红琼.屠格涅夫散文诗研究[M].北京:人民出版社,2013.
④ 朱宪生.时代与个性——对屠格涅夫创作的再认识和再思考[J].外国文学研究,1985(3):26-36.

一种天然的接受力,这或许源于屠格涅夫颇具浪漫主义气质的个性。因为所处的社会时代需要具有批判精神的文学作品,屠格涅夫又毅然转型,进行具有批判精神的现实主义创作。时代的客观要求与作家本人的性格气质共同造就了屠格涅夫文学作品的艺术价值。朱宪生指出,俄国革命民主主义批评家与西欧文艺评论家对屠格涅夫作品的解读存在差异:别林斯基、车尔尼雪夫斯基和杜勃罗留波夫都是联系当时的社会斗争和时代条件来对屠格涅夫的作品进行解读;而在西欧文艺评论家眼中,屠格涅夫作品的价值在于作家对人性的深入描写和对人性光辉的彰显。朱宪生还指出,屠格涅夫的作品最为可贵之处在于作家遵循了自己的个性,没有让时代的洪流将个性淹没,这也是屠格涅夫能够成为伟大作家的重要原因之一。

1995 年,朱宪生又发表文章《屠格涅夫长篇小说的形式问题》[①],在文章中对屠格涅夫的长篇小说创作进行了研究。朱宪生首先回顾了屠格涅夫长篇小说的创作历程,然后对长篇小说在屠格涅夫整个创作生涯中的地位和作用展开研究。朱宪生肯定了屠格涅夫长篇小说在俄罗斯乃至整个欧洲小说发展史上的杰出地位,指出屠格涅夫的长篇小说既与巴尔扎克的《人间喜剧》相似,是一部"社会编年史",也与司汤达的小说相似,属于"社会心理小说",但在审美理想和艺术趣味上与二者还是有明显差异的。与同时代的俄国作家相比,屠格涅夫更为广泛地接触了西欧作家的小说创作,并在自己的创作中有所借鉴,可以说,屠格涅夫的长篇小说创作是受到了俄国文学传统和西欧文学传统的共同影响。朱宪生指出,屠格涅夫的长篇小说表现形式有以下四个特点。第一,内容上的特点。屠格涅夫的长篇小说具有特定的内容,通常情况下,它们反映社会的风云变幻、表现社会情绪、展现社会发展的必然趋势,并且把俄国文明阶层人士的变化准确地描绘出来。第二,创作方式和表达手段上的特点。艺术的表现形式与作家本身的艺术观和个性有必然联系,因此,与其他作家不同,屠格涅夫在作品中不会详细地描写故事的每一处细节,而是集中表现作品中人物的心理活动以及内心变化,这也是屠格涅夫作品被称为"社会心理小说"的重要原因之一。第三,人物塑造方

---

① 朱宪生.屠格涅夫长篇小说的形式问题[J].汕头大学学报(人文科学版),1995,11(3):35-41.

式上的特点。屠格涅夫在长篇小说中经常运用对比和反衬的方式塑造人物形象,为了突出主人公的性格特征,屠格涅夫通常会设计一些与主人公在思想上持相悖观点的人物,并让其与主人公进行激烈辩论,而这样的人物塑造方式在中篇小说创作中则没有体现。第四,小说结构上的特点。屠格涅夫的长篇小说结构较为复杂,这种复杂表现为情节线索具有多重性、人物关系多样化。屠格涅夫的长篇小说中的情节线索至少有两条,人物关系纠葛也有至少两种,部分篇章更为复杂。

除了针对屠格涅夫的长篇小说创作进行研究,朱宪生对屠格涅夫的中短篇小说也进行了研究,并先后写出了《论屠格涅夫的中短篇小说》①和《屠格涅夫的中短篇小说简论》②两篇文章。

在《论屠格涅夫的中短篇小说》一文中,朱宪生对屠格涅夫的中短篇小说创作特点进行了总结。第一,屠格涅夫的中短篇小说的社会背景较为模糊。这些中短篇小说中的大部分的故事背景不是真实的社会,而是大自然。将大自然作为小说中的故事背景会让读者几乎无法感受到当时的社会氛围和时代气息,小说中的情节仿佛在任何时间、任何地点都可以发生。屠格涅夫的中短篇小说中有许多作品连故事发生的具体时间都没有交代清楚,与当时社会的联系少有体现。第二,屠格涅夫的中短篇小说的主题多以爱情为主。朱宪生指出,在屠格涅夫的长篇小说中,关于爱情的描写经常出现,但多是充当衬托人物性格的手段,而中短篇小说中的爱情是作家所要重点表现的对象。第三,屠格涅夫的中短篇小说的感情基调较为忧郁,结局多为悲剧性的。朱宪生认为,屠格涅夫长篇小说中的悲剧性结局凸显了主人公的悲壮气质,主人公的悲剧命运是自身理性与客观社会的矛盾所造成的,这样的悲剧设计给人以内心上的震撼,启发读者进行思考。相比之下,屠格涅夫中短篇小说中的悲剧则被作家设计为主人公失去了珍贵的爱情、一生碌碌无为,不要说为了事业参加战斗而牺牲,他们就连严酷的自然环境也无法应付。

在《屠格涅夫的中短篇小说简论》一文中,朱宪生对屠格涅夫的中短篇

---

① 朱宪生.论屠格涅夫的中短篇小说[M]//朱宪生.天鹅的歌唱——论俄罗斯作家.西安:陕西人民教育出版社,1998:38-54.

② 朱宪生.屠格涅夫的中短篇小说简论[J].外国文学研究,2002(1):155-160.

小说创作进行了梳理,并总结出以下类型。第一种,故事小说。故事小说中的情节内容大多离奇,主人公基本都具有一定的传奇色彩,屠格涅夫通过对情节的设计,描绘出时代特点和社会风貌,使这类小说具有一定审美价值。第二种,笔记小说。笔记小说就内容而言,多以农奴的生活为创作题材。朱宪生重点对小说《木木》进行了分析,认为《木木》的创作特点在于作品中的人物都来源于真实的生活,这超出了屠格涅夫以往作品的"纪实性"——《木木》并非随笔作品,而是真正意义上的小说作品。在作品的叙事角度上,小说《木木》没有采用屠格涅夫常用的第一人称视角,而是采用第三人称进行故事叙述。小说的故事线索虽然较为单一,但结构紧凑,与随笔作品在叙事上带有明显的随意性并不相同。第三种,日记体小说和书信体小说。朱宪生指出,日记体小说的叙事角度默认为第一人称,可以极为深刻地表现人物的内心活动,因此日记体是俄国作家比较钟爱的一种小说创作方式。书信体小说是 18 世纪欧洲启蒙文学时期流行的一种文体,屠格涅夫借用这种文体进行了尝试性创作。日记体小说和书信体小说可谓屠格涅夫小说创作中的试验之作,虽然受到外界好评,但是屠格涅夫并没有坚持创作下去。朱宪生认为,采用日记体和书信体进行小说创作表现了屠格涅夫在艺术形式上的积极探索精神,在日后的长篇小说创作中,屠格涅夫很好地运用了日记和书信来表现主人公的思想斗争和内心冲突,取得了非常完美的艺术效果。

季明举在《屠格涅夫小说结构的时空特征》[①]一文中指出,随着小说的发展,屠格涅夫的小说创作进入了新纪元,曾经表现主人公四处漂泊的"流浪式"小说在屠格涅夫的创作中已经逐渐淡出。在屠格涅夫创作的小说中,为了情节的发展,也为了展现主人公鲜明的性格特点,屠格涅夫赋予主人公完整的时间和空间,即在准确的时间和固定的地点来塑造人物并安排情节发展。屠格涅夫小说的时间特征表现为完整性和明确性,季明举认为主人公被屠格涅夫置于流动的时空中做明确的方向观照,在精确的时间内、固定的场景中,屠格涅夫完成人物性格塑造及情节发展设计。屠格涅夫小说的空间特征表现为封闭性。屠格涅夫小说在结尾处会揭示人物的结局、事件的结果、矛盾的化解以及叙事线索的终结,这种全面的结尾方式与作品的开头

---

① 季明举.屠格涅夫小说结构的时空特征[J].解放军外语学院学报,1995(5):89-93.

形成了封闭的空间。在小说结尾处,屠格涅夫往往会补充一段文字来说明人物的命运,这几乎成了屠格涅夫小说结尾的固有模式,这种首尾闭合的独立空间结构是屠格涅夫小说的特色。

刘文飞在《屠格涅夫的早期抒情诗》①一文中指出,屠格涅夫的早期抒情诗以描写自然景物为主,屠格涅夫往往使用借物抒情的方式,虽笔下写景,但实则在主观抒情。刘文飞认为,始终贯穿屠格涅夫早期抒情诗的主题思想是由静观大自然而萌发的对生活意义的沉思。大自然的美好具有强烈的感召力,现实生活中的封建地主庄园和保守落后的社会却是如此死寂;大自然的无穷力量时刻将人净化,渺小的个人内心却是如此空虚——大自然与现实、与个人之间的反差,令屠格涅夫感到彷徨和惶恐。在谈及屠格涅夫早期抒情诗中的爱情诗时,刘文飞指出,屠格涅夫的爱情诗十之八九是无题的,只有无题才能更好地表达出诗人那种由神妙的爱情所勾起的甜蜜却又愁苦的朦胧感受和复杂心情。在文章最后,刘文飞指出,综合分析屠格涅夫的早期抒情诗后会发现,这些诗歌中带有过渡时期的烙印,主题、体裁、韵律都极为多样,这种种多样性并非屠格涅夫生硬模仿而来的,也不是故弄玄虚,而是屠格涅夫在文学之路上通过艰苦探索而取得的成就。

朱宪生在文章《俄罗斯抒情心理剧的创始者——屠格涅夫戏剧创作简论》②中重点研究了屠格涅夫的戏剧创作。朱宪生认为,屠格涅夫在戏剧创作领域中颇有建树,但他在戏剧创作方面的成功绝非偶然——他深入地研究过阿里斯托芬、莎士比亚、卡尔德隆、狄德罗、莱辛等欧洲戏剧大师的作品和相关戏剧理论,同时对普希金和果戈理的戏剧作品也进行了细致的研读与分析。屠格涅夫撰写过许多戏剧评论文章,这些都成为屠格涅夫从事戏剧创作的基础。屠格涅夫的戏剧不以复杂曲折的故事情节取胜,剧中引人入胜的人物间的激烈矛盾和复杂的内心活动才是真正的亮点,屠格涅夫的戏剧创作引导了俄罗斯戏剧中的社会心理倾向,开了心理剧的先河。

屠格涅夫作品中的语言运用是其创作中的亮点之一。王立业在文章

---

① 刘文飞.屠格涅夫的早期抒情诗[M]//刘文飞.墙里墙外——俄语文学论集.北京:中央编译出版社,1997:78-92.

② 朱宪生.俄罗斯抒情心理剧的创始者——屠格涅夫戏剧创作简论[J].上海师范大学学报(社会科学版),1998,27(1):95-100.

《屠格涅夫感官语汇的心理评价功能》①中指出,屠格涅夫的语言运用才能是卓越超群的,平凡的语言在其笔下获得了非凡的生命力。屠格涅夫对词汇的使用是非常准确的,尤其是对感官词汇的运用。王立业认为,屠格涅夫经常使用的感官词汇包括色彩词汇和味觉词汇。色彩词汇在屠格涅夫笔下往往是对人物的修养品味、社会地位、受教育水平、文化素质程度以及内心感受和精神状态的暗示;味觉词汇的运用通常与客观景物描写共同发挥作用,催生出主人公的心理情绪,例如《阿霞》中艾草的苦味和异国的景色令主人公 H 先生满怀乡愁。语言是文学作品的媒介和载体,同时也兼有丰富的感官艺术性。语言虽不及色彩那样直观,但其强大的表述能力使文学作品在描绘人物内心感受时细致入微,这恰恰是其他艺术形式无法比拟的。

学者们在对屠格涅夫进行研究时也关注到了其作品中反映的思想和宗教意识。例如,王立业在文章《屠格涅夫的宗教解读》②中论述了屠格涅夫作品所反映的宗教元素。王立业认为,屠格涅夫没有极深的宗教情结,但不可就此认为屠格涅夫的创作与宗教毫无关系,这一点可以从风景描写、爱情描写、人物描写这三方面来分析。风景描写体现了屠格涅夫对东方佛教的不自觉接受。王立业指出,屠格涅夫的景色描绘充分体现了人与自然的高度融合,这种融合可以使人感受到类似"四大皆空"的一种"绝对精神境界",例如屠格涅夫在《阿霞》中描绘男主人公 H 先生夜渡莱茵河时,身与情景同一,继而陷入物我两忘之境。王立业认为,屠格涅夫笔下的人与景在"动"与"静"中互相映衬。爱情描写体现了屠格涅夫对中国道教的接受。屠格涅夫笔下的爱情多以悲剧收场,这与屠格涅夫的悲观主义思想有直接关系。在爱情中,屠格涅夫在中国道教"无为"思想的基础上,加入了自我摒弃、将爱情与道德融为一体的思想。人物描写体现了屠格涅夫对基督教的自觉接受。俄国社会生活中充满了对宗教的虔诚信仰,这种信仰对屠格涅夫创作中人物的塑造具有深远影响,通过这些人物,读者可以看到俄国人民对信仰的探索与人生的忧患思想。基督教教义要求人具有温顺和忍耐的品格,屠格涅夫对这一教义进行挖掘,看到了超越人类肉身的崇高灵魂,并把这崇高

---

① 王立业.屠格涅夫感官语汇的心理评价功能[J].外语学刊,2003b(3):26-30.
② 王立业.屠格涅夫的宗教解读[J].俄罗斯文艺,2006(4):45-51.

灵魂融入他所创作的女性形象中。

在《梅列日科夫斯基文学批评中的屠格涅夫》①一文中,王立业指出,俄国象征派文学批评是对以往的俄国民主派文学批评的反驳,这一点集中表现在象征派文学批评的领军人物梅列日科夫斯基对屠格涅夫的评论中。王立业总结了梅列日科夫斯基对屠格涅夫的评论,认为屠格涅夫的创作表现为作品思想矛盾、体裁分裂、创作的艺术手法属于印象主义而非传统观点认为的现实主义。此外,王立业认为,在小说创作上,屠格涅夫的长篇小说相较于其他创作略显逊色,中篇小说才是屠格涅夫在文学艺术上的最高成就。王立业的这篇文章对屠格涅夫创作的评论可谓颠覆传统,与以往的任何评论都大相径庭。

王常颖在文章《屠格涅夫小说创作的独特综合艺术性》②中认为,屠格涅夫的文学创作融入多重艺术元素,兼具文学、音乐、美术等艺术门类的特点,屠格涅夫的作品不仅文字优美,还兼有音乐的乐感和美术中绘画构图的质感,可以说,屠格涅夫的文学创作是混合型艺术。

雷永生在《论屠格涅夫的人道主义思想》③中指出,人道主义思想是屠格涅夫文学创作的出发点,只有清晰地了解屠格涅夫的人道主义思想,才能更加准确地对其作品进行分析,从而避免从政治立场或者主观意识形态的角度,对屠格涅夫的作品进行过度解读甚至曲解。在不同的意识形态下,对屠格涅夫创作的解读往往具有主观倾向性。雷永生撰文的目的是要向读者明确:屠格涅夫文学作品中表现更多的是人道主义思想,屠格涅夫的创作初衷是对人道主义的宣扬,而非表达某种个人政治立场和主张。

高婷在对屠格涅夫创作的艺术性进行研究时,重点关注了其创作中的浪漫主义。高婷认为,屠格涅夫是一位浪漫主义作家,但由于时代发展的必然趋势,其浪漫主义创作最终转为现实主义创作。但对屠格涅夫而言,浪漫主义是其创作中最为重要的组成部分,是一种精神寄托,与其个人气质相吻合,因此会在其现实主义作品中融入浪漫主义特色,而能够将这两种文学思

---

① 王立业.梅列日科夫斯基文学批评中的屠格涅夫[J].外国文学,2009(6):62-68.
② 王常颖.屠格涅夫小说创作的独特综合艺术性[J].学术交流,2005(5):170-172.
③ 雷永生.论屠格涅夫的人道主义思想[J].中国青年政治学院学报,2006(1):40-45.

想完美融合也是屠格涅夫的过人之处。①

屠格涅夫是一位经典作家,正如前文所述,屠格涅夫研究在我国一直受到关注。我国的屠格涅夫研究表现为以下三个特点。第一,研究时间长。早在 20 世纪二三十年代,学者们已经开始关注屠格涅夫研究,迄今为止,研究时间已经跨越了将近一个世纪。第二,研究领域广泛。我国对屠格涅夫创作的研究几乎涉及了各个方面——从作品的内容到结构,从作家的语言运用到思想观点,从作家的个人生平到人生经历对其创作的影响——研究主题包罗万象。第三,研究维度多元。国内的屠格涅夫研究从 20 世纪最初的在译文前对作家的简单介绍,到如今已经发展为在文学、语言学、美学、哲学等多维度视域下的全面研究。

进入 21 世纪,学者们对屠格涅夫研究继续保持一定的学术热度。有学者在专著中以专门章节的形式对屠格涅夫的文学创作进行研究。金亚娜在专著《期盼索菲亚——俄罗斯文学中的"永恒女性"崇拜哲学与文化探源》②中论述了屠格涅夫笔下的女性美理想。金亚娜认为,美丽纯洁的少女形象为俄国文学增添了很大魅力,普希金与屠格涅夫都是具有少女崇拜倾向的代表。普希金在对俄国古典文学中各类少女形象的塑造方面是"拓荒者",屠格涅夫则将这些形象雏形加以扩大和完善,从而形成了令人瞩目的屠格涅夫少女形象。金亚娜认为,屠格涅夫能够继承前人的创作传统,并将女性形象创作发扬光大,主要原因有两点。其一,屠格涅夫把俄国女性视为美好民族性格的体现者,与前人(普希金)相比具有更为进步的女性观。欧洲启蒙思想和女性解放思想对屠格涅夫的女性观影响很大,屠格涅夫没有男性性格优于女性性格的偏见,并且把女性投身社会革命事业的主题带进了俄国古典文学中。其二,屠格涅夫的女性道德伦理观和审美理想的形成深受传统文化的影响。屠格涅夫承袭了俄国的一种潜在已久的种族拯救观,把复兴俄罗斯精神和走向新生的希望寄托在女性身上。

张晓东在专著《苦闷的园丁——"现代性"体验与俄罗斯文学中的知

---

① 高婷.浅析屠格涅夫的浪漫主义[J].剑南文学(经典教苑),2012(11):50,52.

② 金亚娜.期盼索菲亚——俄罗斯文学中的"永恒女性"崇拜哲学与文化探源[M].北京:人民文学出版社,2009.

识分子形象》①中对《罗亭》中的罗亭和《父与子》中的巴扎罗夫进行了研究,同时将这两个文学形象与19世纪俄国贵族知识分子进行了对比分析。在研究罗亭的人物形象时,张晓东认为,罗亭是不多余的"多余人"。张晓东指出,对罗亭的评价一般都是消极的,但是他认为罗亭属于比较优秀的精英,罗亭甚至用个人的死来证明自己的信念和坚持。张晓东将"罗亭之死"作为研究的切入点,论述了自己对罗亭形象的看法,他认为在爱情方面指责罗亭是懦夫还情有可原,但在对待自己的理想与追求,例如在对待自由上,罗亭不但不是行动的矮子,和指责他的人相比还显得异常高大。作为贵族青年,罗亭不遗余力地宣传西欧的进步思想,以使自己的祖国像其他现代型国家一样现代,甚至比它们还要现代。俄国知识分子苦苦寻求改造自己国家的一剂良药,罗亭形象的生活原型就是这样的俄国知识分子。

在研究巴扎罗夫这一形象时,张晓东指出,在屠格涅夫眼中,革命民主主义者的改革出发点是好的,但他们的做法显得极为幼稚。通过对巴扎罗夫的分析,不难发现,其现实原型是杜勃罗留波夫——张晓东对这种观点表示赞同。张晓东认为,作品中的巴扎罗夫与现实生活中的杜勃罗留波夫有很多相似之处,屠格涅夫在塑造巴扎罗夫时,也为其增添了粗犷而刺眼的色调,这源自屠格涅夫对医生和同类人物的深入观察,而在同类人物中,杜勃罗留波夫的特征最为明显。对于巴扎罗夫的人物定位,张晓东列举了批评家斯特拉霍夫和卢那察尔斯基的观点,即认为巴扎罗夫是俄国文学史上第一位"正面英雄",但从论述内容来看,张晓东对把一个否定一切的虚无主义者看作"正面英雄"的观点是不赞同的。

2011年,国内出版了"当代中国俄语名家学术文库",其中在《张建华集:汉、俄》中收录了《屠格涅夫晚期浪漫主义中短篇小说初探》②、《〈贵族之家〉中的俄罗斯贵族文化意蕴》③和《爱情——屠格涅夫笔下时代英雄心灵与

---

① 张晓东.苦闷的园丁——"现代性"体验与俄罗斯文学中的知识分子形象[M].北京:人民文学出版社,2009.
② 张建华.屠格涅夫晚期浪漫主义中短篇小说初探[M]//张建华.张建华集:汉、俄.哈尔滨:黑龙江大学出版社,2011:232-241.
③ 张建华.《贵族之家》中的俄罗斯贵族文化意蕴[M]//张建华.张建华集:汉、俄.哈尔滨:黑龙江大学出版社,2011:242-249.

品格的试金石》①三篇文章。

在《屠格涅夫晚期浪漫主义中短篇小说初探》一文中,张建华指出,在1864年到1882年这近20年间,屠格涅夫创作的中短篇小说共计12篇,这些作品大致可以分为三个类型。第一个,自白性小说。张建华指出,屠格涅夫创作自白性小说是为了直抒胸臆,尽情表达他对世界、现实和人生的看法。屠格涅夫在自白性小说中以社会现实和人生为抒怀对象,或立足现实描写历史、往事,或从现实出发感叹人生。第二个,心理小说。张建华指出,在心理小说中,屠格涅夫完全从心理角度出发去研究、分析人物个性,探索包含着民族和时代特征的心理状态,揭示历史发展过程中的一些奇特的、尚未被人们认知的曲折和坎坷。第三个,爱情小说。爱情小说在屠格涅夫整个浪漫主义小说创作中占有不小比重,张建华认为,纵观屠格涅夫一生中坎坷的爱情经历不难发现,其创作晚期的爱情小说正是其晚年渴望爱情幸福而又未能如愿的内心矛盾冲突在扭曲状态下的显现,这就使屠格涅夫创作晚期的爱情小说所表现的审美理想常常带有浓厚的悲剧情味和乖戾的病态色调。

在文章《〈贵族之家〉中的俄罗斯贵族文化意蕴》中,张建华认为,由普希金开创的"贵族之家"命题是19世纪俄国文学的母题之一,是最能体现俄国文学精神魂魄的形象之一。张建华总结道:"19世纪俄国社会的动荡与脉跳,优秀人物的使命与追求,生命的况味与爱情的景观,都能在'贵族之家'的小说中流动显现。"张建华对小说《贵族之家》中的男主人公拉夫列茨基进行了分析,认为他既是19世纪俄国优秀贵族青年的代表人物,又是贵族文化的"孤魂"。拉夫列茨基有别于其他贵族青年,他质朴、善良、为人宽厚,同时又具有极强的责任心和社会责任感。但是无论在社会领域还是个人生活领域,他都是孤独的、一事无成的。在谈及小说的创作特色时,张建华认为,屠格涅夫并不是一个宗教作家,甚至在理性上,屠格涅夫是否定宗教信仰的,但屠格涅夫却能感受到俄罗斯民族集体无意识中浓郁的宗教情结,因此小说中对女主人公丽莎富有理想色彩的圣洁化描写是与对女基督徒的社会、

---

① 张建华.爱情——屠格涅夫笔下时代英雄心灵与品格的试金石[M]//张建华.张建华集:汉、俄.哈尔滨:黑龙江大学出版社,2011:250-254.

心理、精神生活的典型化结合在一起的。

谈及屠格涅夫的创作，爱情主题不可回避，在文章《爱情——屠格涅夫笔下时代英雄心灵与品格的试金石》中，张建华对屠格涅夫小说中的爱情主题进行了深入研究。张建华认为，爱情作为屠格涅夫最能反映时代重大精神命题的话语载体，是屠格涅夫笔下时代英雄心灵与品格的试金石。张建华以《贵族之家》《阿霞》《初恋》为文本，在对作品的情节安排、人物塑造以及艺术特色进行分析后总结道，屠格涅夫笔下的爱情小说虽然具有极强的艺术感染力，但是并非单纯地讲述一段凄美的爱情故事，小说所敞开的是更为广阔的空间，其中包含了19世纪俄国社会的情状、贵族优秀知识分子的使命与追求、对人生意义的探讨，以及屠格涅夫在这一历史时期对人生使命与幸福的悲剧性思考。

综上所述，国内学界对屠格涅夫的研究在各个维度都取得了较为丰硕的学术成果，这也在一定程度上反映了屠格涅夫研究具有非常重要的学术价值。与此同时，国外学者对屠格涅夫的研究也取得了非常引人注目的学术成就。

二、国外研究情况

屠格涅夫研究在俄罗斯学界一直受到很多关注，在其他国家也可见相关研究成果。

学者们首先整理出版了屠格涅夫的人物传记，列别捷夫（Лебедев Ю.B.）出版了专著《屠格涅夫》①和《屠格涅夫的一生》②，鲍戈斯洛夫斯基（Богословский Н.B.）撰写了《屠格涅夫传》③，彼得洛夫（Петров С.М.）撰写了《屠格涅夫》④。虽然这些传记是对屠格涅夫生平的回顾，但是它们史料翔实、内容丰富，更为重要的是，许多传记都针对屠格涅夫的文学创作进行了分析和评述，为屠格涅夫创作研究奠定了一定基础。莫斯科大学教授普

①　Лебедев Ю B. Тургенев[M]. Москва：Молодая гвардия，1990.
②　Лебедев Ю B. Жизнь Тургенева[M]. Москва：Просвещение，1960.
③　Богословский Н B. Тургенев[M]. Москва：Молодая гвардия，1959.
④　Петров С М. И. С. Тургенев[M]. Москва：Художественная литература，1960.

斯托沃依特(Пустовойт П. Г.)也出版了个人专著《屠格涅夫评传》①,这部专著系统梳理了屠格涅夫的生平和文学创作,评论了屠格涅夫作品的内容,分析了作品的主题,阐释了屠格涅夫的思想,是一部较为全面介绍屠格涅夫及其创作经历的专著。

除了个人传记,学者们还对屠格涅夫的作品进行了重新整理,毫无疑问,这是一项浩大的工程,最值得一提的是由阿列克谢耶夫(Алексеев М. П.)主编、苏联科学院出版的三十卷本《屠格涅夫作品书信全集》②。这是一部全面介绍屠格涅夫作品的文集,文集在编撰过程中将翔实的传记和文史资料系统化,揭示了屠格涅夫大部分作品的创作历史。这部文集的出版为苏联时期各维度下的屠格涅夫研究提供了丰富的文本依据。阿列克谢耶夫还出版了题为《俄罗斯文化与拉丁语系》③的专著,书中谈及屠格涅夫的创作和西班牙文学的关系。阿列克谢耶夫认为,屠格涅夫的文学创作受到了西班牙文学的影响,尤其是塞万提斯的作品《堂吉诃德》,在屠格涅夫塑造的人物中有一类具有鲜明的堂吉诃德式性格。

除了阿列克谢耶夫,还有许多学者对屠格涅夫创作进行对比研究。萨伊托娃(Саитова Р. М.)在专著《屠格涅夫与法国作家》④中对屠格涅夫创作与法国文学的关系做了研究,将屠格涅夫的创作与法国作家乔治·桑(Жорж Санд)和福楼拜(Гюстав Флобер)进行了对比。从屠格涅夫的个人经历来看,由于与若干位法国作家私交甚好,屠格涅夫在文学领域上与法国作家互相切磋,在这个过程中,屠格涅夫的文学创作受到了法国文学的影响,借鉴了法国文学的浪漫主义思想。萨伊托娃认为,屠格涅夫在创作上虽然受到法国文学影响,但其作品还是立足于俄国本土,其现实主义作品充分反映了当时俄国社会的真实情况。

纳扎罗娃(Назарова Л. Н.)在论文《评论家屠格涅夫》⑤中指出,屠格涅

---

① Пустовойт П Г. Иван Сергеевич Тургенев [M]. Москва:Издательство Московского университета,1957.

② Тургенев И С. Полное собрание сочинений и писем в тридцати томах [M]. Москва:Академия наук СССР,1982.

③ Алексеев М П. Русская литература и латинская языковая семья[M]. Москва:Мир,1976.

④ Саитова Р М. И. С. Тургенев и французские писатели [M]. Москва:Иностранная литература,1986.

⑤ Назарова Л Н. Тургенев-критик[J]. Вопросы литературы,1958(4):228-230.

夫的个人思想不仅影响了他的文学创作,还影响了他对文学评论的态度。纳扎罗娃认为,作为屠格涅夫挚友的别林斯基,在文学评论上对屠格涅夫有重要影响。在专著《屠格涅夫与 19 世纪末 20 世纪初的俄国文学》①中,纳扎罗娃将契诃夫、布宁和高尔基等作家的创作与屠格涅夫的创作进行对比,认为一些俄国作家的创作受到了屠格涅夫的影响,尤其是对景物的描绘以及在现实主义作品中融入浪漫主义特色的创作方式。

　　一些学者将屠格涅夫的文学创作与同时期其他作家的文学创作进行比较,例如斯米尔诺夫(Смирнов А. А.)的《屠格涅夫创作中的普希金浪漫传统》②和涅兹维茨基(Недзвецкий В. А.)的《屠格涅夫和果戈理》③,都是通过把屠格涅夫创作与同属于 19 世纪的其他俄国作家的创作进行对比,来论述屠格涅夫创作与其他作家创作之间的共性和个性,同时揭示屠格涅夫创作的个人独创性。

　　布特果娃(Буткова Н. В.)在其撰写的论文《屠格涅夫与陀思妥耶夫斯基创作中的德国与德国人形象》④中,以屠格涅夫的作品《阿霞》《贵族之家》和《前夜》为依据,研究了屠格涅夫笔下的德国人形象,并且将其与陀思妥耶夫斯基笔下的德国人形象进行对比。布特果娃认为,关注屠格涅夫文学创作中的德国人形象非常必要,因为屠格涅夫本身深受德国文学和哲学的影响,并且有早年在德国求学的经历。基于上述原因,屠格涅夫最初的文学创作带有德国文学的痕迹,某些作品中的故事情节甚至会以德国为背景,其中描写的德国生活也是真实的。

　　柴科夫斯卡娅(Чайковская И. И.)撰写的论文中也谈到了屠格涅夫与德国及德国文学的关系,并且重点研究了屠格涅夫与歌德之间的关系。在论文《屠格涅夫 歌德的读者 探讨生命模式的建构问题》⑤一文中,柴科夫斯

---

① Назарова Л Н. Тургенев и русская литература конца XIX - начала XX в. [M]. Ленинград：Наука. Ленинградское отделение,1979.

② Смирнов А А. Пушкинские романтические традиции в творчестве И. С. Тургенева[M]. Москва：Победа,1990.

③ Недзвецкий В А. Тургенев и Гоголь [M]. Москва：Московский педагогический университет,1990.

④ Буткова Н В. Образ Германии и образы немцев в творчестве И. С. Тургенева и Ф. М. Достоевского[D]. Волгоград：Волгоградский государственный педагогический университет,2001.

⑤ Чайковская И И. Иван Тургенев как читатель Гёте. К вопросу о построении жизненной модели[J]. Вопросы литературы,2013(4)：367-381.

卡娅指出,屠格涅夫早年在柏林大学读书及在德国生活期间,游历了许多德国城市。同时,在屠格涅夫掌握的众多语言中,比起英语、法语和意大利语,德语似乎与屠格涅夫的关系更加紧密——德语是屠格涅夫学生时代的语言,也是屠格涅夫所钟情的作家歌德的语言。因此,对于屠格涅夫的文学创作,歌德的影响是不容忽视的。

萨尔基索娃(Саркисова А. Ю.)撰写的论文《屠格涅夫与英国小说 关于"贵族之家"(庄园小说诗学)》[①]对比了屠格涅夫的小说创作与英语作家的小说创作的异同之处。萨尔基索娃指出,同英语作家相比,屠格涅夫的小说创作具有外在简约、内在复杂的特点。屠格涅夫的小说篇幅不长,但小说内部的情节安排和人物关系设计得非常复杂。同时,在创作中,屠格涅夫还加入了法国、德国、英国等欧洲国家的文学创作特点。萨尔基索娃认为,屠格涅夫的文学创作呈现复合式的艺术特色。

屠格涅夫不仅是一位享有盛誉的文学家,还是一位思想家,他对俄国命运的思考以及对俄罗斯文学的影响是许多学者关注的研究对象。

涅日丹诺夫(Нежданов В. М.)在文章《屠格涅夫与俄国革命运动》[②]中指出,在屠格涅夫研究中,探讨屠格涅夫与俄国革命运动关系的学者较少,而屠格涅夫所处的时代正是俄国社会变革的时代,屠格涅夫也创作了诸如《罗亭》这样的作品来反映当时社会的思想变化,那么,研究屠格涅夫与俄国革命运动的关系是必要的。涅日丹诺夫认为,屠格涅夫对革命持有消极态度,这一点在屠格涅夫的创作中可见一斑,尤其是在小说创作中对主人公命运的设定——具有革命精神的主人公都以悲剧收场——体现了屠格涅夫对革命不成熟的看法。

1980年,库尔梁茨卡娅(Курляндская Г. Б.)在莫斯科出版了著作《屠格涅夫与俄国文学》[③],力求探索屠格涅夫与其同时代人的不同之处,并且阐述了屠格涅夫与其同时代作家在文学创作上的关系。

---

① Саркисова А Ю. И. С. Тургенев и английский роман о «дворянских гнездах» (Поэтика усадебного романа)[D]. Томск: Томский государственный университет,2009.

② Нежданов В М. Тургенев и русское революционное движение[J]. Вопросы литературы, 1968(11):206-210.

③ Курляндская Г Б. И. С. Тургенев и русская литература[M]. Москва: Просвещение,1980.

萨莫恰托娃(Самочатова О. Я.)在其撰写的《文学中的农民罗斯》①中将《猎人笔记》作为重点,分析了屠格涅夫笔下农民形象的特点,其中包括屠格涅夫为他们设计的语言、动作、性格特征等方面。由马尔科维奇(Маркович В. М.)完成的专著《屠格涅夫与俄国现实主义小说》②则针对屠格涅夫的现实主义创作特点进行论述,指出屠格涅夫的创作还原其所处时代的社会风貌。

屠格涅夫一直被冠以"时代歌者"的称号,所以有学者从屠格涅夫的作品入手,关注屠格涅夫所具有的前瞻性和预见性以及其作品所反映的现实问题。阿列克萨什娜(Алексашина И. В.)在论文《屠格涅夫小说〈烟〉中的俄国历史发展问题》③中就针对俄国的历史变革以及这些变革在屠格涅夫的小说《烟》中的体现,论述了自己的学术观点。阿列克萨什娜在其论文第一章中论述了屠格涅夫与赫尔岑对于俄国发展之路的不同观点,在第二章中指出了屠格涅夫创作中的现实主义特点,同时结合当时俄国的社会情况进行分析,以屠格涅夫的《烟》为研究对象,认为屠格涅夫在作品中不仅触及了当时的社会现实问题,也宣扬了其道德思想。

屠格涅夫是一位具有时代感和使命感的俄国作家,在作品中对俄国的命运有着深刻的思考。俄罗斯学者德雷让科娃(Дрыжакова Е. Н.)发表了文章,在其中论述了屠格涅夫对俄国命运的思考,以及赫尔岑与屠格涅夫对俄国命运思考的差异。在文章《赫尔岑与屠格涅夫对俄国命运的争论(纪念А. И. 赫尔岑诞辰 200 周年)》④中,德雷让科娃指出,赫尔岑与屠格涅夫对俄国未来的争论持续了二十年,赫尔岑比屠格涅夫年长六岁,但是两人同时步入文坛。两人有许多相似之处,比如都接受了黑格尔哲学思想,所持有的哲学观是相似的。然而,在面对俄国改革的问题时,屠格涅夫主张向欧洲学习,赫尔岑则认为俄国有自己的发展之路,两人对俄国未来的思考都通过各

① Самочатова О Я. Крестьянская Русь в литературе[M]. Москва: Академия наук, 1982.

② Маркович В М. Тургенев и русский реалистический роман [M]. Ленинград: Ленинградский университет, 1990.

③ Алексашина И В. Проблемы исторического развития России в романе И. С. Тургенева «Дым»[D]. Тверь: Тверский государственный университет, 2008.

④ Дрыжакова Е Н. Герцен и Тургенев в споре о судьбе России (к 200-летию со дня рождения А.И. Герцена)[J]. Известия Российской академии наук. Серия литературы и языка, 2012, 71(3): 3-20.

自的作品表现了出来。

针对学界对屠格涅夫研究的关注,苏联学者沙塔洛夫(Шаталов С. Е.)撰文《当今视域下的屠格涅夫》①。他在文中指出,针对屠格涅夫的研究进行得如火如荼,学者们重点关注屠格涅夫创作的人物形象,同时全面研究屠格涅夫作品对后世的影响。沙塔洛夫也针对屠格涅夫的思想进行了论述,认为屠格涅夫是杰出的思想家,能够摆脱黑格尔哲学思想的影响,选择更具实际意义的道路。思想上的解放促使屠格涅夫在文学创作中对现实生活有更深入的思考。

学者朵罗托娃(Долотова Л.)对屠格涅夫创作的诗学问题进行了研究。在《屠格涅夫的诗学问题》②中,她从修辞学的角度对屠格涅夫的小说进行分析,认为屠格涅夫小说的叙事部分是复杂且多音调的。叙事过程中的角度和人物语言的融合使屠格涅夫创作中的语言形式得到丰富。

普斯托沃依特、采特林(Цейтлин А. Г.)和巴丘托(Батюто А. И.)各自出版了专著《当代视域下的屠格涅夫作品研究》③、《小说家屠格涅夫的创作手法》④以及《屠格涅夫的创作及其美学思想图景》⑤。这三部专著分别从新时代观点、体裁、美学追求三个方面对屠格涅夫的创作进行研究。普斯托沃依特的学术成就较为突出,他在《当代视域下的屠格涅夫作品研究》中从哲学、宗教、文学、美学等多个领域对屠格涅夫的作品进行分析,为苏联时期的屠格涅夫研究提供了许多值得借鉴的新思想、新视角。

采特林重点研究了屠格涅夫的小说创作,分别从情节设计、人物塑造、主题思想等方面进行研究,突出了屠格涅夫在小说创作上表现出来的才能。采特林认为,屠格涅夫的小说虽然篇幅不长,但情节设计合理、人物塑造生动、表现的主题思想鲜明。

巴丘托的《屠格涅夫的创作及其美学思想图景》从美学角度对屠格涅夫

---

① Шаталов С Е. Тургенев в современном мире[J]. Вопросы литературы, 1987(12):213-225.

② Долотова Л. Проблемы поэтики Тургенева[M]. Вопросы литературы, 1971(3), 210-213.

③ Пустовойт П Г. Изучение творчества Тургенева на современном этапе[M]. Москва,1989.

④ Цейтлин А Г. Мастерство Тургенева-романиста[M]. Москва:Советский писатель,1990.

⑤ Батюто А И. Творчество Тургенева и картина эстетической мысли[M]. Ленинград:ЛГУ, 1990.

创作进行了研究。巴丘托在书中详细阐释了屠格涅夫的美学主张,通过对屠格涅夫作品的分析,巴丘托认为,屠格涅夫的作品具有景色描绘上的诗意之美、故事结局和人物命运的悲剧之美和通过作品反映出的屠格涅夫气质中的忧郁之美。

进入 20 世纪 90 年代,俄罗斯学界对屠格涅夫的研究迎来一个小高潮,许多关于屠格涅夫研究的学术文章和专著问世。

库尔梁茨卡娅和普斯托沃依特分别出版了专著《屠格涅夫的艺术方法》①和《语言艺术家屠格涅夫》②,就屠格涅夫创作中的艺术表现手法、语言特色等方面对屠格涅夫的创作特点进行了分析。

库尔梁茨卡娅认为,屠格涅夫在对人物内心世界进行塑造时,不会直白地进行独白式的内心描绘,而是采用隐蔽的心理分析,将人物的内心变化通过景物描写、动作描写、语言描写等方式间接地表现出来,这是屠格涅夫描写人物内心时的特点。谈到屠格涅夫创作中的思想时,库尔梁茨卡娅认为,屠格涅夫作品中具有宗教元素,他不仅在人物塑造上融入了基督教元素,而且在景色描写和人物性格刻画上对东方佛教和中国道教的意蕴有所吸收。在作品反映的主题上,库尔梁茨卡娅认为,屠格涅夫不仅关注了现实生活,也剖析了人的精神层面,对生命、死亡等永恒主题都有自己独到的见解。库尔梁茨卡娅早在 20 世纪 50 年代就已经开始对屠格涅夫创作进行研究,她在文章《屠格涅夫小说中的性格问题》③中指出,小说中人物的性格表现大多是作者性格的写照,屠格涅夫笔下的人物都具有矛盾的性格,可知作家本人的性格也具有矛盾性。库尔梁茨卡娅指出,屠格涅夫曾在给友人的书信中承认自己是现实主义者,但同时也承认自己的思想中有唯心思想。唯心思想与唯物思想在头脑中的碰撞是屠格涅夫矛盾性格的成因。

普斯托沃依特则将语言作为屠格涅夫研究的重点,认为屠格涅夫是一位语言大师,其作品中的语言表现出的特点为生动、准确、简洁。生动表现在屠格涅夫对于景色的描绘上。屠格涅夫对自然的崇拜溢于言表,尤其体

---

① Курляндская Г Б. Художественный метод Тургенева[M]. Москва：Академия наук, 1992.

② Пустовойт П Г. Тургенев-художник слова[M]. Москва：МГУ, 1994.

③ Курляндская Г Б. Проблема характера в романах Тургенева[J]. Вопросы литературы, 1958 (9)：64-78.

现为他在《猎人笔记》中对俄国广袤大地的描绘。屠格涅夫能从最细微处捕捉自然之美,语言不浮夸,淳朴而亲切。准确表现在屠格涅夫对于人物的塑造上。人物的动作和心理活动的变化,屠格涅夫都能够准确地捕捉到。简洁表现在屠格涅夫作品的篇幅较短上。普斯托沃依特认为,屠格涅夫在使用词汇时会选取最为贴切的,因此没有过多冗繁的描绘,使其作品具有简洁明快的特点。

屠格涅夫素来以描写自然见长,所以在屠格涅夫的作品中,自然描写具有重要的作用。巴格利(Багрий А. Ф.)撰写的专著《屠格涅夫作品中的自然描写》①就对屠格涅夫笔下的景色做了详细研究。巴格利认为,屠格涅夫对自然的态度是复杂的,他既钟情于自然的和谐之美,又苦恼于自然的冷漠无情。正因如此,在屠格涅夫的作品中,自然的形象也是多样的,它可以是仁慈的母亲,也可以是博学的先知,还可以是冷漠的老婆婆。不同的自然形象与不同的作品主题相契合,同时,作品中的人物也寓于自然中,屠格涅夫通过自然的变化间接地揭示人物的思想和命运。在屠格涅夫的作品中,自然如同另一位作家,与屠格涅夫共同完成作品的创作。

随着研究角度日趋多样,俄罗斯学者不再只关注屠格涅夫的长篇小说,也开始关注屠格涅夫其他体裁的作品。梅列什科娃(Мелешкова О. А.)在2005年发表论文《十九世纪下半叶小说中的戏剧性(屠格涅夫、谢德林、博博雷金)》②,从戏剧的角度来研究屠格涅夫的散文创作。梅列什科娃在文中详细地阐述了屠格涅夫散文具有的戏剧特点,认为屠格涅夫的语言运用得非常准确,而且十分生活化,屠格涅夫描绘的画面图景具有戏剧表演中的舞台质感。

也有学者从屠格涅夫的语言入手进行研究,阿里奥玛洛娃(Алиомарова Д. М.)于2010年撰写了副博士论文《屠格涅夫散文中语言的世界图景》③。

_____

① Багрий А Ф. Изображение природы в произведениях Тургенева[M]. Москва:Наука и Образование,1996.

② Мелешкова О А. Театральность в русской прозе второй половины XIX века(И. С. Тургенев, М. Е. Салтыков-Щедрин, П. Д. Боборыкин)[D]. Коломна:Коломенский государственный педагогический институт,2005.

③ Алиомарова Д М. Языковая картина мира в прозе И. С. Тургенева[D]. Махачкала: Дагестанский государственный педагогический университет,2010.

　　阿里奥玛洛娃首先从屠格涅夫的个人性格方面对其语言特点进行研究,然后论述了屠格涅夫散文创作中的语言修辞特点,最后从认知角度论述了屠格涅夫散文中的语言特点。这篇论文结合当时新兴的认知科学,使屠格涅夫研究这一较为古老的题目有了新的研究方法和角度。

　　屠格涅夫的散文诗创作引起了俄罗斯学界的广泛关注,学者们纷纷对其进行深入研究。卡鲁布科夫(Голубков В. В.)在专著《屠格涅夫的艺术技巧》①中对屠格涅夫的散文诗创作进行了研究,认为散文诗在屠格涅夫整个文学创作生涯中占有重要地位,屠格涅夫对语言的驾驭能力是其他俄国作家无法比拟的,生动语言、象征手法、比喻修辞等都使屠格涅夫的散文诗具有极强的艺术表现力和感染力。

　　普洛斯库林(Проскурин С. Я.)在文章《屠格涅夫的〈散文诗〉》②中对屠格涅夫的散文诗创作进行了分类研究,认为屠格涅夫的散文诗可以分为三个题材:爱情散文诗、自然散文诗和政论散文诗。爱情散文诗大多表达屠格涅夫对过往爱情经历的慨叹。《散文诗》创作于屠格涅夫晚年,在经历了一生的情感纠葛后,屠格涅夫把对爱情的渴望和对生活的美好憧憬都融入爱情题材散文诗的创作当中。自然散文诗是屠格涅夫体现自己自然观的重要作品,通过对自然美景的描绘与讴歌,屠格涅夫得以抒发自己对自然的无尽崇拜之情。政论散文诗则体现了屠格涅夫对社会的思考。屠格涅夫素有"时代歌者"的美誉,对社会变革问题有着敏锐的洞察力,他通过政论散文诗表达了自己对某些社会问题的深入思考。

　　杰姆雅科夫斯卡娅(Земляковская А. А.)在《〈散文诗〉——屠格涅夫晚年的抒情日记》③中指出,屠格涅夫散文诗的最大的艺术特色在于抒情性。结合屠格涅夫散文诗的创作背景,杰姆雅科夫斯卡娅认为,屠格涅夫晚年创作的散文诗是对自己一生经历的回顾与思索。在体验了人生百味之后,暮年的屠格涅夫已经把爱情、生活、人与自然的关系、生与死看得十分透彻。

---

　　① Голубков В В. Художественное мастерство И. С. Тургенева [M]. Москва: Учебное издательство, 1960.
　　② Проскурин С Я. «Стихотворения в прозе» И. С. Тургенева[J]. Вопросы истории и теории литературы, 1966(6): 60-76.
　　③ Земляковская А А. «Стихотворения в прозе» как лирический дневник последних лет И. С. Тургенева[J]. Русская речь, 1967(12): 103-124.

借助散文诗,屠格涅夫如同书写日记一般,将人生中的不同感悟串联起来。

伊索娃(Иссова Л. Н.)在《屠格涅夫散文诗的体裁探源》①一文中指出,屠格涅夫的个人经历和文学创作活动与法国和法国文学有着密不可分的联系。伊索娃在法国文学研究中探源屠格涅夫散文诗的体裁后指出,散文诗这种体裁最早出现在法国文坛,最初的散文诗原型是具有诗意的微型散文,这种体裁属于散文范畴,但是无论在篇幅上还是在抒情性上都与传统的散文作品不同——散文诗的篇幅较为短小,抒情性更强,可以单纯进行个人感情抒发,也可以面对客观世界有感而发。这种微型散文曾在法国文学界风靡一时,屠格涅夫对于这种体裁形式并不陌生,由此可以推断,屠格涅夫的散文诗也许是从这种诗意的微型散文发展而来。李莫诺娃(Лимонова Е. А.)在《〈散文诗〉独特的体裁和风格》②中也对屠格涅夫的散文诗体裁进行了研究,认为散文诗是一种较为特殊的体裁形式,它结合了散文与诗歌这两种文学体裁的优势。屠格涅夫的散文诗艺术风格多样,或对爱情和自然抱有极为深沉的感情,或对社会生活提出自己的理性思考。

俄罗斯学界对屠格涅夫的研究是非常全面的,除了上述研究内容,学者们还关注到了屠格涅夫创作中的哲学思想、屠格涅夫作品的意义,发现了一些比较新颖的研究角度。

索洛维约夫(Соловьёв В. С.)在专著《文学评论》③中论述了屠格涅夫创作中的唯心主义思想。索洛维约夫认为,屠格涅夫创作中表现出来的唯心主义与众不同,他笔下所描绘的并不是社会的运动变化,而是在特定时间内静止的社会状态。屠格涅夫在这种静止的状态下展现其哲学观和文学创作的艺术特点。索洛维约夫还指出,屠格涅夫创作中表现出来的矛盾需要借助女性形象进行消解,屠格涅夫在作品中赋予女性更为强大的艺术魅力。

1994 年出版的别尔嘉耶夫(Бердяев Н. А.)的《屠格涅夫创作中的哲学》④关注了屠格涅夫的精神世界,是一部介绍和总结屠格涅夫哲学观的著

① Иссова Л Н. Истоки жанра стихотворений И. С. Тургенева [J]. Вопросы литературы и фольклора, 1969(7) : 55-65.

② Лимонова Е А. Жанровое и стилевое своеобразие «Стихотворений в прозе» [M]// Материалы X научной конференции литературоведов Поволжья. Ульяновск, 1969.

③ Соловьёв В С. Литературная критика[M]. Москва: Современник, 1990.

④ Бердяев Н А. Философия творчества Тургенева[M]. Москва: Москва, 1997.

作。在书中,根据屠格涅夫的早年经历和在作品中表现出来的个人思想,别尔嘉耶夫分析并总结了屠格涅夫创作中的哲学观。屠格涅夫的哲学观与众不同:不是单纯的某一种哲学思想在其身上有明显的体现,而是各种不同思想混合在一起,形成了屠格涅夫的哲学观。

1998 年,俄罗斯学者托波罗夫(Топоров В. Н.)出版了《奇怪的屠格涅夫(四章)》①一书,利用丰富的资料和独到的研究视角,打破了屠格涅夫研究的固有方式,剖析了屠格涅夫在创作和生活中的奇怪一面,并进行总结归纳,与传统研究得出的屠格涅夫的优点进行对比,凸显了屠格涅夫性格中的矛盾性,还原了一个真实而饱满的屠格涅夫形象,对于全面认识和了解屠格涅夫的性格、思想、作品创作手法等是有帮助的。

斯科科娃(Скокова Л. И.)于 2000 年出版专著《屠格涅夫的创作:世界观问题》②。斯科科娃通过屠格涅夫的创作来研究其世界观,认为屠格涅夫的世界观对其创作影响深远,屠格涅夫之所以在小说情节的处理上常以悲剧为结局,是因为屠格涅夫的世界观中含有悲观思想,这种悲观思想左右了屠格涅夫对作品情节的设计,不过也恰恰是这种悲观思想加强了受众对屠格涅夫作品的悲剧审美体验。

除了以上介绍的对屠格涅夫的研究,进入 21 世纪,屠格涅夫研究热度仍然不减,俄罗斯的学者们仍然坚持多视角、多维度的研究理念,借助不同的方法对屠格涅夫进行研究,取得许多学术成果。

有学者从屠格涅夫文学创作反映出的俄罗斯民族性角度进行研究。尤努索夫(Юнусов И. Ш.)在其论文《十九世纪下半叶俄国文学中的民族性问题:屠格涅夫、冈察洛夫、托尔斯泰》③中首先论述了民族性在 19 世纪的俄国文学中有哪些体现,之后介绍了屠格涅夫创作中的民族主题,在最后一节中论述了屠格涅夫与其他俄国作家在反映民族性主题上的不同之处。

---

① Топоров В Н. Странный Тургенев (Четыре главы) [M]. Москва: Российский государственный гуманитарный университет,1998.

② Скокова Л И. Творчество И. С. Тургенева: проблема мировоззрения [M]. Москва: Русский язык,2000.

③ Юнусов И Ш. Проблема национального характера в русской литературе второй половины XIX века (И. С. Тургенев, И. А. Гончаров, Л. Н. Толстой) [D]. Санкт-Петербург: Российский государственный педагогический университет им. А. И. Герцена,2002.

还有俄罗斯学者关注到了其他国家对屠格涅夫的研究。萨维娜（Саввина Э. Р.）撰写了论文《19 世纪 50 至 80 年代法国文学批评视域下的屠格涅夫》①。在这篇论文中，萨维娜从客观的角度审视了法国文学批评下的屠格涅夫创作，从而为屠格涅夫研究找到了一个不同以往的研究视角，即在第三方视域下看待本国人熟悉的经典作家。

切尔诺夫（Чернов Н. М.）在 2003 年出版了《外省人屠格涅夫》②一书，书中关注了屠格涅夫的地方人际圈子，通过大量的事实来介绍屠格涅夫在非贵族圈中的生活方式和人际关系，利用这些生活中的细节之处来解读屠格涅夫创作中的现实主义问题。切尔诺夫认为，屠格涅夫在作品中可以真实、准确地还原俄国风貌，这一定与其个人的生活圈有关，如果没有切实的生活体验，就无法达到屠格涅夫的美学追求的境界——"把生活提升到理想"。从这个观点出发，切尔诺夫着手研究，在其书中为读者展示了一个不一样的非贵族的屠格涅夫。

罗曼诺娃（Романова Г. И.）在文章《屠格涅夫的小说创作（〈阿霞〉和〈贵族之家〉)》③中给予屠格涅夫创作非常高的评价。罗曼诺娃认为，屠格涅夫的创作是俄罗斯历史和文化领域的瑰宝，是俄罗斯经典现实主义和完美的俄罗斯语言的典范，对屠格涅夫创作进行研究可以帮助人们更好地理解俄罗斯文化。通过对《贵族之家》的分析，罗曼诺娃指出，《贵族之家》发表之后在读者圈内引起广泛共鸣，这让屠格涅夫本人感到幸福不已。罗曼诺娃从题目入手，认为"贵族之家（Дворянское гнездо）"这个题目具有隐喻功能，其中的 гнездо（巢）既有狭义解释即"家庭和庄园"，也有广义解释即"国家和俄罗斯"。罗曼诺娃认为拉夫列茨基去了意大利，没有回到俄国，从本质上讲，拉夫列茨基去哪儿都无所谓，只要不是回到他的家、他的 гнездо 里。通过对作品中人物和情节内在联系的分析，罗曼诺娃认为屠格涅夫在《贵族之家》中的隐喻是其创作中最重要的艺术特色。

库兹涅佐娃（Кузнецова И. А.）在文章《并非经典的经典：读屠格涅夫非

---

① Саввина Э Р. И. С. Тургенев во французской критике 1850-1880-х годов[D]. Кострома：Костромской государственный университет им. Н. А. Некрасова, 2003.

② Чернов Н М. Провинциальный Тургенев[M]. Москва：Центрполиграф, 2003.

③ Романова Г И. Повесть и роман в творчестве Тургенева И. С. «Ася», «Дворянское гнездо»[J]. Русская словесность, 2004（b7）：12-20.

经典作品有感》①中认为,屠格涅夫的文学创作更多表现了对人生的思考。她指出,19 世纪 40 年代是屠格涅夫创作生涯中较为重要的一段时间,旅居海外的漂泊生活、经济上的困境、情感上的痛苦,以及身体上的病痛,都使屠格涅夫在这一时期的创作陷入艰难的境地。屠格涅夫此时在作品中所表达的也正是悲观思想,例如在 1838 年发表的诗歌《黄昏》表现了他的消极情绪和内心的愁苦。库兹涅佐娃在文章中通过引用屠格涅夫同时代人对其的评价,指出屠格涅夫作品中的消极思想源自其生活中的悲观情绪。库兹涅佐娃引用赫尔岑回忆录中的内容指出,1849 年春末屠格涅夫身染霍乱,这使他的精神和身体每况愈下,意志消沉使其创作愈发艰难。

特洛菲莫娃(Трофимова Т. Б.)于 2005 年发表文章《屠格涅夫〈散文诗〉中的莱蒙托夫式"潜台词"》②。特洛菲莫娃认为,莱蒙托夫的创作对屠格涅夫有深远影响,莱蒙托夫创造的毕巧林形象是屠格涅夫笔下主人公的原型。屠格涅夫在创作中有许多对莱蒙托夫作品的借鉴,可以说其创作与莱蒙托夫创作是紧密联系的,主要表现在屠格涅夫在创作中对莱蒙托夫作品的引用,以及模仿莱蒙托夫创作而设计的隐喻、主观联想和人物形象塑造等方面。特洛菲莫娃指出,19 世纪 70—80 年代,屠格涅夫在与友人的私人信件中经常谈到莱蒙托夫的作品以及它们对自己创作的影响。莱蒙托夫在创作中表现的俄国命运主题以及人类文明与自然关系主题对屠格涅夫的散文诗创作产生启发意义,在散文诗中,屠格涅夫表达了自己对人生、幸福、爱情、痛苦、命运、死亡、真理探寻等问题的思考。通过对屠格涅夫散文诗的分析,特洛菲莫娃总结道,莱蒙托夫创作对屠格涅夫散文诗创作产生深远的影响,屠格涅夫通过对莱蒙托夫创作的借鉴,丰富了自己的创作素材,同时赋予了散文诗深厚的哲理。

2006 年,俄罗斯屠格涅夫研究领域的专家普斯特沃依特出版了专著《群贤荟萃——俄罗斯经典作家的创作手法》③,它虽然不是专门研究屠格涅夫

① Кузнецова И А. Неклассическая классика. Опыт прочтения непопулярных произведений И. С. Тургенева[J]. Вопросы литературы,2004(4) : 177-197.

② Трофимова Т Б. Лермонтовский «подтекст» в цикле И. С. Тургенева «Стихотворениях в прозе»[J]. Русская литература,2005(1) :124-132.

③ Пустовойт П Г. Созвездие неповторимых. Мастерство русских классиков[M]. Москва: МГУ,2006.

的专著,但是普斯特沃依特在其中为自己钟情的屠格涅夫专门撰写了一章评论。这章评论是普斯特沃依特对屠格涅夫研究的总结性论述。他梳理了已有的针对屠格涅夫研究的学术观点,总结了屠格涅夫研究的心得,同时结合最新的学术观点,对屠格涅夫研究在 21 世纪的发展提出了自己的想法,并对青年学者研究"屠格涅夫"这个看似有些陈旧的话题表示欢迎。普斯特沃依特认为,经典作家和作品是人类文明共同的瑰宝,经典可以被传颂几个世纪正是因为它不可复制、无法超越,屠格涅夫及其作品就是这样的经典。同时,普斯特沃依特也针对屠格涅夫的《散文诗》进行了评论,指出《散文诗》是屠格涅夫创作生涯的转型之作,它虽然以现实主义手法创作而成,但是处处让人感受到浪漫主义特色,这正是《散文诗》取得极大艺术成就的重要原因。

同年,丹尼列夫斯基(Данилевский Р. Ю.) 发表论文《〈猎人笔记〉中的屠格涅夫与人权》①,认为屠格涅夫的《猎人笔记》是一种新式的文学体裁,这种"笔记"式的文学作品具有很高的艺术价值和美学意义。丹尼列夫斯基指出,《猎人笔记》的成功在于"笔记"这种文学形式使作品更加具有真实感,当然更为重要的是作品当中屠格涅夫对于人权的关注。《猎人笔记》不仅体现了屠格涅夫的美学思想,即人与自然构成艺术,同时还反映了屠格涅夫从哲学角度对人与自然、人与人之间关系的思考,表达了他对俄国农民深刻的人文主义关怀。

与丹尼列夫斯基不同,学者切尔内赫(Черных Г. А.) 关注了屠格涅夫的另一部作品《父与子》,撰文《历史洪流中的个人生活(谈屠格涅夫的〈父与子〉)》②。在这篇文章中,切尔内赫主要论证了屠格涅夫创作中个人命运与历史发展的联系,他简述了主人公尼古拉·彼得洛维奇·基尔沙诺夫的人生经历和当时的社会现实,将个人生活同社会历史生活进行比较,指出基尔沙诺夫的个人生活并没有与俄国的命运紧密联系,他的生活立场决定了他的人生命运。基尔沙诺夫被动的生活态度、一成不变的生活方式,都是其人物性格的形成原因,当时无论是俄国国内还是国外的变化都没有影响到

---

① Данилевский Р Ю. И. С. Тургенев и права человека (《Записки охотника》) [J]. Русская литература,2006(2):223-225.

② Черных Г А. Частная жизнь в потоке истории (И. С. Тургенев 《Отцы и Дети》) [J]. Русская словесность,2006(5):32-35.

基尔沙诺夫的生活,因此在面对改革时他才表现得保守。切尔内赫指出,屠格涅夫的创作符合当时的社会情况。切尔内赫从历史唯物主义的角度论述了屠格涅夫的人物塑造方式,认为作品中人物的命运与其所处的社会环境有必然联系。

涅兹维茨基在文章《屠格涅夫的主人公与艺术》①中认为,屠格涅夫作品中的主人公具有极强的艺术价值。涅兹维茨基从以下方面进行了分析与论述。第一,屠格涅夫运用绘画方式对主人公的外形特点以及主人公的活动场所进行了细致刻画,使人物的外在形象和人物的活动环境具有极强的绘画美感,令读者过目难忘。第二,屠格涅夫运用音乐方式对主人公的语言特点进行塑造,屠格涅夫笔下的主人公在情节的安排下会进行演唱歌曲、弹奏乐器、朗诵诗歌等活动。此外,为了凸显主人公的出身和气质,屠格涅夫对语言进行精雕细琢,使文字具有极强的乐感。第三,屠格涅夫运用雕塑方式对主人公的神态、表情、肢体动作进行刻画,这一点符合屠格涅夫一贯的美学追求,即在瞬间中把握永恒,屠格涅夫对人物的细微动作采用雕塑式的定格特写描绘,使人物的动作与神态更具生动性和艺术美感。

格拉兹果娃(Глазкова М. В.)于 2008 年撰写论文《十九世纪下半叶俄国文学中的"庄园主题文本":冈察洛夫,屠格涅夫,费特》②,在其中论述了"庄园"形象在屠格涅夫作品中的象征意义。格拉兹果娃先是从历史唯物主义哲学观的角度出发,认为生产力的提高使生产关系发生了变化,俄国社会逐渐分化成富裕阶层和贫穷阶层,庄园最初是财富的象征,同时格拉兹果娃认为庄园在某种意义上与花园和院落相似,她又借助现代神话理论阐释了神话视域下花园的象征意义,进而得出庄园也是天堂、也是一片净土的结论。通过分析文本,格拉兹果娃对屠格涅夫的《罗亭》《贵族之家》《父与子》中的庄园形象进行了论述,并阐释了庄园形象在屠格涅夫创作中的意义。这篇文章跳出了原有的研究思路的局限,以全新的视角关注了"庄园"在屠格涅夫创作中的象征意义。

---

① Недзвецкий В А. Герой И. С. Тургенева и искусство[J]. Русская словесность,2007(5):5-15.

② Глазкова М В. «Усадебный текст» в русской литературе второй половины XIX века (И. А. Гончаров, И. С. Тургенев, А. А. Фет) [D]. Москва: Московский педагогический государственный университет,2008.

屠格涅夫的影响力遍布世界各地,除了中国和俄罗斯(苏联)在屠格涅夫研究方面取得许多学术成果,其他国家的专家和学者也对屠格涅夫研究抱有学术热情。

1992 年,加拿大学者伊丽莎白·艾伦(Elizabeth Cheresh Allen)出版了专著《超越现实主义:屠格涅夫诗学中的现世救赎》①,认为屠格涅夫研究不应该局限于现实主义视域之下。她关注了屠格涅夫诗歌创作所表现出的浪漫主义特色,并从文学和伦理学的角度阐释了屠格涅夫诗学中的救赎精神。

2007 年,加拿大学者唐娜·奥温(Donna Tussing Orwin)在出版的个人专著《意识论:论屠格涅夫、陀思妥耶夫斯基、托尔斯泰》②中以"俄罗斯思想"(Russian Idea)为切入点,对屠格涅夫、陀思妥耶夫斯基和托尔斯泰这三位作家的文学创作进行剖析,其中有专门的章节对屠格涅夫的创作进行论述。唐娜·奥温并非仅仅从文学角度出发,而是采用跨学科的研究方法,运用哲学、宗教学以及神经心理学等学科的理论来解读屠格涅夫创作中的主观性,并通过分析文本来剖析屠格涅夫的内心世界。

阿拉伯学者阿里–扎德(Али-Заде)在 2012 年发表的论文《阿拉伯文学批评视域下的屠格涅夫》③中指出,屠格涅夫的名字在阿拉伯世界中最早出现于 1887 年,当时介绍俄国文学的书籍涉及了屠格涅夫的创作。阿拉伯世界的文论家对屠格涅夫的创作非常推崇,他们认为屠格涅夫的创作集细腻的艺术表现、诗意的景色描绘、真实的社会情景再现于一体。

屠格涅夫研究在日本兴起较早,随着屠格涅夫的作品被介绍到日本国内,与之相关的屠格涅夫研究也积极地开展了起来。早在 20 世纪 30—40 年代,日本学者已经开始对屠格涅夫进行相关研究。与中国国内相似的是,日本的屠格涅夫研究也是从翻译领域最先开始的,学者们借由翻译屠格涅夫的相关作品来对其进行解读和分析,其中取得一定成就的是日本著名诗人

---

① Elizabeth Cheresh Allen. Beyond Realism:Turgenev's Poetics of Secular Salvation[M]. Stanford:Stanford University Press,1992.

② Donna Tussing Orwin. The Consequences of Consciousness:Turgenev,Dostoevsky,and Tolstoy[M]. Stanford:Stanford University Press,2007.

③ Али-Заде Э А. И. С. Тургенев в арабском литературоведении и критике[J]. Восток. Афро-азиатские общества:история и современность,2012(4):186-193.

生田春月①。生田春月在翻译完屠格涅夫的《初恋》后撰写了《初恋,最初的伤痛》一文,在文中分析了屠格涅夫创作中爱情描写的特点,同时也谈到屠格涅夫爱情观中的矛盾性,以及屠格涅夫梦想和现实的对立、性格与客观环境的冲突。

通过以上论述不难看出,屠格涅夫研究在国内外开展得十分广泛,但针对国内外屠格涅夫研究情况,学者朱红琼在其专著中指出,在俄罗斯,屠格涅夫学是一门显学,研究队伍相对稳定,因而对屠格涅夫创作一直保持相对持续的研究工作②;相比之下,中国国内的屠格涅夫研究在某些领域内还未取得十分丰硕的成果,因此屠格涅夫研究应是一个历久弥新的课题。

三、本书的结构与内容

本书包含绪论、论述主体和结语三部分,其中论述主体部分包含以下三章内容:

第一章探讨屠格涅夫长篇小说中的主题。托马舍夫斯基在谈及“主题”时认为,“主题”是诗学研究的一部分,是作品中所有内容的统一。在诗学研究中,“主题”通常用来表示作品中内容之间的关系。③ 屠格涅夫素有“时代歌者”的美誉,这不仅指屠格涅夫擅于用现实主义的创作方法对客观社会生活进行描写,而且表明屠格涅夫的绝大多数作品都体现了与时代相契合的主题,这些主题反映了19世纪俄国各阶层人士对国家和民族命运的思考。本章以屠格涅夫的长篇小说《罗亭》《贵族之家》《父与子》为文本依据,分别阐释了屠格涅夫创作所表现的理想与现实矛盾主题、爱情与义务关系主题和社会变革主题。

第二章论述屠格涅夫创作中的浪漫主义特色。屠格涅夫通常被认为是现实主义作家,但是其文学创作与俄国其他现实主义作家的文学创作之间存在着不同之处——屠格涅夫的作品带有浓厚的抒情元素。本章着重对屠格涅夫创作中的抒情元素进行阐释,通过文本分析,提炼具有典型抒情特征

---

① 本名生田清平。
② 朱红琼. 屠格涅夫散文诗研究[M]. 北京：人民出版社,2013.
③ 转引自：Томашевский Б В. Теория литературы. Поэтика[M]. Москва：Аспект Пресс,1999.

的关键词。本章主要从诗情画意的景物描写、真挚深刻的主观抒情、具有传奇性的人物与情节这三个方面,以屠格涅夫的诗歌、散文诗和长篇小说为文本依据进行论述。

第三章基于前文对屠格涅夫作品的分析,重点对屠格涅夫世界观的诗学表达进行阐释,其中包括对屠格涅夫创作中的哲学观、人生观和爱情观的论述。本章通过对屠格涅夫不同观念的解读,力求展示屠格涅夫创作中的思想,探索屠格涅夫世界观的形成原因,揭示屠格涅夫思想在文学作品中的表现,希望可以全面而客观地对屠格涅夫创作的诗学表达进行研究。

第一章
屠格涅夫长篇小说中的主题

　　"主题"亦称"主题思想",即文艺作品中蕴含的基本思想。主题不是赤裸裸的抽象思想,而是与具体的题材和艺术形象的特殊性密不可分地结合在一起的。主题是作品所有要素的辐射中心和创造虚构的制约点。由于作者的立场、观点和创作意图的不同,相似的题材可以表现不同的主题;作者的思想深度、生活经验和艺术表现方法,也会影响主题的深度和广度。篇幅较大的文艺作品有时有一个以上的多重主题,内容复杂的作品的主题常有多义性。① 日尔蒙斯基(Жирмунский В. М.)指出,主题是一部作品中的关键性词语,而这些关键性词语正是对作者创作思想的反映。他认为,对于不同类型的作家而言,主题的关键词往往各不相同。②

　　谈及屠格涅夫的创作,爱情主题往往是最受关注的。的确,屠格涅夫是描写爱情的大师,他笔下的爱情唯美浪漫却充满悲剧色彩。但是,只关注屠格涅夫创作中的爱情主题很显然是不够的。屠格涅夫对个人情感、社会现实、国家命运、民族发展都有深入的思考,通过作品把这些思考反映出来恰恰是屠格涅夫创作的特色。因此,如果说爱情主题是屠格涅夫创作中的重要组成部分,那么理想与现实矛盾主题、爱情与义务关系主题,以及社会变革主题,也是屠格涅夫创作中不可或缺的部分。

　　屠格涅夫所信守的创作原则是作者不参与到作品情节当中,不表达主观感情,通过作品反映客观现实。通过文本分析可以发现,屠格涅夫在小说创作中经常会假借作品中的人物来发表评论,从叙事学的角度来理解,可以认为是作品中的人物发挥了"隐含作者"的叙事功能。从叙事者的角度来看,屠格涅夫作品中的人物属于"故事内叙事者",他们通过参与整个叙事活动,间接地表达作者的思想,作者虽身在局外,但成了"同故事叙事者"。这种叙事方式是屠格涅夫创作的重要表现。

　　就作品的内容而言,屠格涅夫的长篇小说力求反映社会的风云变幻,表现社会情绪和社会发展趋势,诚挚而冷静地把莎士比亚称为"形象本身和时代印记"的东西和当时俄国文明阶层人士的迅速变化的面貌描绘出来,并体现在适当的典型中。所处社会中一系列亟须解决的问题是屠格涅夫长篇小

---

① 陈至立.辞海:缩印本[M].7 版.上海:上海辞书出版社,2022:3008.
② Жирмунский В М. Задача поэтики[М].Москва:Культура,1997.

说关注的重点。① 本章将以屠格涅夫的长篇小说《罗亭》《贵族之家》《父与子》为文本依据,通过叙事学理论对作品内容进行分析,讨论屠格涅夫长篇小说中的主题。

第一节　理想与现实矛盾主题
——基于长篇小说《罗亭》

人类社会发展是前进性和曲折性的统一,人的主观理想和社会的客观现实都对人类社会发展有重要影响。回顾俄国 19 世纪的历史,最为重大的变革就是农奴制改革,它为俄国社会发展带来了巨大变化。

农奴制改革的诉求形成于 19 世纪 30 年代,19 世纪 50 年代正是这一变革的过渡时期,在这个时期,贵族知识分子已经由于时代的变化和自身的历史局限性,无法再适应新时期的社会需求而逐渐淡出历史舞台,平民知识分子成为当时思想界的活跃分子,在社会发展中找到了自己的一席之地,他们是时代的弄潮儿,成为一股新生力量。

19 世纪三四十年代的贵族青年由于性格软弱,又缺乏行动力,常被认为是"多余人",民众们认为这些贵族青年只会高谈阔论。面对外界的各种质疑和批评,屠格涅夫通过文学作品表达了他对贵族青年的理解,反映了当时社会所存在的理想与现实的矛盾,而言论与行动、个人与社会都是主观理想与客观现实的具体表现,通过文学创作,屠格涅夫阐释了其内在关系。

一、从言论与行动关系探究理想与现实矛盾主题

提及俄国 19 世纪三四十年代贵族青年在言论与行动上的态度问题,以及屠格涅夫作品中对理想与现实矛盾主题的反映,就要谈到屠格涅夫的小说《罗亭》。

《罗亭》发表于 1856 年,是屠格涅夫的第一部长篇小说,描写了 19 世纪三四十年代贵族青年罗亭所面对的历史使命和悲剧命运。罗亭是屠格涅夫

---

① 朱宪生. 天鹅的歌唱——论俄罗斯作家[M]. 西安: 陕西人民教育出版社,1998.

继《希格雷县的哈姆莱特》之后创作的又一个具有"多余人"气质的人物。《罗亭》这部作品表明,在文学创作中,屠格涅夫开始关注贵族青年是如何投身于社会实践、推动社会变革的。

(一)积极的言论需要付诸实际行动

罗亭命运之坎坷源于动荡的年代。屠格涅夫通过"罗亭"这一人物将19世纪三四十年代贵族进步青年的性格特征进行了集中表现,借助其人生经历向世人展示了贵族进步青年为推动国家发展、民族进步所进行的探索与尝试,也揭示了当时的俄国社会是思想理论与实际行动相脱节的社会这一现实。

在小说《罗亭》中,屠格涅夫为主人公罗亭设计了一个极具特色的活动环境,即拉松斯卡娅庄园。庄园、小客厅等地方经常被屠格涅夫设计为小说的故事发生地。屠格涅夫这样写道:

> 达丽娅·米哈依洛芙娜的宅邸在全省几乎是首屈一指。这座由拉斯特列里设计、按照上世纪风格建造的石头大厦,雄伟地耸立在小山顶部,山脚下则有一条俄罗斯中部地区的主要河流经过。达丽娅·米哈依洛芙娜本人是一位出身名门的阔太太,三等文官的遗孀。潘达列夫斯基经常说她熟悉整个欧洲,欧洲也知道她,不过实际上欧洲并不了解她。即使在彼得堡,她也不是什么重要角色,但在莫斯科却颇有名气,拜访她的人络绎不绝。她属于上流社会……①

屠格涅夫对作品中主人公的活动场所非常重视,并进行了精心选择和设计。拉松斯卡娅庄园经常举办沙龙。沙龙文化是从法国传入俄国的,并在19世纪的俄国上流社会风靡一时。沙龙被认为是思想和智慧碰撞的轻松活动,但拉松斯卡娅庄园的沙龙在屠格涅夫笔下则显得氛围凝重,令人感到不愉快,沙龙里的空气如同凝固了一般。屠格涅夫的小说中,在一个看似宁

---

① 屠格涅夫.屠格涅夫全集(第二卷)[M].徐振亚,林纳,译.石家庄:河北教育出版社,2000:13-14.

静的、安详的环境下,人们的心灵躁动不安。①

> 男爵没有来吃饭,大家足足等了他半个多小时。席间,大家说话不
> 太投机。谢尔盖·巴甫雷奇不时望着坐在他旁边的娜塔里娅,殷勤地
> 频频往她杯子里添矿泉水。潘达列夫斯基徒然地竭力讨好邻座亚历山
> 德拉·巴甫洛芙娜。他说了不少恭维话,可她差点没打呵欠。②

此处情节为罗亭出场埋下伏笔。文学作品中的叙事情节具有一定冲突性,庄园沙龙里的气氛令人昏昏欲睡,此时安排男主角罗亭登场就会顺理成章地推动情节发展。③ 主人公的加入使整个叙事情节进入一个高潮,随着情节推进,人物之间会产生冲突,冲突会不断累加并被激化,最后又通过情节的发展而自行消失。这种冲突被认为是局部性或者暂时性冲突,冲突中包含了所有参与推动情节发展的人物与事件。

特定人物的出现可以造成暂时性冲突,这种冲突是推动情节发展的基本要素之一。特定人物的功能被称为"出场人物功能",即对情节发展起到推动作用的关键性人物的行为。普罗普认为,主人公的出现需要满足两个条件才可以使情节发生暂时性冲突:其一,情节安排上要有反对主人公的人物或者敌对者与主人公进行较量;其二,情节中出现的冲突通常以主人公获得胜利而结束。罗亭的出现正好发挥了这样的功能。④

罗亭的出场使拉松斯卡娅庄园的沉闷气氛发生了变化,而随后罗亭与其他人物间的论战则是情节发展所需要的冲突。屠格涅夫在设计情节时,遵循了冲突需要消解的原则,正如黑格尔在其著作《美学》中论述情节冲突时所说:"冲突要有一种破坏作为它的基础,这种破坏不能始终是破坏,而是要被否定掉。它是对本来和谐的情况的一种改变,而这改变本身也要被改

① 张晓东.苦闷的园丁——"现代性"体验与俄罗斯文学中的知识分子形象[M].北京:人民文学出版社,2009.
② 屠格涅夫.屠格涅夫全集(第二卷)[M].徐振亚,林纳,译. 石家庄:河北教育出版社,2000:25.
③ 周卫忠.屠格涅夫长篇小说的叙事模式[J]. 广东职业技术师范学院学报,1999(2):39-43.
④ Пропп В Я. Морфология сказки[M]. Ленинград:Академия Ленинграда,1970.

变掉。"①

罗亭成为吹散沙龙沉闷气氛的一股清风，他以自己擅于雄辩的才能、犀利的言辞和先进的思想在沙龙中赢得了极高关注。对沙龙里的三个人——怀疑主义者毕加索夫、平民知识分子巴西斯托夫和贵族小姐娜塔莉娅——而言，罗亭的到来更是改变了他们的思想和命运。

对怀疑主义者毕加索夫而言，罗亭以强势的姿态、犀利的言辞和积极的思想瓦解了他的精神堡垒；对平民知识分子巴西斯托夫而言，罗亭是他精神上的明灯，罗亭以自己思想和智慧中的火花点燃了巴西斯托夫思想中的燎原之火；对贵族小姐娜塔莉娅而言，罗亭是优雅的、博学的，她那悸动的少女春心早已被罗亭悄悄俘获。在娜塔莉娅的眼中，从罗亭唇齿间迸出的词汇是那样感人，它们唤醒了少女那懵懂的心，把她带进了德国诗歌的芳草园地。②

罗亭的首次亮相是成功的，他以广博的学识、雄辩的口才以及追求真理的开拓精神令沙龙里的人们耳目一新。但仔细分析后会发现，罗亭的侃侃而谈、旁征博引、谈古论今都只是流于表面的言论，仅是纸上谈兵。这些言论虽听起来美好诱人，但罗亭所描述的一切都是自己的主观意愿和美好想法，它们如果只流于形式，停留在言论层面，是不具有任何社会意义和价值的，换言之，罗亭的行为只取得了言论上的胜利。于是，屠格涅夫就给了罗亭一个真正意义上的考验，让众人看看这位沙龙里耀眼的明星是否只会空谈。

屠格涅夫擅于描写爱情，他用爱情作为罗亭的试金石。在面对娜塔莉娅的真挚爱情以及与罗亭私奔、去追求他们心中憧憬的生活的希望时，罗亭选择了逃避。在爱情的考验下，罗亭败下阵来，并选择离开拉松斯卡娅庄园，开始自己的漂泊生活。罗亭性格中的软弱性是借助女主人公对爱情的执着表现出来的。在《罗亭》中，屠格涅夫将女性形象塑造得光辉而高大，与男性形象形成对比。而在之后的小说创作中，屠格涅夫笔下的女性也表现

---

① 黑格尔.美学：全2册[M].朱光潜，译.北京：外语教学与研究出版社，2018：228.
② 杨明智.屠格涅夫《春潮》、《罗亭》对女性的观照[J].长江大学学报（社会科学版），2012，35（4）：22-24.

出温柔型和严峻型两种心理,成为道德的楷模和批判者。①

屠格涅夫给罗亭的人生创造了许多考验和困难。罗亭在从事企业改革、疏通河流、参与教育等活动中都一事无成,一生碌碌无为的罗亭最后永远长眠于异国他乡。很显然,屠格涅夫在塑造罗亭时,对其命运采取了先扬后抑的方式——既有积极一面的顺风顺水,也有消极一面的艰难坎坷。这样正反两面都进行描写,使人物在塑造上更具有辩证性,同时让人物鲜活并贴近生活现实。19世纪现实生活中的贵族青年也正是如此,在当时的社会形势下,贵族青年们没有把理想付诸实际行动,一生碌碌无为、蹉跎而过是必然的结果。褒奖也好,批评也罢,屠格涅夫通过这种抑扬结合的方式描绘了俄国历史上这段特殊的时期,同时呈现出生活在这个时期里的贵族青年们最真实的精神状态。

（二）言论与行动脱节是事业失败的原因

屠格涅夫对贵族青年有较深的阶级感情,他深切地理解贵族青年的思想和行为,其笔下的贵族进步青年从某种意义上来说就是屠格涅夫个人的写照。但屠格涅夫在创作过程中并没有以偏概全,或者出于阶级感情而一味地偏袒。相反地,屠格涅夫非常客观而冷静地对贵族青年的行为和思想进行了深入剖析。这体现出屠格涅夫的高瞻远瞩之处——能够在一定程度上克服历史局限性和阶级局限性,以第三者的视角看待俄国19世纪的贵族知识分子。

屠格涅夫认为,仅仅拥有进步的思想是不可以服务社会、造福人民的。屠格涅夫没有否定先进思想和实践行动之间的关系,他虽然让主人公在一系列实践活动中遭遇失败,以此表现实践会面对重重艰难险阻,但是仍然认为绝不能因为困难就轻易放弃实践,他赞同积极实践对推动社会进步和变革是有重要意义的。但屠格涅夫也注意到,只有一腔热血和进步思想是无法取得成功的,还需要有较为成熟的客观条件和适宜的社会环境,否则,即使勇敢地投身于行动,最后的结果也会是失败。

---

① 朱宪生. 在诗与散文之间——屠格涅夫的创作与文体[M]. 西安：陕西人民教育出版社, 1999.

屠格涅夫通过作品向读者证明,事业取得成功的条件,不仅需要有主观能动性,还需要客观社会条件作为保障。例如罗亭从事教育事业最后遭遇失败。罗亭有先进的思想,也积极投身于行动,但是由于他宣扬的进步思想在当时看来是十分离经叛道的,并且触怒了固有的保守阶级,他最终失败了。这说明客观条件是阻碍罗亭实践成功的一个重要因素,不成熟的客观社会条件阻碍了罗亭的行动,使行动和言论发生了脱节。屠格涅夫客观冷静地看到了当时社会的弊端,并做出了深刻的阐释。

有观点认为,屠格涅夫的创作情节简单,具有较强的主观性,不能反映当时的客观现实,原因在于屠格涅夫的声音在作品中过于强势,在主人公之间的对话中,屠格涅夫的声音仿佛掩盖了其他所有声音,而这直接导致叙事作品在叙事情感、叙事评判标准上都与屠格涅夫的主观思想紧密联系,成为屠格涅夫思想的反映。但朵罗托娃并不认同此观点,她在《屠格涅夫的诗学问题》一文中指出,屠格涅夫作品的内在结构和情节安排是复杂的,叙事者的直接叙述、人物之间的对话,以及文中的评论等多重声音交织在一起。[①]屠格涅夫的作品中所表现的社会现实是真实存在的,正是当时社会的写照,落后的社会现实阻碍了进步思想影响下的改革实践,社会的发展处于停滞状态。屠格涅夫认为,罗亭在事业和生活上的诸多不顺利,究其根源是俄国腐朽的封建农奴制度。正是因为在这样的环境中成长和生活,罗亭才会有诸多性格上的不足之处。在罗亭这个人物的塑造上,屠格涅夫也着重表现了罗亭身上的性格弱点。

屠格涅夫非常了解罗亭所代表的贵族青年在性格上的缺点。张理明在其文章中指出:"罗亭具有四十年代自由主义贵族知识分子代表者所有的那些优秀特征,但他终究只是一个以'言'代'行'者……按当时俄国社会的改革需要,罗亭应当从他的光辉理想出发进一步去以实际'行动'促成一个新社会的产生。可是自由主义贵族的罗亭完全做不到这一点。作者清醒地看到,罗亭毕竟还是远离人民生活而不了解俄罗斯,他性格脆弱而在困难面前游移胆怯;同时更为重要的是在现时的历史条件下,俄国的土壤长不出完美

---

① Долотова Л. Проблемы поэтики Тургенева[J]. Вопросы литературы,1971(3):210-213.

的个性。"①屠格涅夫并没有对此加以主观评价,在作品中,他借助列日涅夫
之口对罗亭劝解道:

> "那是热爱真理的烈火在你内心熊熊燃烧。很显然,尽管你遇到了
> 种种挫折,但是你内心的这团火,比起许多不认为自己自私,反而把你
> 称为阴谋家的人,燃烧得更加炽烈。假如我处在你的位置上,我早就迫
> 使内心的这条虫安静下来,早就跟一切妥协了。可是你却毫无怨言。
> 我坚信,即使在今天,在此时此刻,你也准备像年轻小伙子那样再一次
> 开始新的工作。"②

对罗亭的劝解表现出屠格涅夫对罗亭的赞同和理解,屠格涅夫还继续
假借作品中的人物之口解释道:

> "我再说一遍,这不是罗亭的过错,这是他的命运,痛苦而艰难的命
> 运,我们决不能因此而去责备他。"③

屠格涅夫借助作品中的人物之口对罗亭进行评价,并未采取主观议论
的方式。从叙事学的角度分析可知,这些被屠格涅夫借用的人物是以"隐
含作者"的身份出现在作品中的。"隐含作者"的概念是由韦恩·布思在
其著作《小说修辞学》中提出的重要概念,后被叙事学家广泛采纳。④ "隐
含作者"的叙事功能包含了作者的编码过程和读者的解码过程这两个环节。
从作者编码的角度进行分析,作品中的"隐含作者"代表了作者本人,与作者
持有相同的观点和立场;从读者解码的角度进行分析,"隐含作者"是读者通
过阅读文本,经过总结归纳而推理出的作者在作品中的隐含形象。

在对罗亭进行评价的情节中,小说中的人物作为"隐含作者",通过自己

---

① 张理明.屠格涅夫创作中的"罗亭路线"[J].绍兴师专学报,1996,16(1):62-66.
② 屠格涅夫.屠格涅夫全集(第二卷)[M].徐振亚,林纳,译.石家庄:河北教育出版社,2000:
141.
③ 屠格涅夫.屠格涅夫全集(第二卷)[M].徐振亚,林纳,译.石家庄:河北教育出版社,2000:
124.
④ 转引自:申丹,王丽亚.西方叙事学:经典与后经典[M].北京:北京大学出版社,2010:70.

的语言明确表达了屠格涅夫的创作观点和立场。虽然所有的评价都出自作品中的人物之口,但读者从文字叙述中得到了信息,再经过解码过程,可以推断出此时对罗亭进行评价的人物就是作家即屠格涅夫本人,整个叙事的过程按照美国叙事学家查特曼的理论可以表现为以下叙事交流图:

叙事文本

真实作者(屠格涅夫)→隐含作者(作品中的人物)→受述对象(罗亭)→读者

通过评价不难看出,罗亭没有取得事业上的成功,原因在于性格上的软弱和社会没有为其实现理想提供客观基础,罗亭的思想和行动无法统一。但屠格涅夫对罗亭并不只有否定,因为他对封建腐朽的农奴制度也展开了犀利的批判。比亚雷(Бялый Г. А.)认为,屠格涅夫在为罗亭进行辩护,这同时就是对专制农奴制度的宣判。[①] 可以说,屠格涅夫对行动的重要性给予了充分肯定,对言论的意义也非常重视。他看到了问题的本质,即言论和行动要统一、理想和现实要兼顾。

屠格涅夫深刻地认识到,言论正确并不是行动成功的决定性因素,正确的言论并不会直接带来成功的行动,言论是一种宣传,是不同思想之间的碰撞,在碰撞中产生智慧的火花从而可以启迪新的思想。[②] 言论正确虽不是行动成功的决定性因素,但言论是行动的纲领,没有积极的思想和言论,谈何积极的实践? 如果没有主观的积极思考,对未来毫无理想,那么现实生活绝不会有新的变革。屠格涅夫非常重视言论的意义和作用,但是通过罗亭的境遇,我们看到的是言论与行动之间的脱节给主人公造成了人生悲剧。

由于人生失败,罗亭留给世人的一直是言论空洞、行动疲软的消极印象,其言论和思想的重要意义被忽视了。这种情况产生的原因在于屠格涅夫对罗亭的塑造令读者产生了错觉。罗亭式的人物已被屠格涅夫多次创作,罗亭的形象沿袭了屠格涅夫对《希格雷县的哈姆莱特》中瓦西里·瓦西里耶维奇、《多余人日记》中丘尔卡图林和《雅科夫·帕森科夫》中雅科夫·帕森科夫等形象的创作方式,可以说"多余人"的性格特点在罗亭一个人身

---

① Бялый Г А. О Тургеневе И. С. [M]. Москва：АН СССР,1982.
② 陈开种.屠格涅夫和俄国文学中的"多余人"[J].福建外语,1986(4)：84-88.

上有了集中体现,因此罗亭会被先入为主地定位成又一个"多余人"。

为了扭转罗亭在人们心目中的印象,希望主人公以高大而充满正能量的形象示人,屠格涅夫对作品进行了些许修改,把"我是回原籍去的"改为"我是被遣送回原籍的",由主动变为被动,以此来表明罗亭是因政治因素而被遣送回国的,从而为后文中罗亭流亡国外、最后死于巴黎街垒战斗的结局埋下一个前期伏笔,这一结局令后世学者戏称是为罗亭平反昭雪。①

罗亭具有深刻的思想和无畏的精神,在与众人的论战中,罗亭运用哲学观点来体现个人的思想主张,这可以说是谈论哲学在当时的俄国社会蔚然成风的一种写照,也可以侧面展现出哲学对当时的俄国思想界是有进步意义的。在《罗亭》中,列日涅夫说道:

> "所谓世界主义纯粹是胡说八道,信奉世界主义的人等于零,甚至比零还糟。离开了民族性,就没有艺术,没有真理,没有生活,什么也没有。"②

按照美国叙事学家普林斯的定义,叙述者指"叙述的人",受述者指"接受叙述的人"。③ 在《罗亭》中,屠格涅夫把列日涅夫安排为叙述者,在整个叙事过程中,列日涅夫都以第一人称"我"来发表对罗亭的评论,从叙述者与叙事情节之间的关系来看,列日涅夫承担了"故事内叙述者"的功能。屠格涅夫借由列日涅夫表达个人观点,如果借鉴热奈特的叙事学理论,那么可以认为屠格涅夫此时也参与到了叙事过程当中,他只是假借了作品中的人物,以"内聚焦叙事模式"④进行叙述。屠格涅夫成为"同故事叙事者"。屠格涅夫的创作一直遵循的原则是作者不应过多介入作品当中发表主观评论,要对

---

① 高文风.关于"罗亭之死"[J].外国文学研究,1979(2):24-33.

② 屠格涅夫.屠格涅夫全集(第二卷)[M].徐振亚,林纳,译.石家庄:河北教育出版社,2000:124.

③ Gerald Prince. A Dictionary of Narratology[M]. Nebraska:University of Nebraska Press, 1989.

④ 热奈特将叙事模式分为三种类型:零聚焦叙事模式,即叙事过程中没有固定叙事视角和叙事空间,以作者陈述为主;内聚焦叙事模式,即在叙事过程中,以叙述主人公的内心活动、动作、语言等内容为主,让人物"自己说话";外聚焦叙事模式,即在叙事过程中,以第三者视角观察整个叙事情节的发展变化。

客观现实进行真实的还原。① 采用内聚焦叙事模式,屠格涅夫即使在为罗亭"申诉",也可以既表达自己的思想,又保证作品的客观性。

罗亭的意义在于集中表现出了 19 世纪 40 年代俄国社会思想的风貌,体现了这个时期巴枯宁、赫尔岑、斯坦凯维奇、别林斯基等进步青年的思想面貌,他们与罗亭一样,都希望可以找到俄国发展之路,当发现自己的思想与社会情况并不相吻合时,他们又都产生了思想危机。

屠格涅夫认为罗亭是有社会价值的,同时也对这个时期贵族青年们的精神探索给予肯定。罗亭的事业虽然失败了,但依旧给后人以启迪。每个时代的人都无法摆脱时代的局限性,每个时代的人都有自己的时代使命,对于 19 世纪 40 年代的贵族青年来说,他们的使命就是通过自己的思想对社会进行启蒙宣传,号召更多人投身于革命、献身于伟大的事业中。由于现实诸多的束缚与桎梏,虽然这群贵族青年志存高远,但是他们的行动终究是徒劳的。当时的俄国社会现实导致理论思想与实践行动相互矛盾和脱节,而俄国 19 世纪 40 年代的贵族青年注定不会克服理想与现实的矛盾,这也就导致他们的行动都以失败而告终。但这一代年轻人并不是真正意义上的"多余人",他们的使命是启发和教导下一代人,由下一代人来完成自己没能完成的使命。沙塔洛夫认为,作为哲学和道德思想的探索,罗亭们所宣传的言论是具有一定进步性和改革性的,这种探索为发扬光大 19 世纪 50—80 年代的革命民主主义思想具有一定推动意义。②

时代赋予罗亭的使命就是拿起先进的理论思想武器,号召更多的有识青年投身于改革的浪潮中,所以从这一点来看,罗亭已经完成了自己肩负的历史使命,而并非传统意义上的言语巨人、行动矮子。罗亭比起传统意义上的"多余人",可谓具有更重要的社会意义和价值。普斯托沃伊特指出,相较于奥涅金和毕巧林,罗亭所具有的社会意义更为重要——在反动势力猖獗的年代,除了隐藏言论,在任何别的行动都不可能进行的条件下,罗亭能够

---

① 仲丽萍. 从《白菜汤》看屠格涅夫现实主义的创作理念[J]. 文教资料,2012(33):134-136.

② Шаталов С Е. Художественный мир Тургенева[M]. Москва:Художественная литература,1985.

勇于发表先进的言论,发出时代之声。①

对于罗亭,言论与行动的关系需要辩证地看待,而言论与行动的关系则是理想与现实的关系的表现。这也正是屠格涅夫力求通过罗亭所要表达出的主题,在19世纪的俄国,理想与现实是脱节的,贵族青年们苦于寻求改革之路,然而,在社会条件尚不成熟之际,他们只能是言论的传播者。

罗亭在行动方面无疑是一败涂地的,但失败是由于时代和历史的局限性。而在言论方面,罗亭取得了非常辉煌的胜利,他以其言论动摇了封建思想,击败了怀疑主义者,唤醒了年轻一代并启迪了平民知识分子,这些都是其不可磨灭的功绩。具有积极的思想是采取实践行动的前提,这也是屠格涅夫对贵族青年的启示。

言论与实践之间关系紧密。显然,言论是实践的重要组成部分,但片面的思想往往忽视言论的意义和作用,客观理性地评判言论与实践的关系能够发掘罗亭的社会价值与意义。高尔基在评价罗亭这一人物的意义时说道:"假如注意到当时的一切条件——政府的压迫,社会的智慧贫乏,以及农民大众没有认识到自己的任务——我们便应该承认:在那个时代,理想家罗亭比实干家和行动者是更有用处的人物。一个理想家是革命思想的宣传者,是现实的批判者,是所谓开拓处女地的人;可是,在那个时代,一个实干家能够干出什么来呢?不,罗亭不是可怜虫(通常对他有这样的看法),他是一个不幸者,但他是当代的人物而且曾做出不少好事。那么,如前文所说,罗亭是巴枯宁,是赫尔岑,而且部分地就是屠格涅夫自己,但是,这些人物,你们知道的,并没有虚度一生,而且曾留给我们绝好的遗产。"②

二、从个人与社会关系探究理想与现实矛盾主题

个人是组成社会的基本元素,社会是个人发展的平台,所以个人与社会是相互依存、相互影响的。个人的积极行为可以促进社会的繁荣发展,高度繁荣的社会也会为个人道德品质和素质修养的提升提供良好的平台。相反地,个人的某些消极行为,在达到一定程度时,会成为社会发展的阻力,社会

---

① Пустовойт П Г. Иван Сергеевич Тургенев [M]. Москва: Издательство Московского университета,1957.

② 高尔基.俄国文学史[M].缪朗山,译.北京:中国人民大学出版社,2011:213.

发展的停滞甚至倒退则会给个人进步造成障碍。个人是有理想的、有个性的,社会则是客观的、现实的,个人与社会的关系就是理想与现实的关系的直接反映。

(一)个人与社会的关系是辩证统一的

个人与社会的关系往往是文学作品要重点反映的主题,作为"时代歌者"的屠格涅夫具有非凡的洞察力,对作品中人物的性格特点和所处的社会环境给予深入剖析。个人具有主观意识,表达主观的诉求和思想;社会具有客观性,不以个人的主观意识为转移。个人与社会的关系可以理解为主观理想与客观现实的关系。屠格涅夫用文学作品来探讨个人与社会的关系问题。从1856年发表的《罗亭》到1877年发表的《处女地》,屠格涅夫都客观而深刻地表现了每个时期所具有的特征。屠格涅夫并不是简单地描写个人命运与社会生活,而是借助二者的内在关系来揭示个人主观思想中的普遍性和每个社会时期的特殊性,这两种属性交织在一起,就产生了复杂的联系。赫拉普钦科(Храпченко М. Б.)曾经说过:"首先使他感兴趣的是人类个性的精神体系,性格和周围环境的影响之间的相互关系。"[①]个人与社会在屠格涅夫的笔下并不是各自孤立存在的,而是相互依存、相互影响的。因此,在19世纪40年代的俄国才会出现像罗亭这样的启蒙者。

每个人都具有自然属性和社会属性。人的自然属性体现了人类的本质特征,即寻求个性解放、不希望被束缚、向往自由等,这些主观理想是人类与生俱来的原始思想。人的社会属性则表现了人类的非本质特征,即受客观社会环境的限制和改造,在社会共同准则的约束下表现出的人类后天形成的气质特征。两种属性同时寓于一个人中并相互影响,人类在自身的自然属性和外部的社会属性的共同作用下,形成了不同的性格特征,有的坚毅刚强,有的优柔寡断。[②]

屠格涅夫擅于描写两种不同类型的人。第一种类型是自然属性占据主导地位,这类人精神独立、性格坚定,对自身之外的事物都持否定和排斥态

---

① 转引自:吴嘉佑. 屠格涅夫的哲学思想与文学创作[M]. 北京: 人民出版社,2012: 59.
② 吴嘉佑. 屠格涅夫的哲学思想与文学创作[M]. 北京: 人民出版社,2012.

度,性格上相对封闭,很少会接纳新思想和新观念;第二种类型则与其相反,社会属性占据上风,这类人缺乏个性,同时精神不够独立,会因受到所处的社会环境的影响而摇摆不定,擅于接受新思想和新观念。

罗亭属于第二种类型。屠格涅夫赋予罗亭的最为突出的特点是擅于自我反省,常常陷入思想的误区而无法自拔。罗亭自始至终都是一个矛盾体,缺乏坚毅的性格,他的理想都流于空谈。在小说《罗亭》中,屠格涅夫假借列日涅夫之口指明了罗亭的不幸之处:

> "天才么,他也许是有的,"列日涅夫说,"至于性格……他的全部不幸实际上就在于他根本没有性格……不过问题不在于此。"①

罗亭自己也认为:

> "我生来就是无根的浮萍,自己站不住脚跟。我始终是一个半途而废的人,只要碰到第一个阻碍……我就完全粉碎了。"②

当自己的理想受到质疑时,罗亭就会摇摆不定,其性格特征虽具典型性,却并未给人以刻意的文学加工之感,反而令人觉得罗亭这样的人就在我们身边。罗亭经常进行自我反省,但他不是一个利己主义者。屠格涅夫对个人与社会的关系有正确的理解,即个人不能脱离社会而存在,因此屠格涅夫也不赞同利己主义者。③

社会包含许多要素,个人是社会的重要组成部分。当个人诉求与社会发展相悖的时候,个人需要服从于社会,在社会大背景之下,渺小的个人无法摆脱社会而独立存在。个人的理想在严酷的现实面前有时显得无足轻重。屠格涅夫笔下的罗亭在事业上遭遇失败,是因为其个人诉求与社会发展没有达到统一,个人理想与社会现实之间存在矛盾。具体而言,罗亭所处

---

① 屠格涅夫.屠格涅夫全集(第二卷)[M].徐振亚,林纳,译.石家庄:河北教育出版社,2000:122.

② 屠格涅夫.屠格涅夫全集(第二卷)[M].徐振亚,林纳,译.石家庄:河北教育出版社,2000:屠格涅夫长篇小说译序 16.

③ 陈燊.论《罗亭》[J].外国文学评论,1990(2):95—101.

的时代中,封建农奴制和进步的改革思想相互博弈,导致罗亭的人生和事业没有取得成功。

社会是个复杂的集合体,诸如宗教、责任、义务、道德等方面都可以体现社会的共同价值所在,生活在社会大背景下的个人要去承担社会赋予的责任和义务。屠格涅夫否认个人和社会之间是孤立的,认为二者之间存在着对立统一的辩证关系。对立表现在二者之间存在着斗争,落后的社会环境阻碍了积极进步的个人发展,远大的理想若想得以实现,个人就要在严酷的社会现实面前做好斗争准备。积极进步的个人在寻求发展时无法脱离所处的社会环境,需要与社会中腐朽的制度做对抗和斗争,而这些对抗和斗争又反作用于社会,使社会得到了前进的发展动力。社会发展到一定程度之后,会对具有更新思想的个人形成发展的阻力,就在这样反复的斗争当中,个人和社会都获得了不断发展的前进力。

没有个人就不会存在社会,而社会是个人成长与发展的平台,社会的不复存留或是土崩瓦解都会导致人类的湮灭。人类得以存在的基石并非其个体本人,而是与其有着紧密联系的社会。个人的理想需要得到社会的认可,同时,个人作为社会的基本成员,也需要承担社会责任和义务。社会的基本功能则是为个人的发展提供支持和必要条件。

在社会这个大集体中,个人的个性是湮没无闻的,但是任何人都不可能抛开社会而独立存在。在小说《罗亭》中,屠格涅夫通过列日涅夫之口表达了这样的观点:

> "俄国可以没有我们中间的任何一位,可是我们中间的任何人都不可以没有俄国。谁认为没有俄国也照样行,那他就会倒霉;谁在行动上真的这样做了,那他就会倒大霉!"①

社会有时像是一个大家庭,每个人都是这个大家庭中的成员——屠格涅夫对此非常赞同,他在《关于俄国农业和俄国农民的几点意见》中写道:

---

① 屠格涅夫.屠格涅夫全集(第二卷)[M].徐振亚,林纳,译.石家庄:河北教育出版社,2000:123-124.

"在俄国,整个国家就是一个大家庭,其家长就是沙皇。"①作为"家庭"的社会是第一性的,而作为"家庭成员"的个人是第二性的,个人不会在脱离了社会环境的情况下有任何作为。然而,屠格涅夫虽认为社会的作用和意义重大,个人无法脱离社会环境而独立存在,但并没有否定个人的价值。

屠格涅夫认为,个人需要摆脱束缚,寻求自由解放。个性表现为对自我的肯定,相信自己的能力。社会以及科学等等都为他/她而存在,而不是他/她为社会和科学而存在。每个人都拥有个性并且寻求自我个性的解放,这是人类自然属性的需求,但这种自然属性的需求很显然是无法满足的,个人永远无法回避社会的要求和限制。社会作为个人最高形式的集合体,对每个人都具有强大的约束力,这是不可忽视的,这种强大的社会约束力和个人的个性发展的要求形成了对立与矛盾。

(二)个人与社会的关系是事业结果的影响因素

在小说《罗亭》中,男主人公罗亭所宣扬的思想与当时的俄国社会格格不入,与其说罗亭的思想与当时的社会思想不相符,不如说罗亭的进步思想已经超越了当时社会思想的平均水平。通过罗亭参与企业改革、从事教育事业以及疏通河流等行为可以看出,罗亭希望以实际行动推动社会进步。在小说《罗亭》中,这种个人理想与社会现实的冲突、进步思想与落后观念的对峙表现得十分明显。罗亭的一生都是在这种矛盾中度过的,正如赫尔岑所指出的那样,生活在时代更迭之时,思想进步之人将面临更多的误解。②通过作品,屠格涅夫不仅表达了对个人与社会之间关系的思考,也揭露了当时俄国社会的黑暗与腐朽。虽然个人同社会抗争是艰难的,但个人具有的思想和性格是不可以被扭曲的,罗亭虽然屡次遭遇失败,但他最后毅然决然地选择了正确的人生归宿。③

罗亭擅于自省,但缺乏个性和行动力,他影射了当时诸如赫尔岑、别林斯基、巴枯宁等贵族知识分子,而罗亭的性格则是屠格涅夫本人性格特点的

---

① 转引自:吴嘉佑.屠格涅夫的哲学思想与文学创作[M].北京:人民出版社,2012:62.
② Герцен А И. Собрание сочинений в тридцати томах(том третий)[M]. Москва:Правда,1980.
③ 冷和平.罗亭不是个"多余人"[J].宜春学院学报(社会科学),2002,24(1):44-45.

部分写照。作为上述贵族知识分子的同时代人,屠格涅夫非常理解这些贵族青年的痛苦和无奈,所以在其文学创作中,通过对罗亭形象的塑造,屠格涅夫对这些贵族青年的社会意义和价值给予了公正的评价。

个人与社会的和谐统一会促进彼此发展,个人应当把人生追求与全民族的利益相统一,让个人的人生价值在社会生活中得以体现。当个人与社会消除了对立与矛盾时,个人会推动社会进步,社会也会促成个人事业的成功;反之,当斗争存在时,就需要尽快解决个人与社会之间的矛盾。在矛盾中,个人的力量虽然渺小微薄,却是改变社会的动力,赫拉普钦科指出:"屠格涅夫是刻画社会的和心理的变动的艺术家。他不把社会的变革、历史的动荡放在自己注意的中心,却不断地力求把人和社会的发展作为自然的、历史的过程来加以描述。在这种发展中,人的个性往往跟社会发生矛盾,但同时,人的个性仍然始终是社会的一个组成部分,成为一种对社会的内部运动、对社会的演化发生重大影响的现实力量。"①

通过作品,屠格涅夫表达了他对理想和现实的看法,他对言论与行动、个人与社会的思考充满了辩证性,这种辩证的思考充分体现出屠格涅夫文学创作的意义和价值。屠格涅夫用艺术的方式,客观公正地指出言论与行动、个人与社会之间的矛盾关系,突出展现了社会作为一种时代背景对言论与行动的制约。

言论与行动、个人与社会作为理想与现实的反映,从一个侧面阐释了理想与现实之间的矛盾性。对于罗亭的人生意义和价值的评价,不能因其事业失败而单纯地予以否定。罗亭并非一无是处,他也有其无奈之处,面对时代赋予的使命,罗亭是尽职的,也正因为有了罗亭式的人物,历史舞台上才会有随后的"新人"出现。② 随着时代的发展和进步,罗亭将会得到更多公允的评价。

① 米·赫拉普钦科.作家的创作个性和文学的发展[M].上海人民出版社编译室,译.上海:上海人民出版社,1977:411.

② 王钢."多余人"向"新人"的过渡——罗亭形象再认识[J].内蒙古民族大学学报,2009,15(1):20-21.

第二节　爱情与义务关系主题
——基于长篇小说《贵族之家》

纵观欧洲文坛，许多作家的创作都对屠格涅夫产生了深远影响，但是其中最受屠格涅夫崇拜的要数英国文学巨匠莎士比亚。屠格涅夫对莎士比亚的作品不仅十分钟爱，而且倍加推崇。在文学创作中，屠格涅夫也有意学习和借鉴文学前辈的创作。将屠格涅夫的创作与莎士比亚的创作进行对比后不难发现，从创作手法到作品主题，这两位作家的作品有着紧密联系，屠格涅夫创作的"希格雷县的哈姆莱特"更是对莎士比亚笔下的那位丹麦王子哈姆雷特的模仿。除了《哈姆雷特》，莎士比亚的《罗密欧与朱丽叶》也对屠格涅夫的创作产生了深远影响，在这种影响下，屠格涅夫创作了许多经典的爱情主题作品。此外，个人的情感经历也是屠格涅夫爱情主题作品的创作源泉。

屠格涅夫的作品中融入了许多悲剧元素，这使得其作品别具一格，作品的情节发展大多以悲剧收场。《希格雷县的哈姆莱特》写的是知识悲剧，《罗亭》写的是事业悲剧，《前夜》写的是政治悲剧，《烟》写的是美的悲剧，《贵族之家》写的是爱情悲剧。屠格涅夫选择以悲剧形式来创作爱情主题小说，个人的坎坷爱情经历是原因之一，除此之外，也因为悲剧可以给读者带来更强的审美体验——美好的爱情通过悲剧来表现，有助于突出屠格涅夫作品的艺术性。

亚里士多德（亚理斯多德）在著作《诗学 诗艺》中就悲剧提出了"悲剧净化论"，这是欧洲最早的美学理论之一，也是备受推崇的悲剧美学批评标准。按照亚里士多德的观点，悲剧的艺术性在于跌宕起伏的情节配合悲惨的结局，通过引发受众的怜悯和同情之感，来达到悲剧的审美体验。①

德国著名哲学家尼采在《悲剧的诞生》中写道："我们从希腊人那里借用这些名称，他们尽管并非用概念，而是用他们的神话世界的鲜明形象，使得

---

① 　亚理斯多德,贺拉斯.诗学 诗艺[M].罗念生,杨周翰,译.北京：人民文学出版社,1997.

有理解力的人能够听见他们的艺术直观的意味深长的秘训。我们的认识是同他们的两位艺术神日神和酒神相联系的。在希腊世界里,按照根源和目标来说,在日神的造型艺术和酒神的非造型的音乐艺术之间存在着极大的对立。"①尼采运用比喻的方式,把人类的两种精神品质比作古希腊神话中的日神和酒神,他认为悲剧的本质是两种人性精神——日神阿波罗精神和酒神狄奥尼索斯精神——的碰撞,"直到最后,由于希腊'意志'的一个形而上的奇迹行为,它们才彼此结合起来,而通过这种结合,终于产生了阿提卡悲剧这种既是酒神的又是日神的艺术作品"②。尼采认为,悲剧就是形象(造型艺术)与音乐(非视觉艺术)之间的结合,悲剧的审美体验或悲剧的快感来源于音乐这种非视觉艺术,也就是酒神狄奥尼索斯精神。尼采指出,酒神艺术往往对日神艺术施加双重影响,只有音乐精神才能使我们理解个体毁灭时的快感,因为通过个体的毁灭我们才能够领悟悲剧的永恒。③

俄国的文学批评家对悲剧也有自己的观点,总结起来主要有以下两类:第一类以车尔尼雪夫斯基为代表,认为悲剧是伟大人物或者事物的消亡,这种消亡可以给人类带来更多痛苦,从而达到加强悲剧审美体验的目的④;第二类以别林斯基为代表,认为悲剧的核心在于冲突和矛盾,人的原始欲望和道德规范在特定的情境中与不可抗拒的条件发生冲突。⑤ 鲁迅先生对悲剧发出独到而经典的评论:悲剧就是把有价值的东西毁灭给人看。⑥ 悲剧通过破坏美好的事物或者通过主人公的苦难经历和悲剧性格,给予受众审美体验。

屠格涅夫的爱情悲剧不仅追求在审美体验上把美好的东西毁灭给人看,更追求在思想性上对爱情与义务进行道德批判。屠格涅夫的作品中,《贵族之家》是较为经典的反映爱情主题的作品。尽管爱情是《贵族之家》着重强调的主题,屠格涅夫在这部小说中为读者展现了较为丰富的俄国文化

---

① 尼采. 悲剧的诞生[M]. 周国平,译. 南京:译林出版社,2014:8.
② 尼采. 悲剧的诞生[M]. 周国平,译. 南京:译林出版社,2014:8.
③ 尼采. 悲剧的诞生[M]. 周国平,译. 2版. 桂林:广西师范大学出版社,2002.
④ Чернышевский Н Г. Полное собрание сочинений[M]. Москва:Правда,1982.
⑤ Белинский В Г. Полное собрание сочинений в трёх томах (том второй)[M]. Москва:Правда,1980.
⑥ 鲁迅. 鲁迅全集.1[M]. 北京:人民文学出版社,2005.

意蕴:既有对 19 世纪上半期俄国社会情状的描写,也有关于人生的思考;既有对俄国贵族文化内涵的探求,也有对俄国民间宗教文化的呈现。①

一、屠格涅夫创作中的爱情与义务关系

屠格涅夫的爱情悲剧可谓最为感人也最为深刻,爱情成为屠格涅夫在每部作品中都会触及的永恒主题,被屠格涅夫不断地追问和探求。

对于爱情,屠格涅夫有着深刻感悟,其作品中有对爱情非常动人的描绘。此外,对爱情与义务的思考,伴随跌宕起伏的故事情节,成为屠格涅夫文学创作中的亮点,屠格涅夫巧妙地运用了这些元素来丰富其爱情主题的文学作品的内涵。

(一)爱情与义务之间的关系

在屠格涅夫眼中,爱情不可抗拒,也值得歌颂和赞美。爱情既可能充满了美好希望,也可能充满无奈。在屠格涅夫看来,爱情是一种情感,一种瘟疫,一种超自然的魔力。爱情是双面的,有时它如同仙女一般吸引着你,有时又如同恶魔一般折磨着你,屠格涅夫自己也在爱情面前没有了傲气,甘心俯首称臣。②

爱情不仅折磨着屠格涅夫,也无一例外地折磨着他作品中的所有人:在贵族沙龙里取得胜利的罗亭在爱情面前败下阵来;拉夫列茨基在爱情面前是一个彷徨者,最后孤苦无依地度过了余生;充满热情的爱国青年英沙罗夫,其命运也融入了爱情带来的各种滋味;与众不同的"新人"巴扎罗夫,虽对一切毫无畏惧,却也拜倒在奥金佐娃的石榴裙下;涅日达诺夫承受不住爱情的重负,最后选择了举枪自尽;李特维诺夫尝尽了爱情的个中滋味,才最终摆脱了爱情。当然,屠格涅夫在自己的人生大戏里也是个被爱情百般折磨的俘虏。

爱情可以带给人幸福的感受,这种幸福的感受是人们渴望能够永久地

---

① 张建华.张建华集:汉、俄[M].哈尔滨:黑龙江大学出版社,2011.

② 万信琼,王金琼.试论屠格涅夫的爱情观[J].沙洋师范高等专科学校学报,2003(4):40-43.

沉浸其中,或者企盼其可以无限持续下去的情感存在方式。① 爱情给人一种精神上的愉悦和满足。每个人都有权利去追求这种精神上的满足,作为社会的必要组成部分,人可以追求爱情、享受幸福,但要履行义务、承担责任。

爱情带来的幸福感受与社会赋予的责任和义务有时会形成对立与矛盾,履行义务是人作为行为个体对社会的奉献和付出。人不仅需要承担社会义务,还要受到道德约束。道德具有主观约束力,因此义务是建立在道德规范之上的,只有承担义务且符合道德规范的爱情才会被社会接受。

(二)爱情与义务之间的取舍

屠格涅夫认为,个人为了爱情选择放弃所要承担的义务是缺乏道德的行为,体现了不正确的爱情观。② 在爱情与义务的基础上,再增加道德因素的制约,三个要素之间的关系就变得复杂。爱情可以带给人幸福的感受,而获得爱情的同时需要承担一定义务,当履行义务与追求爱情相冲突的时候,在道德的强加约束下,矛盾就产生了:放弃爱情承担义务,违背个人内心最原始的诉求和渴望,可能不符合人之本性;为了个人爱情放弃义务,又触碰了道德底线。如果坚守爱情,就可能需要放弃应该履行的义务,违反道德原则;如果承担义务、恪守个人的道德准则,就可能需要放弃爱情。

19 世纪的俄国文学充满人性光辉和道德评判,普希金、果戈理、列夫·托尔斯泰、陀思妥耶夫斯基等文学大师们,都在各自的文学创作中思考着社会的道德价值观。

列夫·托尔斯泰通过对安娜·卡列尼娜的道德审判和描写聂赫留朵夫的道德忏悔,表现了俄国社会道德下滑的状况;屠格涅夫则通过个人的自我牺牲给世人以启迪,告诉人们道德的重要意义。屠格涅夫把道德约束融入爱情主题作品中,使其中的每段爱情都经受道德裁决,同时伴随着爱情与义务的取舍。

屠格涅夫通过《贵族之家》来引导人们对爱情与义务之间的关系展开思考。这部小说充满了爱情与义务的矛盾与博弈。在创作时,屠格涅夫对主

---

① 苗元江. 心理学视野中的幸福——幸福感理论与测评研究[D]. 南京:南京师范大学,2003.
② 默语. 优美而哀伤的歌——兼论屠格涅夫小说中的爱情主题[J]. 河北青年管理干部学院学报,2001(2):33—36.

人公命运的安排体现了他在爱情与义务选择上的思考。通过男、女主人公的爱情悲剧和命运悲剧,《贵族之家》认为,恪守社会道德和履行社会义务是正确的,尽管坚持这种道德观和义务观有时需要付出牺牲个人爱情的代价。

二、爱情与义务主题下的艰难抉择

《贵族之家》是屠格涅夫长篇小说中备受推崇、较为成功的一部作品,屠格涅夫自己也认为,从《贵族之家》问世之时起,他开始被认为是一个值得引起公众重视的作家。① 屠格涅夫希望通过《贵族之家》这个动人心弦的爱情故事,折射出当时俄国贵族阶层的集体境遇,同时通过男主人公的青春感怀,表达对俄国青年一代的深切期望。

与在《罗亭》中反映的理想与现实之间的关系类似,《贵族之家》中亦展示了一个 19 世纪俄国贵族青年知识分子无法回避的问题,那就是爱情与义务之间的关系。

(一)道德与宗教约束下的爱情抉择

俄罗斯民族是一个感性的民族,其民族性格中充满了强烈的道德色彩,道德通常被认为是评判个人行为的最高标准,甚至超越理性的思考,在俄罗斯,道德因素永远比哲学因素占优势。强烈的道德意识不仅是 19 世纪,也是 20 世纪俄罗斯文学的主流意识之一。②

屠格涅夫通过主人公拉夫列茨基和丽莎的爱情悲剧来对爱情与义务如何抉择这个问题给出了答案:要么为了爱情放弃义务,做一个利己主义者;要么为了义务放弃爱情,做一个利他主义者。屠格涅夫使拉夫列茨基和丽莎选择了履行义务、牺牲爱情:丽莎进入修道院清修,而拉夫列茨基则孤独一生。屠格涅夫采取了消极的方式来诠释爱情与义务的关系,从某种意义上讲,屠格涅夫这样的设计带有一定片面性,在屠格涅夫的观念中,爱情与义务是互相对立的,不能寻求到完美的辩证统一,而实际上,这样的观点令

---

① Наумова Н Н. Иван Сергеевич Тургенев[M]. Ленинград:Просвещение,1976.
② 张建华.张建华集:汉、俄[M].哈尔滨:黑龙江大学出版社,2011.

屠格涅夫走入到形而上学的思想误区中。①

车尔尼雪夫斯基在评论屠格涅夫的《贵族之家》时认为,屠格涅夫让女主人公丽莎遁入空门,让男主人公拉夫列茨基孤独终老,这样的安排与屠格涅夫的个人经历有必然的联系。② 屠格涅夫选择恪守道德标准,让义务成为枷锁,牢牢地锁住屠格涅夫创作中的主人公。在屠格涅夫的思想中,爱情是难觅行踪的,因此不需要去追求爱情。哪怕得到了爱情,它也是转瞬即逝的,人应该考虑的不是虚无缥缈的爱情,而是实实在在的义务。③ 在屠格涅夫的小说《浮士德》中亦有此类道德观的体现,屠格涅夫用"你应该克制"的词句作为《浮士德》的题词,可见这种爱情观和义务观在屠格涅夫心中根深蒂固。

贵族出身和传统的俄国家庭教育使男主人公拉夫列茨基热爱祖国的一切。屠格涅夫创作了一个盲目崇拜欧洲的西欧派人物潘申,这个人物与拉夫列茨基形成了强烈对比。潘申作为与主人公对立的角色,使小说中的人物关系产生矛盾,借助矛盾,小说的情节得以发展。④

在当时的俄国社会,保守的斯拉夫派和激进的西欧派之间,为了寻求俄国发展的正确之路而一直争执不下。潘申认为拉夫列茨基是一个落伍的保守主义者,声称俄国一直落后于欧洲,需要赶上欧洲诸国。潘申批评俄国落后的社会状况,号召俄国人不加思考地奉行"拿来主义",照搬欧洲的一切。拉夫列茨基在与潘申的论战中取得了胜利,一直倾听争论的女主人公丽莎也站在拉夫列茨基这一边。出于对俄国社会的共同看法和相似的思想,男女主人公之间萌发爱情成为合理的情节,符合在叙事过程中人物矛盾从产生到以主人公获胜为消解方式的一般叙事规律。

为了体现作品的主题,屠格涅夫往往赋予人物典型特征。屠格涅夫作品中的主人公们是某一特定群体的代表,但他们也具有鲜明的个性特征,在他们身上体现出"个性"和"共性"的统一。⑤ 女主人公丽莎·卡里金娜可以

---

① 黎杨全.论屠格涅夫长篇小说中的爱情实质及其悖论[J].海南大学学报人文社会科学版,2007,25(5):569-573.

② Чернышевский Н Г. Полное собрание сочинений[M]. Москва:Правда,1982.

③ 邹丽娟.浅谈屠格涅夫小说的爱情描写[J].学术交流,1995(1):105-108.

④ 哈利泽夫.文学学导论[M].周启超,等译.北京:北京大学出版社,2006.

⑤ 朱宪生.天鹅的歌唱——论俄罗斯作家[M].西安:陕西人民教育出版社,1998.

视为屠格涅夫创作上的一个成就,丽莎被屠格涅夫塑造成集各方优点于一身、有思想有见地、对自己的行为勇于承担责任的勇敢姑娘,可以说,丽莎与普希金笔下的塔吉娅娜非常相似。在思想和信仰方面,丽莎从小接受了宗教传统教育,笃信东正教,这也为小说结局中丽莎选择放弃爱情而进入修道院做忏悔以得到救赎埋下伏笔。

作为虔诚教徒的丽莎对道德观、救赎意识和罪恶观有着深刻理解。丽莎内心充满强大而纯洁的道德感,同时,她为人善良并严格恪守自己的行为准则,在关键时刻,丽莎可以为了信仰放弃一切,做到完全的自我牺牲。在丽莎看来,爱情的不幸是一段内心的苦难历程,她只有通过苦难的试炼才能得到救赎。因此,当得知拉夫列茨基的妻子并没有过世的时候,丽莎需要克制自己对拉夫列茨基的感情,她对这份感情自责不已,认为那是一种罪孽,丽莎甚至还劝慰拉夫列茨基,她认为两个人都要履行自己的义务。

丽莎坚信,婚姻是被上帝缔造的、祝福的神圣盟约,是不可以背弃的。因此,当得知拉夫列茨基的妻子还活着,丽莎认为,拉夫列茨基的婚姻没有结束,受苦难救赎思想深刻影响的丽莎,一定会选择放弃这段爱情。

丽莎丝毫不放任自己的感情,绝不认同以违背道德规范的代价来换取幸福。丽莎的虔诚信仰令她自己和拉夫列茨基都做出了放弃爱情的决定,她勇于接受命运的安排,认为和拉夫列茨基相爱但又无法结合是上帝赐予她的宿命。丽莎坚信自己的义务就是要放弃这段无法割舍的感情,放弃世俗生活,进入修道院,以极大的自我牺牲来成全拉夫列茨基已经行将就木的婚姻。屠格涅夫把丽莎置于充满浓郁宗教气氛的环境中,着力渲染她对宗教的虔诚。但丽莎追求的并非那种抽象的说教,而是一种随时准备为别人受苦、随时准备为别人的过错承担责任的品行。[①] 在丽莎看来,她与拉夫列茨基的爱情是一种罪孽,要得到救赎就必须到修道院里进行祈祷,除此之外没有别的办法。[②] 丽莎说道:

---

① 朱宪生.在诗与散文之间——屠格涅夫的创作与文体[M].西安:陕西人民教育出版社,1999.

② 金亚娜.期盼索菲亚——俄罗斯文学中的"永恒女性"崇拜哲学与文化探源[M].北京:人民文学出版社,2009.

"现在您自己也看见,费奥多尔·伊凡内奇,幸福不取决于我们,而取决于上帝。"①

"……我请求过上帝的指示了。一切都结束了,我和您一起的生活也结束了……有某种力量在召唤我离去;我心里痛苦得很,我真想把自己永远禁闭起来。"②

屠格涅夫描写丽莎对宗教的虔诚态度,并非为了突出宗教对人的道德约束,而是以此反映俄罗斯民族固有的崇高道德品性。屠格涅夫透过宗教的迷雾,通过丽莎这一动人的艺术形象表现出了俄国人民纯朴而又深厚的道德积淀。③ 屠格涅夫虽热衷于西欧思想,对宗教并没有极大热情,但身为俄国人,其骨血当中也许早已融入宗教思想,因此屠格涅夫才会创造出这样完美的一个宗教圣徒式的人物。屠格涅夫在理性上是否定宗教信仰的,但他能感受到俄罗斯民族意识中浓郁的宗教情结,因而创造出了最最宁静,同时又最富有基督精神的丽莎形象。④

《贵族之家》的结尾十分动人,拉夫列茨基在经历了情感上的翻天巨变之后,并没有被生活的残酷打倒,相反地,在他身上发生了许多改变,屠格涅夫总结道:

他确确实实不再考虑自身的幸福,不考虑自私的目标。他沉寂了,而且——为什么要隐瞒实情呢?——不仅面容和躯体衰老了,心灵也衰老了。⑤

的确,已经进入风烛残年的拉夫列茨基已经没有能力改变任何事情了,

---

① 屠格涅夫. 屠格涅夫全集(第二卷)[M]. 徐振亚,林纳,译. 石家庄:河北教育出版社,2000:306.

② 屠格涅夫. 屠格涅夫全集(第二卷)[M]. 徐振亚,林纳,译. 石家庄:河北教育出版社,2000:319-320.

③ 朱宪生. 在诗与散文之间——屠格涅夫的创作与文体[M]. 西安:陕西人民教育出版社,1999.

④ 张建华. 张建华集:汉、俄[M]. 哈尔滨:黑龙江大学出版社,2011.

⑤ 屠格涅夫. 屠格涅夫全集(第二卷)[M]. 徐振亚,林纳,译. 石家庄:河北教育出版社,2000:327.

他唯一可以做的就是满怀希望地把他未完成的事业托付给下一代年轻人。拉夫列茨基非常殷切地对年轻人祝福道：

> "你们前面有的是生活，你们将活得更轻松；你们不必像我们那样去寻求自己的道路，去斗争，在黑暗中跌倒了又爬起。我们苦苦操心的只是使自己幸免于难——而我们有多少人未能保全自己！——但是你们却应当去干事业，做工作，我们老年人的祝福将伴随着你们……"①

拉夫列茨基的家庭是不美满的，妻子的不忠彻底摧毁了他的幸福。在万念俱灰的时候，丽莎的爱情唤起了拉夫列茨基对爱情的憧憬，可妻子的回归使拉夫列茨基不得不在爱情与义务之间做抉择：是选择同丽莎在一起，共同去追寻他们的幸福，还是放弃这段短暂的爱情，履行一个男人对家庭应尽的义务。在屠格涅夫看来，每一个有道德感和责任感的人都会在面对爱情与义务的取舍时做出同一个选择，他借由拉夫列茨基的选择来表明自己的态度。丽莎也需要面对与拉夫列茨基相同的抉择，作为笃信宗教的虔诚信徒，如果选择爱情而放弃义务，则违背其道德观，所以丽莎这位恪守道德准则的姑娘放弃了爱情、选择了义务，她说道：

> "我很高兴您来了。我想给您写信，但是这样更好。只是应该快一点利用这几分钟，我们两个人都还得履行自己的义务，您，费奥多尔·伊凡内奇，应当和您的妻子和解。"②

丽莎怀着对爱情的无尽向往和对幸福的无限憧憬走进了修道院。美好的爱情和幸福的生活在面对应该承担的义务时需要让位于义务。丽莎勇于承担义务的行为也使其形象充满了神圣光辉，她这样做并非自私的逃避，而是通过放弃个人幸福的牺牲来赎罪，来尽自己的义务。所以，这一形象反映

---

① 屠格涅夫.屠格涅夫全集(第二卷)[M].徐振亚，林纳，译.石家庄：河北教育出版社，2000：327-328.
② 屠格涅夫.屠格涅夫全集(第二卷)[M].徐振亚，林纳，译.石家庄：河北教育出版社，2000：305.

的是神圣罗斯的圣徒精神。① 杜勃罗留波夫曾经指出，拉夫列茨基爱着丽莎，但丽莎受到的教育使她认为对已婚人士产生爱情是一种可怕的罪过。② 丽莎是善良、纯洁、高尚的，丽莎的品行理应得到赞美。

屠格涅夫笔下的丽莎是完美的俄国女性形象，他能够创造出如此完美的女性形象，原因在于他具有进步的女性观。屠格涅夫曾受西方启蒙思想的影响，不认为女性应当依附于男性，而认为女性具有独立自主的人格特征。屠格涅夫尊重妇女，承认她们的自由，承认她们在家庭和社会中所起的作用。③ 丽莎的自我牺牲与救赎行为也被视作俄罗斯民族救赎思想的体现。屠格涅夫承袭了俄国的一种潜存已久的种族拯救观，把俄国精神复兴和走向新生的希望寄托在女性身上。④ 丽莎通过自我牺牲，完成了自我救赎，同时也使拉夫列茨基回归了家庭，从而完成了对他人的救赎。但在某种程度上，屠格涅夫将丽莎的性格极端化了。爱情是人类自然产生的情感，丽莎作为普通人，对爱情也是极为渴望的，但在屠格涅夫的道德观念下，丽莎用宗教戒律限定了爱情、义务和道德，并极为虔诚地遵守和信奉戒律。

拉夫列茨基并不是一个软弱无能的男人，他放弃了与丽莎的爱情和幸福，选择与妻子和解，承担自己作为丈夫、作为一个已婚男人应该承担的义务。这并不是因为拉夫列茨基对妻子有负罪感，而是因为他赞同丽莎的观点，他内心的道德观和责任感也起到一定作用。拉夫列茨基深爱丽莎，但面对自己心爱的姑娘，拉夫列茨基不想违背她的道德原则，所以才会做出艰难而痛苦的决定，放弃对丽莎的爱情。这一切都出于拉夫列茨基对丽莎的让人动容的真爱。杜勃罗留波夫认为，拉夫列茨基的困境在于他需要面对的并非个人的软弱，而是要挑战当时的公序良俗观念与道德批判，当个人感情同大众的观念与道德相违背时，个人很容易失去面对和抗争的勇气。⑤

① 金亚娜. 期盼索菲亚——俄罗斯文学中的"永恒女性"崇拜哲学与文化探源[M]. 北京：人民文学出版社，2009.

② Добролюбов Н А. Полное собрание сочинений[M]. Москва：Москва，1990.

③ 转引自：金亚娜. 期盼索菲亚——俄罗斯文学中的"永恒女性"崇拜哲学与文化探源[M]. 北京：人民文学出版社，2009.

④ 转引自：金亚娜. 期盼索菲亚——俄罗斯文学中的"永恒女性"崇拜哲学与文化探源[M]. 北京：人民文学出版社，2009.

⑤ Добролюбов Н А. Полное собрание сочинений[M]. Москва：Москва，1990.

(二)个人爱情需要让位于社会义务

屠格涅夫在人生中也面临一次次的考验和抉择,1856年,他在给友人的信件中表明,他不再指望爱情,也就是说,他不再指望那种为年轻的心所接受的、仍然具有忧虑的爱情了。① 爱情与义务似乎被屠格涅夫绝对化了,这在一定程度上体现了屠格涅夫的悲观主义思想。屠格涅夫对爱情与义务的理解大体上是正确的,尽管存在偏差和过激之处。

在屠格涅夫看来,义务是第一位的,他单纯地认为爱情在义务面前一定是不存在的,这种观点使爱情过于绝对化,再加上道德因素,在屠格涅夫的作品中就表现为爱情与义务是对立的,二者之间存在矛盾。实际上,爱情与义务是可以统一的,只是屠格涅夫忽略了这一点,再加上自身的悲观主义情绪,这些因素使屠格涅夫对爱情与义务的关系产生了偏见。

显然,屠格涅夫认为义务大于一切,为了承担义务,人们需要牺牲自我、牺牲爱情,这样的观点与杜勃罗留波夫和车尔尼雪夫斯基的"合理的利己主义"是大相径庭的。杜勃罗留波夫认为,真正有道德的人,是把义务跟个人的本质融合起来的人,而非那些将道德与义务视作精神枷锁的人。② 与屠格涅夫不同的是,杜勃罗留波夫没有把爱情与义务分开,也没有把二者对立起来,他不认为爱情与义务之间只能二选其一,而认为可以把爱情与义务统一起来,视作不可分割的整体来看待。按照杜勃罗留波夫的观点,爱情等同于义务,是对家庭的义务、对社会稳定发展的义务,这种观点显然比屠格涅夫的思想要进步许多。

屠格涅夫秉持义务至上的道德观,当个人爱情和社会义务相冲突时,屠格涅夫主张做出自我牺牲,希望爱情让位于义务。对社会的发展而言,这种牺牲小我、成就大我的奉献思想是值得赞扬的。杜勃罗留波夫在评价屠格涅夫的道德观时,认为屠格涅夫对道德和义务的崇尚是十分值得推崇的。③

屠格涅夫笔下的爱情故事无论是甜蜜的还是苦涩的,无论是美满的还是残缺的,都展示了屠格涅夫思想中爱情与义务之间的关系。阅读了屠格

① 转引自: Бялый Г А. О Тургеневе И. С. [M]. Москва: АН СССР,1982: 82.
② Добролюбов Н А. Полное собрание сочинений[M]. Москва: Москва,1990.
③ Добролюбов Н А. Полное собрание сочинений[M]. Москва: Москва,1990.

涅夫的作品之后,当面对爱情与义务之间的艰难抉择时,相信会有人赞同屠格涅夫的爱情观与道德观,当然也会有人极力反对,但每个人都会做出自己的选择,因为义务是具有社会属性的人所应当承担的,而爱情对于人类而言是亘古不变的永恒主题。

第三节　社会变革主题
——基于长篇小说《父与子》

人类从蛮荒时代走向文明时代经历了一段漫长的过程,在这个过程中,人类经过了世代繁衍生息和文明传承更新。在历史发展的进程中,随着文明的不断进步,冲突和矛盾也不断产生。社会的发展会带来新旧不同观念的碰撞和斗争,秉持新旧不同观念的两代人也会由于思想意识存在分歧而产生矛盾。马克思主义哲学告诉我们,在客观物质世界中,矛盾是普遍存在的。每个民族和个人,由于成长背景和生存环境的不同,势必会形成不同的思想观念,而矛盾就寓于这些不同的观念之中,成为推动文明发展和社会进步的力量。

一、社会变革需要新旧思想之间的矛盾与碰撞

19世纪50年代末至60年代初是俄国历史上新旧思想碰撞的时期。这种碰撞突出表现为新旧两代人的思想矛盾。秉持固有传统的老人同追求新发展的新人之间,由于思想不同、意见相左、面对社会改革的态度不同而无法达成共识,在许多领域都产生了极大的分歧,而两代人之间的矛盾也慢慢成为当时社会的主要矛盾,具体表现为父辈和子辈在思想上的相互对抗和互不妥协。

(一)"父"与"子"之间的矛盾是社会发展的动力

"父"与"子"之间的矛盾显而易见就是两代人之间的代沟所造成的矛盾,具体而言就是两代人的历史冲突,而这两代人主要是以思想观点来分界的。①

---

① 朱宪生.在诗与散文之间——屠格涅夫的创作与文体[M].西安:陕西人民教育出版社,1999.

"父"与"子"之间的矛盾一直都存在,直到今天也是如此,不同的成长环境和成长经历使生活在不同年代的人各不相同,每个人身上都有成长之时的时代烙印。每一代人根据自己的成长经历和认知水平,在自己年代的文化背景下,对相同的事物势必会有不同的看法和观点,从而引发矛盾。某一问题或现象在一个年代里会成为社会的主要矛盾,但这个矛盾在另一个年代里也许不会存在。某种文化在一个时代里被主流文化排斥,在另一个时代里也许会被接受。[①] 这种情况在 19 世纪,尤其是 19 世纪五六十年代的俄国表现得尤为突出,"父"与"子"之间的矛盾表现在社会生活的各个方面,小到家庭内部,大到国家和整个民族内部。

人类社会发展进步离不开"父"与"子"、老与少、旧与新之间的矛盾,矛盾成为一种力量,推动社会不停地向前、向上曲折发展,最后达到社会繁荣。随着时代的发展和社会的进步,终有一天,父辈们与新的子辈们面临新旧更迭的局面。多年之后,面对再一次的崭新的社会变革,新的父辈们与新的子辈们又会产生新的分歧,于是又会产生新的矛盾。人类社会就是在"父"与"子"之间的矛盾与角力下得以发展的,父辈们与子辈们前仆后继,一代新人换旧人,使人类的文明得以保存、传承、发展和壮大。

(二)"父"与"子"之间的矛盾是新旧思想的矛盾

回溯俄国的历史,农奴制改革一般被认为是一个重大转折点。这个时期的俄国国内民不聊生,农民不堪重负、揭竿而起,农民起义风起云涌。与此同时,新思想迅速发展、空前活跃,自然科学也取得了重要成就,加速了唯物主义哲学思想在俄国的传播。当时俄国所奉行的封建农奴制度是社会发展的强大阻力,是违背人民意愿的腐朽糟粕。社会想要获得发展,势必要清除这些落后的思想和制度。

19 世纪五六十年代,平民知识分子异军突起,成为推动社会变革的主要力量。平民民主主义者和贵族自由主义者形成对立之势。在思想、文化、哲学观、历史观等各个方面,新旧思想发生碰撞。屠格涅夫的长篇小说《父与子》就是以这样一个时期为背景,集中表现了新旧思想之间的矛盾,以及旧

---

① 张中锋.从《父与子》看屠格涅夫的文化理想主义[J].济南大学学报,1998,8(4):39-42.

的贵族知识分子和新的平民知识分子之间的冲突。小说虽然以"父与子"为题目,但就实际创作而言,小说中并非只体现了单纯的父子间矛盾,还反映了平民民主主义者和贵族自由主义者之间的矛盾。因此,所谓的"父与子"是广义概念,指代新旧两种思想。《父与子》主要探讨了父辈和子辈两代人之间从思想到行动上所持有的不同观点,揭示了两代人之间的关系以及社会的变革。

父辈和子辈是构成家庭的两个主要元素,同时又代表了人类文明的传承方式,即由老辈的父母传递给小辈的子女。在《父与子》中,作为能够把握时代脉搏的作家,屠格涅夫重点反映了当时的时代特点,即社会变革中的新旧思想,正因如此,屠格涅夫才被称为伟大艺术家。

在当时的时代背景下,小说《父与子》中主人公的人物设计具有极强的现实意义。小说的主人公巴扎罗夫具有现实生活中平民知识分子的特征,但不能认为巴扎罗夫就是某个人,他是现实生活中众多新人的缩影。① 屠格涅夫以客观的方式处理作品中"父与子"之间的矛盾,但是《父与子》的创作没有给屠格涅夫带来个人声誉,反而引起了轩然大波——现实生活中的父辈们和子辈们都认为屠格涅夫在小说中刻意丑化自己的形象。父辈认为屠格涅夫的立场错误,认为屠格涅夫之所以对子辈极力赞扬是因为他把新兴平民知识分子视为精神领袖;而代表子辈的新兴平民知识分子并不领情,认为屠格涅夫有意在小说中丑化和恶意中伤平民知识分子。争论双方各执一词。读者中也产生了较大分歧,年轻的读者和年长的读者都不认可屠格涅夫的创作。

经过这一番争论,屠格涅夫腹背受敌。但也许正是因为这样一场具有极大影响力的争论,屠格涅夫作品的魅力才得以展现——小说《父与子》唤起了全社会的关注,证明这部作品的创作是成功的。屠格涅夫作品的艺术魅力在于作家能够辩证客观地看待社会生活。屠格涅夫曾经表明自己的文学创作具有辩证观点,他说道:"对一个文学家来说,准确和有力地再现真实和实际生活是最大的幸福,甚至即使这种真实与他自己所爱不相符合时也

---

① 石玲玲.试论《父与子》中巴扎洛夫的形象是"新人"的雏形[J].湖北经济学院学报(人文社会科学版),2012,9(6):120-121.

是如此。"①

在小说中,屠格涅夫并没有从自身的立场出发主观地塑造巴扎罗夫,而是力求真实地反映"新人"的性格特征。巴扎罗夫是平民知识分子,与屠格涅夫的贵族身份不同,但为了表现子辈的先进性,屠格涅夫令巴扎罗夫在精神和肉体上都战胜了贵族自由主义者。正是由于在创作中不偏袒任何一方,不掺杂主观情绪,不受自身立场影响,屠格涅夫创造的每个人物才会引起各方的激烈讨论。

对于父辈和子辈,屠格涅夫都客观地指出了缺点,同时也看到了他们的优点。从行动上来看,父辈对其子女关爱有加,充满了亲情;从思想上来看,父辈又十分封建与保守。子辈崇尚科学,不迷信、不盲从,对未知事物有着勇于探索的热情,但子辈又具有极强的虚无主义思想,否定世间的一切。《父与子》也客观地反映了那个年代的父辈和子辈的性格特点。

二、长篇小说《父与子》中反映的社会变革主题

屠格涅夫创作《父与子》之时,俄国社会正需要有进步思想的"新人"成为社会变革的生力军,小说中的巴扎罗夫正是"新人"的代表。巴扎罗夫是一个具有矛盾性的人物,具有贵族和平民的双重性格。巴扎罗夫的祖父是农民,父亲是军医,母亲是大家闺秀,家里有农奴,当面对巴维尔的时候,巴扎罗夫表现出对自己非贵族出身的自豪感,但骨子里却又看不起农民。巴扎罗夫的性格冷漠且孤傲,对父母也感情淡漠。充满矛盾性的巴扎罗夫无法找到自己的社会定位,其命运注定会以悲剧收场。从思想上看,巴扎罗夫是一个虚无主义者,他几乎否定了自然科学之外的所有传统的东西,尤其是对人文领域的一切都抱持怀疑和否定的态度。

(一)虚无主义下对父辈的全盘否定是片面的

在巴扎罗夫看来,他的人生使命就是要不断地破除旧事物,要不停地创新。他否定所有感情,包括亲情和爱情,但是自己却深陷感情的旋涡中无法自拔。巴扎罗夫积极开展事业,但是又不全心全意投入,把许多时间用在和

---

① 屠格涅夫.屠格涅夫全集(第十一卷)[M].张捷,译.石家庄:河北教育出版社,2000:589.

异性之间的纠结上。① 巴扎罗夫在小说中的叙事时间只有短短一个月,但在这一个月里,人们发觉,巴扎罗夫在人前总是冷漠孤傲、恃才傲物,经常会对一些人和事表现出愤怒之情。从巴扎罗夫的形象可以看出,平民知识分子满足了时代发展的要求,逐渐登上历史舞台,在众多领域中表现出了有别于前辈的新思想和新观点,慢慢成为社会的主流阶层,但这却使父辈与子辈之间的矛盾被激化。

屠格涅夫创作《父与子》是为了纪念别林斯基,从子辈的思想和言行中不难看出,许多人都具有与别林斯基类似的观念。学者巴丘托认为,《父与子》是屠格涅夫最富有哲学内涵的作品,其中反映出的社会政治问题是值得关注的。② 《父与子》中涉及许多社会问题,包括个人义务问题,唯物主义和唯心主义问题,对待科学、艺术、大自然和爱情的态度问题,如何对待父辈遗留的文化遗产的问题。围绕着这些问题,父辈与子辈之间展开了激烈的争论。

巴扎罗夫是屠格涅夫创作的"新人",与之前创作的人物不同,他是平民知识分子,也是一个自然科学家。在思想上,巴扎罗夫是唯物主义者,这让他或者在家庭出身上,或者在思想意识上,都有别于屠格涅夫创作的其他人物。巴扎罗夫不是一个利己主义者,他把实现人民的利益作为人生的奋斗目标,同时希望通过自己的能力来改造世界。小说一开篇,巴扎罗夫出现在贵族群体面前,此时的巴扎罗夫已是一个虚无主义者,具有否定精神是巴扎罗夫突出的性格特点。他说道:

"目前最有用的事就是否定——我们便否定。"③

诚如巴扎罗夫所说,他的确是来否定的,带着对一切事物的批判态度。在好友基尔沙诺夫家中留宿后的第二天,巴扎罗夫就起得很早、出门去了,在他看来,周围的一切是满眼的"不好"和"不值得"。

① 揣金辉.浅析《父与子》中的"新人"形象——巴扎罗夫[J].北方文学(下半月),2012(1):26-27.

② Батюто А И. Тургенев-романист[M]. Ленинград:ЛГУ,1990.

③ 屠格涅夫.巴金译父与子 处女地[M].巴金,译.北京:人民文学出版社,2015:47.

第二天早晨巴扎罗夫醒得比谁都早,就到外面去了。"啊,"他向四周望了一望,不觉想道,"这个小地方并没有什么值得夸口的!"①

由于对事物有不同的理解和思考,巴扎罗夫的否定精神与当时的社会思想是完全不合的,当他去同学基尔沙诺夫家做客时,巴扎罗夫与贵族自由主义者、秉持传统思想的父辈巴维尔就产生了矛盾。在关于权威的争论中,巴扎罗夫取得了压倒性胜利,对一切权威都进行了彻底否定,他说道:

> "贵族制度,自由主义,进步,原则,"巴扎罗夫在这个时候说,"只要您想一想,这么一堆外国的……没用的字眼! 对一个俄国人,它们一点儿用处也没有。"②

巴扎罗夫信奉唯物主义并且崇尚自然科学,在这次争论中他取得了胜利,他对科学可谓达到了痴迷的程度,在巴扎罗夫看来,重要的是二乘二等于四,一个化学家要远比二十个诗人重要。虚无主义在巴扎罗夫身上体现得淋漓尽致,俄国社会中所有村社、戒酒、家庭等都是无稽之谈。③ 同时,巴扎罗夫对精神领域的宗教也给予否定,认为科技才是最为重要的,社会的进步是以工业化代替原有的生产方式为标志,而发展起来的工业化社会在巴扎罗夫心中是异常美好的。大自然在巴扎罗夫眼中是一个作坊——这个比喻无比精准地反映出巴扎罗夫想见到工业社会在俄国出现的急切心情。④别尔嘉耶夫指出,对一切持否定态度的虚无主义表现出较强的激进性,他认为,俄国的启蒙运动伴随着激进的虚无主义思想,不分优劣、对自然科学的崇拜使虚无主义对一切高雅的传统文化都产生质疑,文学、艺术、哲学等人

---

① 屠格涅夫.巴金译父与子 处女地[M].巴金,译.北京:人民文学出版社,2015:19.
② 屠格涅夫.巴金译父与子 处女地[M].巴金,译.北京:人民文学出版社,2015:46.
③ 谢兆丰.从虚无主义论巴扎洛夫的形象[J].长沙理工大学学报(社会科学版),2006,21(2):110-112.
④ 张晓东.苦闷的园丁——"现代性"体验与俄罗斯文学中的知识分子形象[M].北京:人民文学出版社,2009.

类精神层面的财富都被予以否定。①

作为"新人"的平民知识分子,巴扎罗夫很显然与贵族知识分子大不相同,其行为作风表现得更为坚决和硬朗,与罗亭的"软"相比,巴扎罗夫很"硬"。这不仅指硬汉作风——他硬到了"无情"的地步,否定一切与柔情相关的事件。他甚至认为一切情感的表达都是不必要的。②

客观而言,巴扎罗夫的思想较为片面,屠格涅夫也在一定程度上意识到了这一点,他曾经写道:"……除了巴扎罗夫对艺术的看法之外我赞同他的几乎全部观点……"③屠格涅夫在创作巴扎罗夫这个人物时,融入了个人对当时俄国社会的思考。在决斗情节中,屠格涅夫设计让巴扎罗夫获得了胜利,这也是为了表现子辈具有的先进思想和觉悟是父辈所无法抗衡的,无论是在精神上还是在肉体上,子辈都会战胜父辈,而一切陈旧糟粕之物都会被历史前进的车轮碾碎。不过,巴扎罗夫的否定精神在一定程度上具有民族性意义。巴扎罗夫说道:

> "为什么不可以呢,倘使他们应当受人轻视的话!您专在我的观点上挑错,可是谁告诉您,我的观点是偶然得来的,而不是您所拥护的民族精神本身的产物呢?"④

巴扎罗夫秉持虚无主义理念的全盘否定,尤其是对人类精神和智慧财富的否定,显然是不可取的,他对精神层面的事物都不接受,他认为普希金的诗歌是无用的,拉斐尔是没有价值的,大自然是一座工厂,而人就是这座工厂里的工人。⑤ 巴扎罗夫作为平民知识分子走上社会舞台,其反抗精神与否定精神极为强烈。激进的巴扎罗夫既表现出对社会现实的强烈不满,也表现出想要摆脱自身文化与社会地位局限性的强烈愿望。⑥

---

① 转引自:林精华.屠格涅夫创作中的平民知识分子形象[J].外国文学评论,1997(3):100-107.

② 张晓东.苦闷的园丁——"现代性"体验与俄罗斯文学中的知识分子形象[M].北京:人民文学出版社,2009.

③ 屠格涅夫.屠格涅夫全集(第十一卷)[M].张捷,译.石家庄:河北教育出版社,2000:589.

④ 屠格涅夫.巴金译父与子 处女地[M].巴金,译.北京:人民文学出版社,2015:48.

⑤ 吴嘉佑.屠格涅夫的哲学思想与文学创作[M].北京:人民出版社,2012.

⑥ 张建华.张建华集:汉、俄[M].哈尔滨:黑龙江大学出版社,2011.

屠格涅夫并不赞同巴扎罗夫对艺术和文学的看法,对前人留下来的精神财富,屠格涅夫保持着非常冷静而客观的态度。文学和艺术是人类文明的基石,是前辈的智慧结晶,不可以轻易否定其价值。

(二)"父与子"矛盾的统一需要理性的继承与否定

巴扎罗夫否定一切。面对否定,屠格涅夫持辩证的观点,他曾经在《哈姆雷特与堂·吉诃德》中写道:"但是否定也像火一样,有一种毁灭的力量,如何把这种力量控制在一定范围内? 如何向它指出,在应当消灭的东西和应当宽恕的东西不可分割地融合和联系在一起的时候,它应当在何处止步?"①

否定是把双刃剑,在屠格涅夫笔下,罗亭和巴扎罗夫都是具有新思想的否定者,但是二者的表现却不尽相同。罗亭富有深刻的思想和善辩的才能,对不合理的事物都给予否定,但罗亭有时又是怀疑主义者,对陈旧的事物是否需要消除会表现出迟疑的态度,所以罗亭的性格显得软弱而革命性不强。巴扎罗夫比罗亭在性格上要坚毅得多,他是个实实在在的行动派,但有时,巴扎罗夫缺乏罗亭那种深入细致的思考,他对生活中美好的、应当保留的事物也予以否定。罗亭和巴扎罗夫这两个都具有否定精神的改革者,一个缺乏坚定的意志,一个缺乏深刻的思想。

屠格涅夫曾指出,从古代悲剧中我们了解到,真正的冲突就是双方在某种程度上都是正确的。② 在文学创作中,屠格涅夫严格信奉悲剧冲突的相关思想,同时坚持自己崇拜的作家莎士比亚的文学创作原则,即不偏向黑的一边,也不偏向白的一边。对巴扎罗夫,屠格涅夫虽然肯定了他的才能、思想、意志,认为他的否定精神和坚强的意志品质是社会需要的新生力量,但同时并没有把巴扎罗夫理想化,没有使他身上只有闪光点——屠格涅夫批判了巴扎罗夫对父辈遗留下来的宝贵精神财富的否定态度,不认可他对大自然、文学、艺术的观点。通过正反两方面的塑造,巴扎罗夫这一人物形象更加接地气。

---

① 屠格涅夫. 屠格涅夫全集(第十一卷) [M]. 张捷,译. 石家庄:河北教育出版社,2000:191.
② Тургенев И С. Полное собрание сочинений и писем в тридцати томах(том четвертый) [M]. Москва:Академия наук СССР,1982.

屠格涅夫肯定了巴扎罗夫的价值,巴扎罗夫的出现在当时的俄国社会中有重要意义,但他的思想局限性和不成熟也是显而易见的。父与子之间的问题是一个普遍存在的问题,解决这个问题的同时能够促进人类文明发展和社会进步。子辈和父辈虽然意见不一,但子辈终究要在父辈退出历史舞台的时候拿起传承人类文明的接力棒,子辈毕竟要继承父辈的传统和遗产,而最为重要的是要传承精神财富,这是民族发展的根本。[①] 如果全部否定了前人的文化价值和精神意义,那么整个社会乃至民族的发展都如同没有根基的万丈高楼,是不可能长久的,定会在某个时刻轰然坍塌。小说中的子辈阿尔卡季继承了父辈的传统和遗产并进行发展与革新。在面对父与子的问题时,两代人之间出现摩擦和矛盾是必然的,它们是推动社会变革的主要力量,但是父辈与子辈之间的文化传承、思想继承也是促进社会发展的重要因素。

小说中的尼古拉·彼得洛维奇·基尔沙诺夫回忆自己和母亲的争吵时说:

> "最后我对她说:'自然你不能了解我;我们是不同的两代人。'她气得很厉害,可是我却想道:'这有什么办法呢? 丸药是苦的,可是她必须吞进肚子里去。'你瞧,现在是轮到我们了,我们的下一代人可以对我们说:'你不是我们这一代人;吞你的丸药去吧。'"[②]

屠格涅夫不仅揭示了贵族阶层的落后和腐朽,而且指出了新兴的平民知识分子将会成为主导社会发展的重要力量。屠格涅夫虽然出身贵族,但是在创作中可以摆脱自身的阶级局限性,抛开阶级矛盾,高屋建瓴地看待整个社会发展,并能够从唯物主义哲学观出发,客观、公平、公正地看待社会发展态势,通过文学作品把社会发展的趋势展现给世人,阐释革命民主主义终将取得胜利的必然性,可以说,屠格涅夫超越了自我。

屠格涅夫严格恪守社会发展运行的客观规律,尊重父辈的精神财富的

---

① 雷成德.《父与子》的中心人物及人物之间的关系[J].外国文学研究,1978(2):90-98.
② 屠格涅夫.巴金译父与子 处女地[M].巴金,译.北京:人民文学出版社,2015:52.

同时也鼓励子辈大胆创新。屠格涅夫没有一边倒地贬低父辈,在希冀年轻一代对社会的发展和建设起到重要作用的同时,屠格涅夫非常尊重父辈的丰功伟绩,他也希望年轻的一代可以继承和发扬优良传统,前仆后继地不断推动社会进步与发展。

屠格涅夫的创作坚持唯物主义原则,尊重历史和社会发展的自然规律。屠格涅夫虽为贵族出身,但对平民知识分子在社会上的表现——其所具有的改革精神、付诸实践的行动力、自我牺牲和奉献精神——给予了高度赞赏。巴扎罗夫式的人物在推动俄国社会进步的过程中的确有着重要作用,与其相似,作为平民知识分子的车尔尼雪夫斯基和杜勃罗留波夫等人最终也都走上了历史舞台,他们面对改革勇往直前又敢于担当责任。

《父与子》集中反映了屠格涅夫创作中的社会变革主题。社会变革需要动力,而这动力的来源就是"父"与"子"之间不同思想和理念的冲突和碰撞。对于如何弥合不同时代的人之间的思想差异,屠格涅夫给出了明确的答案,即尊重父辈的传统,同时接受子辈的创新。

本章小结

屠格涅夫生活的时代正是俄国经历社会变革和思想变革的时代,这个时期充满了理想和现实之间的矛盾。在社会生活中,把理想转化为现实貌似容易——只要勇于把理想付诸实践,就会有成功的机会。但由于客观现实的束缚,实现理想的过程中有时要面对艰难险阻。《罗亭》中的主人公用一生去寻求理想与现实的统一,但是他没有找到答案,罗亭虽有进步的思想,但无奈现实社会没有为他提供实现理想的条件。

罗亭虽然被认为是俄国文学中的又一个"多余人",但是不难发现,"多余人"在一定意义上具有积极正面的社会意义。积极的思想意识面对残酷的社会现实,在这种情况下,贵族青年们不得不放弃自己的理想。"多余人"的出现假如要归咎于贵族青年性格上的软弱和其所面对的极为严酷的社会条件,那么他们所表现出来的积极抗争精神,以及在梦想幻灭后的执着,所经历的痛苦、迷茫、进退维谷等诸多感受，对后世而言是极为宝贵的遗产。①
虽然在人生、爱情和事业上，罗亭是失败者，但作为思想的启蒙者，罗亭把先
进的思想传播给其他青年，启迪他们去探索人生的真谛，就这一点而言，罗
亭是成功的——他的继承者们必定会继续前行并取得成功。

　　当需要在爱情与义务之间做出艰难抉择时，个人是选择追求爱情，还是
选择履行义务？这是一个难以回答的问题。屠格涅夫在描述爱情与义务之
间的关系时明显带有悲观色彩，在屠格涅夫看来，爱情是短暂的、缥缈的，人
无法真正获得永久的爱情，这在一定程度上反映了屠格涅夫消极的人生观
和爱情观。正因如此，屠格涅夫主张人应该考虑的不是爱情，而是要如何履
行责任和义务。屠格涅夫曾在中篇小说《浮士德》中写道：

　　　　"我是想说，为什么要去想自己，想自己的幸福呢？它没有什么可
　　想的。它不是外来的——干吗要去追求它？它就同健康一样：你不觉
　　察它的时候，就是它在的时候。"②

　　在《浮士德》的结尾部分，屠格涅夫再次谈到了幸福和义务之间的关系，
他认为：

　　　　从最近几年的经历中我得出一个信念——生活不是玩笑和娱乐，
　　生活甚至也不是享受……生活是艰苦的劳动。放弃，不断地放弃——
　　这就是它隐含的意义，它的谜底。一个人应该关心的不是实现心爱的
　　理想和憧憬，不管它们怎么高尚——而是完成自己的义务；不在自己身
　　上加上锁链，加上义务的铁链，他不能顺利地走到生命的终点而不摔
　　跤；而在青年时代我们往往想：愈自由愈好，愈能走得远。③

　　也许屠格涅夫认为，放弃爱情、承担义务是正确的人生选择。在屠格涅

---

　　①　转引自：朱宪生. 在诗与散文之间——屠格涅夫的创作与文体[M]. 西安：陕西人民教育出
版社,1999.
　　②　屠格涅夫. 屠格涅夫全集(第六卷)[M]. 沈念驹,译. 石家庄：河北教育出版社,2000：196-
197.
　　③　屠格涅夫. 屠格涅夫全集(第六卷)[M]. 沈念驹,译. 石家庄：河北教育出版社,2000:210.

夫看来,爱情与义务是相互对立的,二者不可兼得,所以,面对爱情与义务,有时就需要做出艰难选择。爱情与义务在屠格涅夫笔下是矛盾的,出于自身道德思想的影响,屠格涅夫认为爱情要受道德制约,并且要在道德制约下让位于义务。主人公虔诚地信奉道德规范,这也许就是屠格涅夫笔下的爱情的与众不同之处。爱情与义务的抉择、个人与社会的取舍一直考验着世人,而又有几人会毅然决然地做出像拉夫列茨基那样的决定,又有多少人会像丽莎那样对信仰保持着无尽虔诚之心?

父辈与子辈之间的矛盾究其本质是新旧两种观念的碰撞,父子间的代沟一直存在,正是在一次次的新旧思想碰撞中,时代才得以进步,社会才可以发展,社会变革的主题才显得意义深远。

在社会发展过程中,一定会出现罗亭式和巴扎罗夫式的人物,罗亭也好,巴扎罗夫也罢,他们都代表了推动社会前进的重要力量。屠格涅夫通过作品向人们展示了 19 世纪俄国的社会风貌,体现了自己对理想、现实、言论、行动、爱情、义务、社会变革的深入思考。在表现理想与现实主题时,屠格涅夫对作品中的主人公给予了公正的评价:罗亭博学善思、勇于反省,同时具有反抗精神;拉夫列茨基选择承担义务,具有正确的道德观;巴扎罗夫忠于理想和信念,敢于战斗和奉献自我。但屠格涅夫也指出:罗亭喜好幻想,对一切都提出质疑,总是把理想停留在空想中,很少付诸行动;巴扎罗夫虽是勇于开拓的行动派,但他的否定精神像烈火一样把旧世界烧尽,尽管否定与质疑会使人类社会一步步迈向更高的文明阶梯,盲目地否定一切却是不可取的。巴扎罗夫实际上是屠格涅夫心中的堂吉诃德。在屠格涅夫看来,革命民主主义知识分子虽然出发点是好的,但是做法往往幼稚。① 屠格涅夫曾经写道:"我们见过他们,当这样的人绝迹时,就让历史这本书永远合上吧!其中就没有什么可读的了。"②

纯粹的罗亭式或巴扎罗夫式的人在生活中并不存在,他们只是 19 世纪俄国进步青年的代表,而我们每个人身上都存在着罗亭的犹豫和巴扎罗夫的否定,两种性格左右着我们的行为。无论如何,我们应该尊重罗亭的"犹

---

① 张晓东.苦闷的园丁——"现代性"体验与俄罗斯文学中的知识分子形象[M].北京:人民文学出版社,2009.

② 屠格涅夫.屠格涅夫全集(第十一卷)[M].张捷,译.石家庄:河北教育出版社,2000:189.

豫不前"和巴扎罗夫的"义无反顾"。罗亭、拉夫列茨基和巴扎罗夫都具有一定的社会意义。在生活中,我们有时就会见到擅于自省的罗亭、面对爱情和义务不知所措的拉夫列茨基,以及充满否定思想的巴扎罗夫。我们自己也有可能就是罗亭、拉夫列茨基,或者巴扎罗夫,更有可能是这三种形象和气质的结合体。每个人身上都会带有他们三个的影子,他们一个在思考、一个在抉择、一个在否定。他们或者为了命运而踌躇不前,或者为了义务而牺牲自我,或者为了理想而义无反顾、勇于否定一切。陷入思考的人不能失去行动能力,要坚持真理,更要勇于实践;为了承担义务而放弃爱情的人,不能算是爱情的失败者;不能对于一切都持否定态度,否则就会成为妄人。社会发展需要具有罗亭、拉夫列茨基、巴扎罗夫这样性格特征的人。屠格涅夫创作中的主题与时代的发展紧密联系,这表明身为作家的屠格涅夫具有敏锐的社会洞察力,同时也体现出其创作具有前瞻性和预见性,这种把握时代脉搏的才能正是屠格涅夫作为 19 世纪现实主义作家的伟大之处。

第二章
屠格涅夫创作中的浪漫主义特色

　　作为现实主义作家,屠格涅夫无疑是实至名归的,他的作品不仅能够如实反映生活,同时对人物、事件、社会环境也进行了丝丝入扣的刻画,生动而真实地展现出了19世纪的俄国社会图景。"诗意的现实主义"被认为是屠格涅夫创作中的重要表现,正如高尔基所言:"在讲到巴尔扎克、屠格涅夫、托尔斯泰、果戈理……这些古典作家时,我们很难完全正确地说,他们到底是浪漫主义者,还是现实主义者,在伟大艺术家们的身上,现实主义和浪漫主义好像是结合在一起的。"①探索一位现实主义作家的创作中的浪漫主义特色,会有助于我们更好地理解作家的创作特点。

　　浪漫主义强调在文学创作中更多地从主观感受出发来表现作家对理想世界的热切渴望,因此其特色在文学创作中表现为语言表达上的细腻、主观想象上的丰富、创作方法上的夸张、感情抒发上的激昂等,所有这些浪漫主义特色都有悖于客观的理性思考,更加注重个人主观感受。

　　不同的批评家和作家对浪漫主义的理解各有不同,但作为一种文学思潮和创作方法,浪漫主义有其基本内涵。歌德指出,相较于古典主义,浪漫主义是完全以主观思想为出发点的;席勒认为,浪漫主义就是理想主义,是从感觉世界吸取东西,取自心灵②;高尔基认为,浪漫主义是一种艺术表现手法,是一种主观情绪的宣泄;屠格涅夫本人则认为,浪漫主义是"个人之神",任何艺术都是把生活提升到理想。③ 屠格涅夫现实主义作品中的浪漫主义特色表现在许多方面。朵罗托娃指出,浪漫主义在屠格涅夫的创作生涯中一直都存在。屠格涅夫的作品中浪漫主义特色突出,直到屠格涅夫19世纪六七十年代的许多作品中,浪漫主义也未曾消退,与现实主义共存。④

　　屠格涅夫的作品具有极强的感染力,朵罗托娃认为,屠格涅夫在作品中努力使读者的内心与其笔下主人公的内心形成深度共鸣。⑤ 相较于其他俄国作家而言,屠格涅夫作品中的浪漫主义特色主要表现为:借助丰富的语言

---

　　① 转引自:朱宪生. 在诗与散文之间——屠格涅夫的创作与文体[M]. 西安:陕西人民教育出版社,1999:240.

　　② 黄学军. 德国古典主义与浪漫主义的分野[J]. 宁夏大学学报(人文社会科学版),2001,23(1):55-59.

　　③ 转引自:朱宪生. 在诗与散文之间——屠格涅夫的创作与文体[M]. 西安:陕西人民教育出版社,1999.

　　④ Долотова Л. Проблемы поэтики Тургенева[J]. Вопросы литературы,1971(3):210-213.

　　⑤ Долотова Л. Проблемы поэтики Тургенева[J]. Вопросы литературы,1971(3):210-213.

对景物进行细腻的描写;借助主观抒情的方式直抒胸臆地表达作家的思想感情;借助丰富的想象对人物和情节进行设计。

如果说屠格涅夫将景物描写运用在诗歌当中以表达思想,那么在小说创作中运用景物描写则可以发挥更为重要的作用。叙事学理论认为,景物描写在作品中最为突出的功能是为叙事行为提供"叙事空间",而叙事空间则在揭示人物性格、推动叙事情节发展、暗示故事结局等方面起到重要作用。

巴赫金(Бахтин М. М.)认为,叙事空间可以表现为"外部世界空间"和"内部世界空间",外部世界空间即叙事人物和事件存在的空间,内部世界空间即空间内人物的内心感受和思想变化。① 戈列切娃(Горячева М. А.)则认为,按照叙事人物和叙事空间的位置关系,叙事空间可以分为"直接叙事空间"和"间接叙事空间",直接叙事空间指叙事事件正处于的空间环境,间接叙事空间指叙事人物曾经存在过的空间,或者梦境、回忆等虚拟空间。② 屠格涅夫在小说中的景物描写兼具巴赫金所提出的外部世界空间和内部世界空间两种表现,也成为直接叙事空间,在表现人物的行为和内心活动时发挥了作用。

除了景物描写,主观抒情也是屠格涅夫作品中浪漫主义特色的重要表现。屠格涅夫对生活、自然、爱情充满了感性认识,面对社会问题时充满了柔和的理性思考。屠格涅夫在其抒情诗和散文诗中都通过主观抒情的方式来表达自己强烈的内心感受。

主观抒情最早源于古希腊,是指伴随乐器的演奏而吟诵诗歌。德国学者彼得森(Peterson J.)认为,抒情是人的意识中的单个状态,是带有感情色彩的思考,是意志力中的思维的冲动和大脑的印象,是外在表现出的情感意向和强烈体验。③ 主观抒情对于作者而言,是通过语言最直接地表达出内心感受的一种方式。

屠格涅夫的作品因丰富的语言而在景物描写方面展现出与众不同的浪漫主义特色,主观抒情使其作品充满了思想性和艺术性,而人物和情节的独

---

① Бахтин М М. Формы времени и хронотопа в романе[M]. Москва: Москва,1986.

② Горячева М А. Проблема художественного пространства[M]. Москва: Москва,1999.

③ Peterson J. The poet's inspiration and the artistry of poem[M]. Berlin: Welstmon Press,1980.

特设计则是屠格涅夫作品中浪漫主义特色的又一体现。人物和情节是文学作品中非常重要的组成元素,作为一位现实主义同时兼具浪漫主义气质的作家,屠格涅夫在对人物和情节的设计上既力求客观反映社会现实,又极力追求将现实"诗意化",通过主观夸张令人物和情节更具传奇性。

第一节　诗情画意的景物描写

屠格涅夫创作中的浪漫主义特色在不同类型的文学作品中都有体现,对景物的细致描写是屠格涅夫表现浪漫主义特色的方式之一。托尔斯泰在谈及屠格涅夫的景物描写时曾经赞叹道:"描绘自然风景是他拿手的本领,以致在他以后,没有人敢下手碰这样的对象——大自然。两三笔一勾,大自然就发出芬芳的气息。"①自然景物在屠格涅夫的精心描写下展现出绚丽多姿的一面,而对于文学作品而言,景物描写也具有重要的作用和功能。

一、景物描写在文学作品中的作用和功能

景物描写在文学创作中是被频繁使用的一种手法,可以为作品增色不少。在早期的文学创作中,景物描写更多用来表现自然的神奇——当时由于人类文明发展的限制,许多自然现象无法得到解释,文学创作借助对自然景物的描绘来表现人类对自然的原始崇拜。随着人类文明的进步,人与自然的关系慢慢发生了变化,文学作品中景物描写的作用也随之改变。

（一）景物描写在不同时期的文学作品中的作用

在最初的文学创作中,景物描写多用于表现自然风貌。人类文明的发展与人类对自然的认识和改造能力的进步有着密切的联系,当对自然的了解还处于初级阶段时,人类表现出对自然的崇拜,此时的文学作品中的景物描写更多为了凸显自然的神奇力量——自然的力量被作家人为地神化和拟

---

① 王英.浅谈屠格涅夫《猎人笔记》的景物描写[J].北京理工大学学报(社会科学版),2000,2(3):41-43.

人化。景物描写也会与文学作品中的情节相结合,例如《伊戈尔远征记》中就运用了大量景物描写,而这部作品中的景物描写还结合了大量的比喻,把人类世界中的诸多意象与自然界相比——老鹰和狮子是英雄的象征,庞大的军队像天边的乌云,刀剑的寒光像天空中的雷电,等等。这样的比喻描写也体现了早期文学创作中对自然的崇拜。①

随着文学的发展,作品中的景物描写已经不再局限于表现自然环境这一基础作用,还可以根据作品的体裁而发挥不同作用。在诗歌作品中,景物描写可以间接表现作家的主观情感,与抒情、议论等创作手法相结合,增强诗歌作品的思想性和艺术性。在小说作品中,自然环境可以与作品的内容相结合,在情节发展、人物塑造、主题表现等方面发挥作用。借助景物描写,作家也可以主观地营造特定的环境氛围,表现作品内容的感情基调。

(二)景物描写在文学作品中的功能

景物描写的主要功能是为文学作品的内容服务。俄罗斯文学评论家谢宾纳(Себина Е. Н.)把景物描写的功能总结为以下几点:1)展示作品的地域风貌,揭示创作的时代背景,交代人物活动的时间和地点;2)揭示主人公的身份,烘托人物的内心感受;3)渲染环境气氛,推动故事情节发展;4)揭示主人公性格,深化作品主题。② 对于文学作品而言,景物描写具有重要意义。屠格涅夫作品中的景物描写充分发挥了谢宾纳所总结的景物描写功能。屠格涅夫把对景物的细致描写与人物性格特点、情节发展趋势、自身主观感情、作品主题思想等紧密联系起来,使作品在人物塑造、情节设计、感情抒发、主题表现等方面更为完整和丰富。借助景物描写,屠格涅夫的作品表现出了浪漫主义特色,这也符合他一直遵循的"诗意的现实主义"的创作主张。

二、诗歌中的景物描写

在屠格涅夫的创作生涯中,诗歌作品的艺术成就虽不及其长篇小说,但

---

① 哈利泽夫.文学学导论[M].周启超,等译.北京:北京大学出版社,2006.
② 转引自:刘浩颖.从修辞学角度分析屠格涅夫作品中的景物描写[D].大连:大连外国语学院,2007.

也占有重要地位。屠格涅夫步入文坛时,手中握着的是一束诗歌的鲜花,较之其长篇的参天大树,这簇小花不免逊色,然而若真的去捧起它,也可闻见阵阵扑鼻的芳香。①

景物描写是屠格涅夫经常运用的创作手法,尤其在其抒情诗中。大自然对屠格涅夫而言拥有无法抗拒的吸引力,在屠格涅夫的笔下,大自然显得迷人而又神秘,是屠格涅夫的浪漫主义精神的寄托或栖息地。② 屠格涅夫喜欢纵情于山水之间,把其肉体、内心和灵魂都投入大自然的怀抱中,以此来感受人与自然的和谐。作家也擅于运用景物描写来借景抒情,使诗歌中的意境和作家的主观感情得到完美融合。

(一)抒情诗中的景物描写

抒情诗中自然景色的描绘绝对是必不可少的,诗人借助描绘大自然的美景来抒发其内心感受。在屠格涅夫的创作中,大自然十分优雅且充满魅力,富有生命力和艺术感染力。诗人把大自然当成一位博学的先知,将自己的迷惑全部向大自然倾吐,并希望大自然能够给予答案。

> 是的,我明白在这神圣的时刻,
> 大自然给我们上的神秘的一课——
> 我在我的心里谛听着一种声音,
> 那是神秘的先知的预言,
> 是内心的神圣的永恒之声。
> ……
> 我的心中激荡着不安和惊恐,
> 我徒然地用目光向大自然询问;
> 她在深沉的睡眠中默无声息——
> 我感到郁闷,竟然没有一个造物

① 刘文飞.墙里墙外——俄语文学论集[M].北京:中央编译出版社,1997.
② 吴嘉佑.屠格涅夫《散文诗》中的浪漫主义要素研究[M]//金亚娜,刘锟.俄罗斯文学与文化研究(第一辑).北京:北京大学出版社,2011:44-65.

能弄清这个存在的奥秘。①

——《黄昏(沉思)》1837 年 7 月

Да, понял я, что в этот час священный,

Природа нам даёт таинственный урок —

И голос я внимал в душе моей смущённой,

Тот голос внутренний, святой и неизменный,

Грядущего таинственный пророк.

…

В моей душе тревожное волненье:

Напрасно вопрошал природу взором я;

Она молчит в глубоком усыпленье —

И грустно стало мне, что ни одно творенье,

Не в силах знать о тайнах бытия.

——Вечер (дума) Июль 1837

屠格涅夫在这首《黄昏(沉思)》中,借助黄昏时分给作家带来的感受表现大自然的神秘和伟大,作家认为大自然是充满智慧的,"大自然给我们上的神秘的一课"(Природа нам даёт таинственный урок),"那是神秘的先知的预言,是内心的神圣的永恒之声"(Тот голос внутренний, святой и неизменный, Грядущего таинственный пророк),"我徒然地用目光向大自然询问"(Напрасно вопрошал природу взором я)都能清晰地表达出作者对自然的崇拜和倾慕之情。

在自然面前,屠格涅夫像一个虔诚的信徒、虚心求教的学生,而自然也毫不吝惜地为这位学生答疑解惑。自然的神秘赐予了作家无尽的想象,动词 дать 从修辞上将自然拟人化,自然如同答疑解惑的智者,显示出其在屠格涅夫面前的权威之势。屠格涅夫把自己所有人生困惑都诉求于自然,希望自然这位导师可以在生活中为他指点迷津。屠格涅夫用目光(взор)去向自然询问,用 вопрошать 表达提问,这些可以表明屠格涅夫对自然的尊重和探求答案时的严肃态度。自然作为先知(пророк),用自己的"声音"(голос)

① 屠格涅夫. 屠格涅夫全集(第十卷)[M]. 朱宪生,等译. 石家庄:河北教育出版社,2000:4.

回复了作家,这自然之声在屠格涅夫心中是如此的神秘而永恒(святой и неизменный)。

在面对大自然的美好景致时,屠格涅夫往往情不自禁地浮想联翩,尤其是当黄昏降临时。黄昏是大自然最完美的杰作之一,伟大的造物主赋予了黄昏多变的景色。虽然已经是日暮时分,但是在作家眼中,黄昏是绚烂多姿的,落日伴着晚霞,景色十分绚烂美好。屠格涅夫写道:

> 平缓的岸边波浪已经静息,
> 天边还闪烁着晚霞的余辉,
> 远处小舟在雾霭中轻快地穿行——
> 满怀着忧愁和古怪的念头,
> 我伫立在岸边,默不作声。①
>
> ——《黄昏(沉思)》1837 年 7 月

> *В отлогих берегах реки дремали волны;*
> *Прощальный блеск зари на небе догорал;*
> *Сквозь дымчатый туман вдали скользили челны —*
> *И грустных дум, и странных мыслей полный,*
> *На берегу безмолвный я стоял.*
>
> ——*Вечер（дума）Июль 1837*

诗中没有展现黄昏忧郁的一面,作者用细腻的文字描写,勾勒出一幅落日余晖映彩霞的恬静画面,对波浪(волна)、扁舟(челн)和岸边的"我"(я)三者的描绘丰富了这幅黄昏美景。屠格涅夫对俄罗斯的自然景色有着浓浓的眷恋之情,这份情意通过细腻的景物描写表达得淋漓尽致。"他以轻淡的白描手法、优美的抒情旋律,为我们创造出了一个个诗意的境界,读着那些诗句,我们恍惚置身其中,在尽情地领略着大自然的恩赐。"②但从细节处可以发现,虽然屠格涅夫所描写的景致是极美的,这美景之下的"我"却略显忧郁,因为心中"忧愁"(грустные думы)和"古怪的念头"(странные мысли)让"我伫立在岸边,默不作声"(На берегу безмолвный я стоял)。屠格涅夫

---

① 屠格涅夫.屠格涅夫全集(第十卷)[M].朱宪生,等译.石家庄:河北教育出版社,2000:3.
② 刘文飞.墙里墙外——俄语文学论集[M].北京:中央编译出版社,1997:79.

运用了三个具有消极意义的形容词 грустный，странный，безмолвный 来描写"我"的内心活动，虽然黄昏的景致被屠格涅夫渲染得十分温馨，但显然诗中的"我"没有在欣赏这落日余晖。

同样都是黄昏，随着季节的交替变更所展现出的风貌也是大不相同的，屠格涅夫把不同景致的变换看在眼中，并将其用诗文表现出来。

> 在歇息着的大地上空，
> 金色的云朵缓缓游荡；
> 广袤沉寂的原野
> 粘满夜露，闪闪发光；
> 迷茫的山谷中溪水潺潺，
> 远方传来春雷的轰响，
> 慵懒的风儿在白杨树叶上
> 颤动着被捉住的翅膀。
>
> 高大的树林寂然不动，
> 暗绿色的树林悄然无声，
> 只有没入睡的叶儿的絮语，
> 偶尔从树林深处传到耳中。
> 一颗星星，美丽的爱情之星，
> 在落日的余辉中颤动，
> 我的心里感到轻快而又神圣，
> 就像童年时代又已来临。①

——《春天的黄昏》1843 年

> *Гуляют тучи золотые*
>
> *Над отдыхающей землёй；*
>
> *Поля просторные，немые*

---

① 屠格涅夫.屠格涅夫全集(第十卷)[M].朱宪生，等译. 石家庄：河北教育出版社，2000：31-32.

Блестят, облитые росой;

Ручей журчит во мгле долины,

Вдали гремит весенний гром,

Ленивый ветр в листах осины

Трепещет пойманным крылом.

Молчит и млеет лес высокий,

Зелёный, тёмный лес молчит.

Лишь иногда в тени глубокой,

Бессонный лист прошелестит.

Звезда дрожит в огнях заката,

Любви прекрасная звезда,

А на душе легко и свято,

Легко, как в детские года.

——*Весенний вечер* 1843

我们从诗作中可以发现,春天的黄昏让屠格涅夫感觉到天朗气清,心旷神怡。大地一片安宁(отдыхающая земля),金灿灿的云朵缓慢飘荡(Гуляют тучи золотые),屠格涅夫打破了词语固定的修饰关系,以表现人的性格特征的词汇描写自然,清风也显得慵懒(ленивый ветр)。黄昏时的晚霞与爱之星相映成趣(Звезда дрожит в огнях заката, Любви прекрасная звезда),让作家感到如同回到孩提时代般轻松愉悦(Легко, как в детские года),屠格涅夫对春日黄昏的喜爱之情通过一系列景物描写表现得自然而深刻。或许这与季节有关,似乎所有赞颂春天的词句都是那么美好,让人感受到春天的活力。

全诗共计 16 个诗行,韵脚整齐,每个诗行的最后一个词语按照顺序分别为:золоты́е、землёй、немы́е、росо́й、доли́ны、гром、оси́ны、крыло́м、высо́кий、молчи́т、глубо́кой、прошелести́т、зака́та、звезда́、свя́то、года́。通过观察每个诗行最后一个词语的重音位置可以发现:奇数诗行最后一个词语的重音位于倒数第二个音节,属于韵脚中的阴韵(женская рифма);偶数诗行最后一个词语的重音位于倒数第一个音节,属于韵脚中的阳韵(мужская рифма)。韵脚除了按照诗行最后一个词语重音位置不同,分为阳韵和阴韵外,也可按照韵脚在诗歌中的分布位置分类。在这首作品中,屠格涅夫运用了交叉韵(перекрёстная рифмовка)的形式,即诗歌的韵脚隔行相同,表现形式为:АБАБ。

而秋日的黄昏在屠格涅夫看来不仅有黄昏的独特之美,还有秋日淡淡的忧伤。

> 秋日的黄昏……天空晴朗,
>
> 小树林的叶子落个精光——
>
> 我用眼睛徒然地找寻:
>
> 竟没有一片残留在树上,
>
> 全都在宽阔的林阴道上躺着,
>
> 静静地、静静地沉入了梦乡,
>
> 就像在悒郁的心中悄悄沉睡着
>
> 遥远岁月遗留下来的忧愁惆怅。①
>
> ——《"秋日的黄昏……"》1842 年

> *Осенний вечер...Небо ясно,*
>
> *А роща вся обнажена —*
>
> *Ищу глазами я напрасно:*
>
> *Нигде забытого листа,*
>
> *Нет — по песку аллей широких,*
>
> *Все улеглись — и тихо спят,*
>
> *Как в сердце грустном дней далёких,*
>
> *Безмолвно спит печальный ряд.*
>
> ——*Осенний вечер... 1842*

屠格涅夫对黄昏的描写细腻而又充满诗情画意,只是有时颇有几分"夕

---

① 屠格涅夫.屠格涅夫全集(第十卷)[M].朱宪生,等译. 石家庄:河北教育出版社,2000:101.

阳无限好,只是近黄昏"的无奈和惆怅。"小树林的叶子落个精光……全都在宽阔的林阴道上躺着,静静地、静静地沉入了梦乡"(А роща вся обнажена… по песку аллей широких,все улеглись — и тихо спят),作家运用拟人的手法让林间掉落的秋叶"沉入了梦乡"(спят),不仅为作品增添了情致,更将秋日黄昏描写得诗意盎然。但在这浪漫的情致中也不免有秋的哀伤,"就像在悒郁的心中悄悄沉睡着 遥远岁月遗留下的忧愁惆怅"(Как в сердце грустном дней далёких,Безмолвно спит печальный ряд)。

这首诗的韵脚特点与上文中分析的《春天的黄昏》的韵脚特点相似,全诗共计 8 行。其中奇数诗行的最后一个词语为:я́сно,напра́сно,широ́ких,далёких,重音位于倒数第二个音节,属于阴韵;偶数诗行的最后一个词语为:обнажена́,листа́,спят,ряд,重音位于倒数第一个音节,属于阳韵;同时奇偶诗行之间的韵脚交替排列,表现为 АБАБ 形式的交叉韵。

在作家看来,黄昏临近,一天的喧闹与繁华即将沉没在静谧安宁的夜色中。黄昏常用来形容人生晚年,黄昏暮年垂垂老矣,也许在屠格涅夫眼中也恰好有相同的感受,感怀这将要逝去的繁华和一去不复返的青春岁月。

除了这首《"秋日的黄昏……"》,屠格涅夫另外一首题为《秋》的抒情诗也是描写秋日景致的佳作。

> 我喜欢口咬一片酸涩的树叶,
> 面带慵倦的笑容,懒洋洋地坐着,
> 沉湎于稀奇古怪的幻想,
> 谛听着啄木鸟尖细的啼鸣。
> 草儿全都枯黄……
> 泛出一片平静的冷光……
> 我整个心灵里都浸透着
> 安详的自由自在的忧伤……①

——《秋》1842 年

---

① 屠格涅夫.屠格涅夫全集(第十卷)[M].朱宪生,等译.石家庄:河北教育出版社,2000:21.

Люблю, кусая кислый лист,

С улыбкой развалясь ленивой,

Мечтой заняться прихотливой,

Да слушать дятлов тонкий свист.

Трава завяла вся…холодный,

Спокойный блеск разлит по ней…

И грусти тихой и свободной,

Я предаюсь душою всей…

——Осень 1842

　　俄罗斯作家、画家、音乐家似乎对秋天情有独钟,普希金写有《秋》和《秋天的早晨》,莱蒙托夫写有《秋天的太阳》,叶赛宁有诗作《秋气萧索,猫头鹰叫了……》,列维坦有画作《金色的秋天》,柴可夫斯基有音乐作品《秋之歌》等等。似乎秋天会激发出艺术家们无穷的创作灵感,面对窗外的落叶和残花,每个人心中都不免会有些许惆怅之情,这就是常说的"悲秋"之情。在《秋》中屠格涅夫的"悲秋"之情通过不同感官表现出来:"酸涩的树叶"(кислый лист),"草儿全都枯黄……泛出一片平静的冷光……"(Трава завяла вся…холодный,Спокойный блеск разлит по ней…)。后节选诗文中的最后两句"我整个心灵里都浸透着 安详的自由自在的忧伤……"(И грусти тихой и свободной,Я предаюсь душою всей…)则直接点明作家的"悲秋"之情。"悲秋"之情也许来自人类的"集体无意识"[①],是人类共同的内心感受,秋天预示着生命将要衰老甚至消亡,对匆匆而逝的青春和生命,每个人都会有几分伤感的情绪。

　　阅读屠格涅夫的诗歌,不难发现作家可谓一位擅于描写乡间生活的田园诗人,在屠格涅夫的作品中,罕见对城市繁华生活的描写,更多的是对乡村质朴生活的细致描写。与城市相比,乡村要静谧安逸很多,原生态的环境使乡村的生活更加质朴。屠格涅夫对草场林间每一寸自己踏足过的土地,

---

　　① 荣格认为,人类由遗传所保留下来的同类型经验会在心里最深层积淀,形成人类所共有的普遍精神意识,这种普遍精神是人类祖先的精神残留,在大部分人的内心中都可以找到。

山石林间每一条滋养过自己的河流都倾心不已。俄罗斯旖旎的自然风光带给屠格涅夫心灵上最大的慰藉,对自然而淳朴的乡间生活,屠格涅夫在《乡村》组诗中有非常细致的描写。

(二)《乡村》组诗中的景物描写

《乡村》组诗由《乡村》《没有月亮的夜》《初雪》等9个部分组成,是屠格涅夫作品中表现乡村生活的一组诗歌作品。屠格涅夫在组诗中,集中表现了乡村恬淡的生活环境和优美的景色,无论是村子里的菩提树,还是荒芜的花园,甚至是偶然的一场大雷雨都是作者描写的对象。可以说,屠格涅夫对乡间生活的一切都那么情有独钟。

> 我喜欢已废弃的荒芜的花园
> 和菩提树沉稳的阴影,
> 透明的气浪已不再穿流奔涌,
> 你伫立着,倾听着——胸中
> 充满安逸懒散的欢欣。①
>
> 　　　　　　——《乡村》组诗第 1 节 1846 年
>
> *Люблю заброшенный и запустелый сад,*
> *И лип незыблемые тени;*
> *Не дрогнет воздуха стеклянная волна;*
> *Стоишь и слушаешь — и грудь упоёна*
> *Блаженством безмятежной лени...*
>
> 　　　　　　——*Деревня*（1）1846

"废弃的荒芜的花园"（заброшенный и запустелый сад）和"菩提树沉稳的阴影"（лип незыблемые тени）都可以让屠格涅夫感受到"胸中　充满安逸懒散的欢欣"（грудь упоёна блаженством безмятежной лени）,лень 表达

---

① 屠格涅夫.屠格涅夫全集(第十卷)[M].朱宪生,等译. 石家庄：河北教育出版社,2000：70.

的懒散之意在 безмятежный 和 блаженство 两个词的配合下表现了乡村生活的悠闲与安逸,这些细致的描写一定程度上反映了屠格涅夫对乡村的喜爱之情。

乡村中不好的事物也没有使屠格涅夫厌烦,作家反而用愉快的心情接受了一切。

> 热,令人难熬的热……但绿色的树林已经不远。
>
> 从满是尘土的干旱的田野我们齐心奔向前方,
>
> 我们走了进去……芬芳的清凉沁入疲惫的胸脯;①
>
> ——《乡村》组诗第 2 节《夏日打猎》1846 年

> *Жарко,мучительно жарко…*
>
> *Но лес недалёко зелёный…*
>
> *С пыльных,безводных полей дружно туда мы спешим.*
>
> *Входим…в усталую грудь душистая льется прохлада;*
>
> ——*Деревня（2）На охоте летом 1846*

屠格涅夫在《乡村》组诗中不仅描绘了乡村的不同风貌、悠闲的生活方式、淳朴的乡村美景,还描写林间打猎时的点滴经历。经历过了白天的“热,令人难熬的热”(Жарко,мучительно жарко)之后,与之形成对比的是夜晚的宁静,这让屠格涅夫舒心不已,作家把大地称为母亲:

> 你,永恒的大地母亲啊,你在哄着、抚爱着疲劳的
>
> 儿子,等他离开你的胸膛,便会充满新的力量。②
>
> ——《乡村》组诗第 2 节《夏日打猎》1846 年

> *И ты,вечная матерь,земля,*
>
> *Кротко баюкаешь ты,лелеешь усталого сына…*

---

① 屠格涅夫.屠格涅夫全集(第十卷)[M].朱宪生,等译.石家庄:河北教育出版社,2000:72.

② 屠格涅夫.屠格涅夫全集(第十卷)[M].朱宪生,等译.石家庄:河北教育出版社,2000:72.

Новых исполненный сил, грудь он покинет твою.

——Деревня（2）На охоте летом 1846

诗作中,屠格涅夫将大地比喻为仁爱慈祥的母亲,这一形象生动地表现了作家对大自然的依恋之情,如同孩子对母亲的眷恋。大地母亲形象并非屠格涅夫的独创,在俄罗斯传统文化和民间的多神教信仰中,大地母亲形象早就存在。润泽的大地(Мать-Сыра Земля)在俄罗斯的传统文化中是土地的自然化身。在斯拉夫人的古已有之的观念中,润泽的大地之母被人们所崇拜,被认为是世间所有生命的母亲,大地之母滋养着万物,为生命的孕育和繁衍提供条件。① 正如诗中所描写的,"等他(儿子)离开你的胸膛,便会充满新的力量"(Новых исполненный сил, грудь он покинет твою),仁慈的大地母亲无私地滋养着她的孩子,给予孩子无尽的力量。自古以来,俄罗斯人就把土地视为所有生命的母亲和养育者,她对自己的孩子异常善良和慈爱。②

疲惫的孩子在大地母亲的怀中平静地睡去,在这没有月亮的夜中一切都充满了安静祥和,一切都是那样浪漫而神秘。

> 啊,没有月亮的夜,寂静温暖的夜!
> 你安闲自在,懒洋洋,意绵绵,
> 像一位妻子因爱情的抚慰变得慵倦……
> 或许你充满着神秘不清的思念……③
> ——《乡村》组诗第 3 节《没有月亮的夜》1846 年

О ночь безлунная, ночь тёплая, немая!

Ты нежишься, ты млеешь, изнывая,

Как от любовных ласк усталая жена,

---

① 金亚娜. 期盼索菲亚——俄罗斯文学中的"永恒女性"崇拜哲学与文化探源[M].北京:人民文学出版社,2009:32.

② 金亚娜. 期盼索菲亚——俄罗斯文学中的"永恒女性"崇拜哲学与文化探源[M].北京:人民文学出版社,2009:32.

③ 屠格涅夫. 屠格涅夫全集(第十卷)[M].朱宪生,等译. 石家庄:河北教育出版社,2000:72 -73.

Иль, может быть, неведеньем полна…

————*Деревня（3）Безлунная ночь 1846*

　　虽然没有皎洁的明月相伴,但乡村夜色的静谧令作家沉醉不已(О ночь безлунная, ночь тёплая, немая!),这没有月亮的夜晚在屠格涅夫的笔下如同一位被爱情抚慰而慵懒的妻子(Как от любовных ласк усталая жена),一切都显得平静和安宁。

　　乡村中不仅有难耐的酷热、平静而没有月亮的夜色,有时还会有不期而至的雷雨。面对这突如其来的雷雨,屠格涅夫用细腻的笔触记录下来,虽然寥寥数语,但作家通过细致的描写将"山雨欲来风满楼"的情景表现得淋漓尽致。

> 沉重的乌云早已在远处聚集——
> 不断地扩大、变黑,有些怕人……
> ……
>
> 枯叶在盘旋,鸟儿在躲藏……
> 人们从门边探头向外张望,
> 窗户关上了,门也关上了……
> 大滴的雨滴落下来了……
> ……
>
> 雷声滚滚而过,雨越来越大,
> ……
> 风从水面揭走水珠,又是一声巨响!①

————《乡村》组诗第 5 节《雷雨》1846 年

Уже давно вдали толпились тучи,

Тяжелые — росли, темнели грозно…

…

Сухие листья…птицы притаились…

---

① 屠格涅夫.屠格涅夫全集(第十卷)[M].朱宪生,等译.石家庄：河北教育出版社,2000：75.

Из-под ворот выглядывают люди,

Спускают окна, запирают двери...

Большие капли падают...

...

Сильнее дождь...Широкими струями,

...

И ветер с воды срывает брызги...вновь удар!

———*Деревня*（5）*Гроза* 1846

　　屠格涅夫这段诗文的描写重点,在于雷雨将至时的紧张气氛以及雷雨降下时的滂沱气势。其中乌云"扩大"（расти）、"变黑"（темнеть）,甚至"有些怕人"（грозно）的描绘令读者感受到了雷雨前的紧张氛围;"鸟儿在躲藏"（птицы притаились）与"人们从门边探头向外张望"（Из-под ворот выглядывают люди）两处描写形成了呼应,飞鸟与人面对雷雨时反应相同,都极力寻求庇护,天空中的飞鸟与地面上的人形成了空间上的对应,使整个雷雨来临之前的画面充满层次感。

　　在雷雨倾泻而下的时候,屠格涅夫为了表现风大雨急,把风、雨、雷三者结合在一起描写,"风从水面揭走水珠,又是一声巨响"（ветер с воды срывает брызги...вновь удар）。雷雨前的紧张气氛,雷雨中的风劲、雷响和雨急被屠格涅夫用寥寥数语表现得淋漓尽致。而雨后,当一切回归平静时则又是另一番光景:

可雷雨过后,大自然笑得多么开怀!

天空又是多么温柔地闪耀着光彩!

蓬松的散开的云朵在飘行,

小溪喧闹不息,树叶絮絮叨叨,

......

赤着脚的男孩们笑语欢腾;

黄澄澄的禾堆发出谷物的清香......

在小白杨和小白桦的枝头上,

闪耀着金灿灿的阳光……①

　　　　　——《乡村》组诗第 5 节《雷雨》1846 年

Когда прошла,

Гроза, как улыбается природа!

Как ласково светлеют небеса!

Пушистые, рассеянные тучки,

Летят; журчат ручьи; болтают листья…

…

Смеются босоногие мальчишки;

Запахли хлебом жёлтые скирды…

И беглым золотом сверкает солнце

По молодым осинам и берёзам…

　　　　　　——*Деревня（5）Гроза 1846*

　　雨后乡村的景色一片安逸,屠格涅夫运用了拟人的手法描写景物,使自然景物人格化,如:小溪在喧闹（журчат ручьи）,树叶在絮絮叨叨（болтают листья）。屠格涅夫擅于通过人的感官表现大自然的景致:雨后乡间听到赤脚孩子们的笑语欢腾（Смеются босоногие мальчишки）,男孩儿们嗅到谷堆里稻谷的清香（Запахли хлебом жёлтые скирды）,都从侧面描写了乡村生活的快乐。此外,屠格涅夫还借用白杨和白桦的枝叶反射阳光（беглым золотом сверкает солнце/По молодым осинам и берёзам）的景象从描写植物的角度表现阳光普照下乡村的明媚景致。

　　在《乡村》组诗的第 5 节《雷雨》中屠格涅夫借用雨前和雨后的景物描写,真实地描绘出了自然的伟大。更为重要的是,通过景物描写,大雷雨前所表现出的紧张气氛与大雷雨后的祥和氛围形成对比,作者通过景物描写,令读者在阅读时产生了情绪上的变化,使作品满足了读者的审美需求。

　　《乡村》组诗中最后一篇题为《初雪》,描写的对象是入冬时的初雪:

---

① 屠格涅夫.屠格涅夫全集(第十卷)［M］.朱宪生,等译. 石家庄: 河北教育出版社,2000:76.

你们好啊,初来的轻盈松软的雪星星!

在阴沉的大地上你们迅速地消融。

但紧跟着你们的雪花就像春天的蜜蜂

一样飞舞,天空中一片五彩缤纷。

冬日就要来临,在雪橇的叮叮直响的

铁板下,被挤压的冰雪吱吱作声。

严寒中冻裂声噼啪不停,美人的脸颊

通红通红,长睫毛上的薄霜晶莹。

于是,我就要和你分手了,草原乡村!

再也看不到你那铺着软毯的屋顶,

看不到冷冰冰的蓝天之中的缕缕轻烟,

白茫茫的田丘和威严幽暗的树林。

雪花,快下吧! 远方的城市在召唤我,

我又想见到我原先的朋友和敌人。①

—— 《乡村》组诗第 9 节《初雪》1846 年

Здравствуйте, легкие звезды пушистого, первого снега!

Быстро на тёмной земле таете вы чередой.

Но проворно летят за вами другие снежинки,

Словно пчелы весной, воздух недвижный пестря.

Скоро наступит зима, — под тонким и звучным железом,

Резвых саней завизжит холодом стиснутый лёд.

Ярко мороз затрещит; румяные щеки красавиц,

Вспыхнут; иней слегка длинных коснется ресниц.

Так! пора мне с тобой расстаться, степная деревня!

Крыш не увижу твоих, мягким одетых ковром,

Струек волнистого дыма на небе холодном и синем,

Белых холмов и полей, грозных и темных лесов.

---

① 屠格涅夫. 屠格涅夫全集(第十卷)[M]. 朱宪生, 等译. 石家庄: 河北教育出版社, 2000: 79.

Падай обильнее, снег! Зовёт меня город далёкий;

Хочется встретить опять старых врагов и друзей.

——Деревня（9）Первый снег 1846

结合交叉韵的形式,阳韵与阴韵交替使用,这似乎是屠格涅夫较为擅长的诗歌创作方法。在《乡村》组诗最后一篇诗作中,作家同样采取了这样的韵脚处理方法,奇数诗行采用阴韵,偶数诗行采用阳韵,全诗保持 AБAБ 的交叉韵形式,工整而又不失层次感。

笔者认为,选择《初雪》作为组诗的结尾具有两层含义。首先是从时间范畴理解,《乡村》组诗中借用大量景物描写,表现了屠格涅夫在乡村的经历和感受,抒发了作家对乡村生活的热爱之情。组诗中有季节的更迭变化,例如"热,令人难熬的热"(组诗第 2 节《夏日打猎》),"秋天明朗的日子寒意凛凛"①(组诗第 8 节《打猎之前》)。作为组诗的结尾部分,屠格涅夫借用初雪代表冬天,而冬天又是一年的尾声,安排《初雪》作为组诗的最后篇目使作品从时间范畴上达到圆满和完整。

其次,从"雪"这一形象来理解,俄罗斯大部分地区处于高纬度高寒地区,所以冬季较其他季节会略显漫长,而冬季常见的自然景象则是雪。所以俄罗斯人对雪有着独特的情结,正如俄语谚语所说:"Много снега, много хлеба."瑞雪可以带来下一年的富足与好运。屠格涅夫对初雪的描绘,也许是由于内心期盼着乡村的生活能够如白雪无声无息地飘落那样,永远安宁和平静。"于是,我就要和你分手了,草原乡村! 再也看不到你那铺着软毯的屋顶,看不到冷冰冰的蓝天之中的缕缕轻烟",屠格涅夫用临行前道别的口吻抒发了对乡村生活的眷恋和离别时的不舍之情。

三、小说中的景物描写

屠格涅夫在长篇小说创作中也会经常使用景物描写。小说中的景物描写为主人公的活动提供了"故事空间",同时屠格涅夫也借助对自然环境变

---

① 屠格涅夫.屠格涅夫全集(第十卷)[M].朱宪生,等译.石家庄:河北教育出版社,2000:78.

化的准确把握和细致描写来推动小说情节的发展。

(一)景物描写作为"故事空间"提供叙事环境

景物描写作为"故事空间"在小说的叙事过程中有着重要作用,在传统的文学评论中有时把"故事空间"称为"背景",以强调景色描写作为"故事空间"的功能,在景物描写中添加人物及其行为之后,景物描写将发挥模拟真实情景的作用。詹姆斯·皮克林(James Pickering)和杰弗瑞·赫佩尔(Jeffery Hoeper)认为,读者通过文字对小说作品中人物的行为产生视觉化理解,需要借助于作品中的背景叙述,背景叙述不仅可以使人物真实丰满,还可以增加读者的阅读审美体验和故事的真实度。① 英国学者伊丽莎白·波文(Elizabeth Bowen)从美学角度分析了"故事空间"的作用,她认为,作者利用景物构造出一个特定空间,并在这一空间内集中描写人物的行为和思想,表现小说所具有的戏剧审美效果。②

在长篇小说《罗亭》中,屠格涅夫的景物描写多集中在拉松斯卡娅庄园的花园里,花园成为小说故事情节发展的重要场所。在小说的第二章有一处景物描写:

> 花园里有许多古老的林阴道,路旁椴树参天,满目金黄,阵阵清香扑鼻而来,林阴道的尽头,豁然露出一片翠绿。园里还有不少槐树和丁香花的园亭。③

从叙事学的角度分析,屠格涅夫对花园的描写为小说的情节提供了"故事空间"。"故事空间"的概念是由叙事学专家查特曼于1978年在其专著《叙事与话语》中率先提出的,他认为,"故事空间"是叙事事件发生的地点和场所。④ 屠格涅夫描写花园的美好景致,利用类似于电影中的"广角镜头"对花园的景致进行了全景描绘,作者利用景物描写想营造一个真实的故事空

---

① James Pickering, Jeffery Hoeper. Literature[M]. New York:Macmillan,1982.

② Elizabeth Bowen. Pictures and Conversations[M]. London:Allen Lane,1975.

③ 屠格涅夫.屠格涅夫全集(第二卷)[M].徐振亚,林纳,译.石家庄:河北教育出版社,2000:23—24.

④ Seymour Chatman. Story and Discourse[M]. Ithaca and London:Cornell University Press,1978.

间,引导读者进入这个空间,参与到情节的发展中。

屠格涅夫用寥寥数语就把达丽娅·米哈依洛芙娜的花园描绘出来。花园清新别致,而且充满了轻松悠闲的感觉。在花园里,沃伦采夫和娜塔里娅展开了一段对话,这段对话看上去仅是闲聊,但细心的读者会猜想到,在这样一个娴静的花园中最适合主人公表达心意。屠格涅夫正是这样设计的,在面对自己心上人时沃伦采夫非常窘迫,他不知道该说些什么。借细致入微的环境描写渲染气氛,借准确的语言描写反映人物心理活动,二者达到了完美结合。

在小说《阿霞》中,每当男主人公 H 先生有情感变化时,屠格涅夫都会在文中通过景物描写进行衬托。身在异国他乡的 H 先生结识了同胞加京和阿霞,并与他们畅谈甚欢,此时屠格涅夫借景物描写表现主人公的心情,他写道:

> 音乐依然飘入我们的耳际,令人更觉甜美、温柔。城里和河岸上都上了灯。……终于一轮明月升空,开始将月华洒遍整条莱茵河;万物照亮了,变暗了,改变了,就是我们那有棱角的玻璃杯里的酒也闪耀出神奇的光彩。①

在这段描写中,屠格涅夫分别从人物的听觉和视觉两个角度对环境进行描绘,表现了一片安宁平静的莱茵河畔夜色,这种安宁平静之感也恰恰与主人公 H 先生的心情相吻合。与阿霞的初次相识,给 H 先生带来了内心的快乐和满足。H 先生与阿霞告别时,屠格涅夫又将景物与人物内心融合在一起进行描写:

> 月亮的光柱依然如一条金桥横跨整个河身。古老的拉奈尔华尔兹舞曲的乐音仿佛也涌来向我道别。加京的话没错:我觉得我的每一根

---

① 屠格涅夫.屠格涅夫全集(第六卷)[M].沈念驹,等译.石家庄:河北教育出版社,2000:238-239.

心弦都已颤动起来,去应答这令人神往的乐音。①

结构主义叙事学家认为,在叙事过程中,"故事空间"不仅为人物提供了必要的活动场所,作为"舞台背景"出现,同时也具有揭示人物的心理活动、塑造人物形象、揭示作品题旨等功能。但要表现"故事空间"的不同功能,需要借助叙事视角的变换。

(二)景物描写作为"故事空间"表现叙事视角

小说《罗亭》的第三章,当潘达列夫斯基演奏完毕以后,也有一段景物描写,但这段景物描写是借助主人公罗亭的个人感受所表现出来的。

　　……潘达列夫斯基结束演奏。
　　罗亭默默无语地走到敞开着的窗前。温馨的暮色犹如轻纱般笼罩着花园,附近的树丛散发出一阵阵醉人的芳香。星星在夜空中轻轻闪烁。夏天的夜晚温柔宜人。②

以"潘达列夫斯基演奏完毕"作为时间节点切入,作家采用第三人称描述的方式表现人物的行为,"罗亭默默无语地走到敞开着的窗前",采取这样的叙述可以客观地描写人物的整体活动。为了体现夏日夜晚所营造的安宁气氛,屠格涅夫变换了叙事角度,从主观的"叙事者视角"转为客观的"人物视角",通过人物的主观感受进行景物描写:"树丛散发出一阵阵醉人的芳香"。与"叙事者视角"相比,"人物视角"可以更好地表现主人公的心理活动和客观环境,人物视角所展现的空间,既是人物活动的真实场所,也是人物内心活动的投射,环境与心境相互映照。③

景物描写渲染出了"心旷神怡"的气氛,这是小说刚开篇不久的描绘,娜

---

① 屠格涅夫.屠格涅夫全集(第六卷)[M].沈念驹,等译.石家庄:河北教育出版社,2000:239.
② 屠格涅夫.屠格涅夫全集(第二卷)[M].徐振亚,林纳,译.石家庄:河北教育出版社,2000:36-37.
③ 申丹,王丽亚.西方叙事学:经典与后经典[M].北京:北京大学出版社,2010.

塔里娅和罗亭刚结识不久,屠格涅夫描绘出了夏日夜晚的安逸氛围。在这样的气氛烘托下,罗亭和娜塔里娅聊起了他的学生时代,这番谈话使女主人公对罗亭的了解加深了一步,进而芳心暗许。屠格涅夫的景物描写不仅可以渲染气氛,为主人公活动搭建好一个类似舞台的活动场景,有时作家还利用景物描写暗示人物的内心状态,例如小说的第七章描写:

> 娜塔里娅到花园去的时候,天空几乎澄净如洗。花园里既凉爽又幽静。这柔和而幸福的幽静在人的心里勾起一种甜蜜的慵懒、神秘的同情和朦胧的愿望……①

此处景物描写,重点突出女主人公的内心活动,屠格涅夫采用"人物视角"的叙事角度直接表达娜塔里娅的心理活动。句中"甜蜜的慵懒""神秘的同情和朦胧的愿望"正是当时娜塔里娅内心的真实写照。前一晚罗亭以小椴树为比喻表达了对她的情愫,而次日相见时,娜塔里娅的紧张、局促,同时又带有幸福、甜蜜的复杂心情被屠格涅夫用景物描写表露无遗。

在小说《贵族之家》中,屠格涅夫同样加入了景物描写来揭示小说情节的发展。屠格涅夫在卡里金家的花园里设计了一只夜莺。当潘申在大谈特谈的时候,屠格涅夫借用夜莺厌烦的叫声表达对潘申的态度。

> 潘申在屋子里踱来踱去,他谈吐漂亮,心里却暗自愤愤不平,仿佛他咒骂的不是整整一代人,而只是几个他熟悉的人物。卡里金家花园里,一大丛丁香树间有一只夜莺,每当雄辩家的高谈阔论间歇时,便传来夜莺报晚的最初鸣声。②

当拉夫列茨基和丽莎摆脱消沉情绪变得舒心时,夜莺不再鸣叫,改为热情地歌唱;当拉夫列茨基在论战中战胜了潘申时,夜莺的歌声更加悦耳动

---

① 屠格涅夫.屠格涅夫全集(第二卷)[M].徐振亚,林纳,译.石家庄:河北教育出版社,2000:75.

② 屠格涅夫.屠格涅夫全集(第二卷)[M].徐振亚,林纳,译.石家庄:河北教育出版社,2000:261.

听。屠格涅夫通过描写鸟儿的啼鸣变换来表现人物内心变化：

> 为了他们,夜莺在呖呖欢歌,星星在熠熠闪烁,林木也陶醉在夏的
> 睡意、温存之中并在阵阵暖意中轻弄慢摆。①

屠格涅夫为了表现男女主人公真挚的爱情,主观营造了浪漫的氛围,主人公会突然感到头顶上有一个声音在召唤,那声音如歌如诉宛若涓涓细流,情景交融使人物的内心世界和作者营造的完美气氛达到统一。

小说《前夜》中也有对客观景物的描写,通过景物描写间接地反映主人公的心理变化。例如:英沙罗夫离开的时候,叶琳娜为了寻找他而心中百感交集,此时的景物描写就从侧面表现了叶琳娜阴郁的内心感受。太阳隐没,乌云密布正是当时女主人公内心的真实写照：

> 她走着,没留意太阳早已隐没,被一朵朵浓重的乌云遮去,风在树
> 林间猛烈地呼啸,卷起她的衣衫,忽然间尘土飞扬,一股股在路上临空
> 腾起……大粒大粒的雨珠洒落了,而她连这也没留意,但是雨愈下愈
> 密、愈猛,扯起闪电,雷声轰响。②

而在被叶琳娜施舍过的老婆婆为她解除心中的迷惑之后,太阳露出了面,阳光普照：

> 雨珠洒得愈来愈细了,太阳光忽地又露出头来……③

女主人公的内心也如被太阳照耀的世界一般充满了希望的光明,同时也对下面的情节发展起到铺垫作用,即英沙罗夫回来了。所有这些对客观

---

① 屠格涅夫.屠格涅夫全集(第二卷)[M].徐振亚,林纳,译.石家庄:河北教育出版社,2000:263-264.
② 屠格涅夫.屠格涅夫全集(第三卷)[M].智量,磊然,译.石家庄:河北教育出版社,2000:93.
③ 屠格涅夫.屠格涅夫全集(第三卷)[M].智量,磊然,译.石家庄:河北教育出版社,2000:94.

自然环境的景物描写,都被屠格涅夫赋予了一定寓意。

在小说《阿霞》中,屠格涅夫巧妙地通过对圣母像的描写来反映主人公的内心感受,表现了 H 先生和阿霞面对爱情时的内心忧郁与痛苦,小说中共有三次描写胸口红心被利剑刺穿的圣母像。第一次对圣母像的描写出现在男主人公与阿霞相识之前,H 先生充满悔恨地回忆着过去,在矿区他认识了一位年轻的寡妇,而这位寡妇最终抛弃了 H 先生,深深地刺伤了他的心,此时屠格涅夫写道:

> 透过桦树的枝叶,忧郁地露出一尊小小的圣母雕像,圣母的脸面几乎是孩童般的,胸口有一颗被几把剑刺穿的红心。①

此时"被几把剑刺穿的红心"正是 H 先生被爱人背叛后内心痛苦的写照。圣母像带有孩童一般的面容,这一点与阿霞的外貌十分近似,屠格涅夫这样描写阿霞的外貌:

> 她那张略显黝黑的圆脸,长着一个细巧的鼻子、几乎稚气未脱的面颊和一双水灵灵的黑眼睛,那张脸的气质里蕴藏着某种她自己特有的东西。②

圣母像在小说中被认为具有一定隐喻的修辞功能,代表了女主人公阿霞,小说中我们把阿霞看作本体,而圣母则是喻体。③ 之后两次对圣母像的描写则暗示出阿霞的爱情将是不圆满的。在加京与 H 先生渡过莱茵河时,屠格涅夫描写道:

> 我和加京一起渡过莱茵河,在经过我喜欢的那棵桦树和圣母雕像

---

① 屠格涅夫.屠格涅夫全集(第六卷)[M].沈念驹,等译. 石家庄:河北教育出版社,2000:233.

② 屠格涅夫.屠格涅夫全集(第六卷)[M].沈念驹,等译. 石家庄:河北教育出版社,2000:236.

③ 刘淑梅.屠格涅夫小说《阿霞》中女性心理的表现方式[J].俄罗斯语言文学与文化研究,2012(1):76-82.

的时候,我们在长椅上坐下来观赏风景。这时我们之间进行了一段意味深长的对话。①

阿霞虽然没有在此处描写中出现,但是在后文中,她朗诵了普希金的《叶甫盖尼·奥涅金》中的段落,与这段文字中对圣母像的描写相呼应:

忽然她沉思起来—— 她轻声念道:
在我可怜的母亲的上方
如今只有一个十字架和葱葱树影!……②

最后一次对圣母像的描写出现在作品的结尾处,追求爱情的少女之心被 H 先生伤害之后,阿霞随哥哥加京去了科隆,H 先生也打算离开,屠格涅夫写道:

莱茵河的对岸,我的小圣母依然神情凄楚地透过老桦树沉沉的绿阴向外凝目而望。③

不难发现,被利剑刺穿的红心代表了 H 先生和阿霞的爱情悲剧。红心是两个人追求爱情的信念和对爱情的渴求,利剑则是爱人对 H 先生的背叛以及 H 先生对阿霞的情感伤害。因此,第一次对伤心圣母像的描写从某种程度上已经暗示了作品的悲剧结局。

屠格涅夫是景物描写方面的个中高手。他以清新脱俗的笔触把乡村、林间、草场、田野,甚至是贵族庄园里的花园都描写得异常细腻。屠格涅夫的景物描写具有浪漫主义特色并兼具抒情性,屠格涅夫在描绘景色时融入了拟人、比喻等不同的表现手法,同时通过人的感官体验增强景物描写的表

---

① 屠格涅夫.屠格涅夫全集(第二卷)[M].徐振亚,林纳,译. 石家庄:河北教育出版社,2000:252.

② 屠格涅夫.屠格涅夫全集(第二卷)[M].徐振亚,林纳,译. 石家庄:河北教育出版社,2000:261.

③ 屠格涅夫.屠格涅夫全集(第二卷)[M].徐振亚,林纳,译. 石家庄:河北教育出版社,2000:282.

现力。将大自然比喻为先知,将景物人格化,通过味觉、视觉、听觉等多重感官丰富其作品中的景色描写,使作品更加生动。同时,在小说作品中,景物描写在推动故事情节的发展、渲染环境气氛、反映主人公心理活动、为情节发展做铺垫等方面也都发挥了重要作用。

第二节　真挚深刻的主观抒情

主观抒情是以形式化的话语组织,表达个人主观情感、思想,引发读者内心感受和共鸣的文学创作方式,它与叙事相对,具有主观化、个性化以及诗意化的特征,主观抒情是情感的释放与审美创造的辩证统一。屠格涅夫的创作深受浪漫主义影响,主观抒情则是其在文学创作中常用的方式,在其诗歌创作中更是频繁出现。通过主观抒情来表现作品的主题思想和作家的主观感受是比较普遍的现象,抒情是屠格涅夫诗人气质在艺术表现上的自然流露。其抒情基调是一种忧郁的旋律①。而在中国文学领域中,主观抒情也是作家们经常运用的创作方法,其中诸如巴金、郁达夫等作家更是擅于运用主观抒情的方式表达思想感情。

一、主观抒情在文学作品中的作用

主观情感往往是作家创作的动力,郭沫若认为,文艺的本质就是主观的,艺术的根底建立在作家情感基础之上。② 主观抒情是作者在文学作品中表达思想情感的直接方式之一,用来体现作者带有感情色彩的主观思考、感性认识中的情感体验、意志力和冲动,以及内心中的强烈印象和欲望。所谓主观抒情就是以情感作为主要表现对象,强调作家主体对于客体的主观感受。③

---

① 朱宪生.在诗与散文之间——屠格涅夫的创作和文体[M].西安:陕西人民教育出版社,1999.

② 转引自:陈柏林.自我抒写背后的叙事策略——试论现代主观抒情小说直接抒情模式的叙事构成[J].浙江师大学报(社会科学版),1994(3):7-11.

③ 黄顺文.论郁达夫小说的主观抒情艺术特征[J].剑南文学(经典教苑),2013(4):36-37.

（一）主观抒情在作品中的功能

德国文艺理论家弗里德里希·冯·施莱格尔认为，主观抒情是描写特定的状态本身，诸如一阵惊讶、勃然大怒、顿然悲痛、突然欣喜等等。[①] 主观抒情是一种对感情的宣泄，这种感情往往是基于客观事物对人类的感官或者内心的刺激而得来的。主观抒情早期多出现在用来被咏唱的文学作品中，例如浪漫曲、浪漫诗、情歌等，因此最初通过主观抒情的方式可以增加文学作品的音乐性。但随着文学体裁的不断丰富，主观抒情也逐渐出现在诗歌、散文、小说等不同体裁的作品中，作家通过这种方式直观地表达自己或热情赞颂，或批判否定的主观感情。

（二）主观抒情在作品中的特点

诗歌作品中主观抒情的特点表现为语言的运用：固有的词语搭配顺序会因作者的目的而被忽略，词语顺序会根据抒情的需要而进行重新组合。主观抒情要求语言具有表现力，在遣词造句上，话语的表达要与文本的整体结构保持一致，通过重组词语的表达顺序达到增强抒情效果的作用。[②] 作品中通过主观抒情所表达的感情，建立在客观事物对作者的情感刺激的基础之上，作者将这种真实的感受加以变形，使其充实起来，通过对真实感受的再加工，使其得到提升，因此，在抒情过程中，文字的表达往往表现得澎湃激昂。

在小说作品中，作家以自己的体验为灵魂，直接向读者倾吐自己的奔放热情[③]。主观抒情是重要的表现手段，其特点表现为：叙事时空关联的弱化、叙事事件之间的逻辑置换、抒情形象的塑造。这些手段使叙事重点集中在人物的主观情绪、内心感受、思想意识上，目的是打破和颠覆文本中由人物

① Шелегель Ф Ф. Эстетика. Философия. Критика（том второй）［M］. Москва：Искусство，1983.

② Ларин Б А. Эстетика слова и язык писателя［M］. Ленинград：Художественная литература，1974.

③ 刘娜.论巴金短篇小说叙事模式下的主观抒情性［J］.当代小说（下半月），2010（2）：37-38.

的行为所构成的事件在空间和时间上的连贯性。①

二、诗歌中的主观抒情

19 世纪 30 年代,屠格涅夫开始尝试进行诗歌创作,这一时期呈现出百家争鸣的态势:茹科夫斯基等浪漫主义诗人继续创作,普希金、莱蒙托夫等人的创作逐渐开始向现实主义转型,而以果戈理为首的"自然派"也在文坛中具有一定影响力。由浪漫主义向现实主义的过渡是 19 世纪 30 年代文学运动的总特征②,因此,屠格涅夫的创作一定程度上受到时代的影响,具有浪漫主义和现实主义的双重特色。在屠格涅夫的诗歌作品中,既有对自然和爱情表达真挚感情的抒情诗歌,也有对客观现实进行评论的政论诗歌,这些作品都是作家真实情感的写照。诗歌是心中情感的纯真表现,命运之泉中流出的泉水,心灵琴弦上弹拨出的曲调,是我们人类欢乐的源泉。③

除了自然外,爱情也是屠格涅夫文学创作中不可或缺的元素。可以说屠格涅夫一辈子都在追求爱情,向往爱情,经历爱情又失去爱情。相信对于爱情,屠格涅夫有着极为深刻的感受,爱情可以说是屠格涅夫的第二生命。而作为"时代的歌者",除了讴歌爱情之外,屠格涅夫还不忘其所要承担的社会责任,通过政论性诗歌作品对当时社会上存在的问题提出质疑,表达自己对一些社会现实的愤慨与无奈。

(一)爱情诗中的主观抒情

正如郭沫若所言,诗人是感情的宠儿④,诗人笔下抒发的感情总是澎湃激昂的。而在众多感情中,爱情则是最美好的,如果没有爱情的滋养,对屠格涅夫这样一位富于浪漫气息的作家而言,生活也许将会是乏味的。屠格涅夫通过诗歌抒发对爱情的感受,而恰恰又是这"可恨"的爱情,让屠格涅夫

---

① 陈柏林.自我抒写背后的叙事策略——试论现代主观抒情小说直接抒情模式的叙事构成[J].浙江师大学报(社会科学版),1994(3):7-11.

② Соколов А Н. История русской литературы XIX века(том первый)[M].Москва:Издательство Московского университета,1960.

③ 转引自:陈柏林.自我抒写背后的叙事策略——试论现代主观抒情小说直接抒情模式的叙事构成[J].浙江师大学报(社会科学版),1994(3):7-11.

④ 转引自:刘文飞.墙里墙外——俄语文学论集[M].北京:中央编译出版社,1997.

一辈子都痴痴地陷入其中无法自拔。因此书写爱情时,屠格涅夫经常运用主观抒情的方式来表达其内心的情感。

1843 年,屠格涅夫写下诗篇《小花》。作品中虽然描绘的是一朵在幽暗的森林里或者鲜嫩的草地上随处可见的一朵小花,但是结合作品的创作背景不难发现这朵小花是有所特指的。

在幽暗的小树林里,

在春天鲜嫩的草地上,

你可会偶尔找到一朵素朴的小花?

(你独自一人——飘流在异乡。)

它在等着你——在沾满露珠的

草丛中孤零零地开放……

她把自己纯净的芬芳,

自己第一缕清香为你珍藏。

……

要知道,它来到世上,

就是为了留下那一瞬息,

在靠近你心灵的地方。①

——《小花》1843 年

Тебе случалось — в роще тёмной,

В траве весенней, молодой,

Найти цветок простой и скромный?

(Ты был один — в стране чужой.)

Он ждал тебя — в траве росистой,

Он одиноко расцветал…

---

① 屠格涅夫. 屠格涅夫全集(第十卷)[M]. 朱宪生,等译. 石家庄:河北教育出版社,2000:25-26.

И для тебя свой запах чистый,

Свой первый запах сберегал.

…

Знать, он был создан для того,

Чтобы побыть одно мгновенье,

В соседстве сердца твоего.

——*Цветок* 1843

从上文的诗句中我们可以找到几个关键词："素朴的小花"（цветок простой и скромный）、"纯净的芬芳"（запах чистый）和"孤零零"（одиноко）。《小花》是屠格涅夫献给阿芙多霞的，她出身寒微，所以在作家的母亲眼中她是无法配得上屠格涅夫这位少爷的。屠格涅夫没有和阿芙多霞在一起，从对作品的解读中不难发现，小花是指代阿芙多霞的，用"素朴""纯净""孤零零"等词语修饰，正契合她的气质和身份。一句"你可会偶尔找到一朵素朴的小花？"（Тебе случалось … Найти цветок простой и скромный？），虽然看似是作者的疑问，但仔细思考会发现，这是屠格涅夫借疑问的方式表达其感情，很显然作家非常怜爱这朵小花。在屠格涅夫看来，小花来到人世间只是匆匆而过，为的只是可以靠近你的心灵。这也许是屠格涅夫对自己这段感情的评价，他和阿芙多霞正如小花和摘花之人一样，短暂的相聚只为一瞬间的心意相通。哪怕从此不再相见，为了那一瞬间的情感交融此生也是值得的。

屠格涅夫的第二段感情发生在他与巴枯宁娜之间，这是一段柏拉图式的恋爱。巴枯宁娜曾经对屠格涅夫表达出深厚的情谊，她在公开场合毫无避讳地承认自己对屠格涅夫的爱慕之情："您跟任何人去说吧……我爱您，我不惜卑躬屈膝，亲自把我自作多情的爱，把我这不受欢迎的爱奉献于您的脚下。让人家去指摘我吧……"①面对这炙热如火的爱情，屠格涅夫选择了逃避和放弃，他无法接受这份令他感到非常窘迫的爱情。

多年过后对这段感情，屠格涅夫虽然已经没有了当初的"内心无法平

---

① 鲍戈斯洛夫斯基.屠格涅夫［M］.冀刚,慧芬,希泉,译.上海：上海译文出版社,1983：91.

静"，但还是会有些许内疚和自责，为了追忆这段美好时光，屠格涅夫创作了
《涅瓦》《"夏夜，我满怀着不安和忧伤……"》《"当我和你分手时……"》
《"把手伸给我吧"》等一系列诗歌作品，作家借这些作品抒发对这段逝去爱
情的感受，其中有对巴枯宁娜的歉疚："奄奄一息的她正在读着　你的满是
忧愁的信笺"①；有对没有结局的爱情的遗憾："望着神秘的星空，向着我吐诉：
'我们永远都不会有完美的幸福'"②；也有对当初感情的坦白："当我和你分手
时，我不想隐瞒你，那时我曾爱过你，尽我能有的情意"③；有对初次相识的怀念：
"唉，我真想和你相聚在一起，就像我们第一次的见面一样"④。

　　屠格涅夫是一个追求浪漫的人，浪漫情怀已经深入到其骨血中，他所追
求的爱情充满浪漫情致，爱情中有一切美好的事物，相爱的两个人含蓄地表
达出对彼此的倾慕之情。这样的爱情观与东方人的传统爱情观是相似的，
含蓄、唯美，相爱的人要揣测对方的心意，屠格涅夫恰恰希望他的爱情也是
如此。西方的爱情可以在窗下用情歌来倾吐衷肠，而东方的爱情则要鸿雁
传情。屠格涅夫的主观抒情传承了含蓄的特点，深沉但含蓄婉约，例如在抒
情诗《致美第奇的维纳斯》中屠格涅夫写道：

　　　　美、爱和欢乐的女神！
　　　　旷远的岁月和那一代人
　　　　留下的诱人的遗言！
　　　　热情的埃拉多斯人的心爱之作，
　　　　那些有关你的辉煌的神话，
　　　　多么令人愉悦迷恋！
　　　　……
　　　　当你的女祭司合唱队把颂歌唱起，
　　　　这时祭香的轻烟庄严地缭绕飘逸，
　　　　在神殿白色的圆顶下面。

---

① 屠格涅夫.屠格涅夫全集(第十卷)[M].朱宪生，等译.石家庄：河北教育出版社,2000：29.
② 屠格涅夫.屠格涅夫全集(第十卷)[M].朱宪生，等译.石家庄：河北教育出版社,2000：38.
③ 屠格涅夫.屠格涅夫全集(第十卷)[M].朱宪生，等译.石家庄：河北教育出版社,2000：39.
④ 屠格涅夫.屠格涅夫全集(第十卷)[M].朱宪生，等译.石家庄：河北教育出版社,2000：102.

神秘的祭酒仪式也已在这个时候结束，

动人的颂歌用本民族华美的语言唱出，

就像亲吻一样温柔缠绵！①

——《致美第奇的维纳斯》1837 年

Богиня красоты, любви и наслажденья!

Давно минувших дней, другого поколенья,

Пленительный завет!

Эллады пламенной любимое созданье,

Какою негою, каким очарованьем,

Твой светлый миф одет!

…

Когда хор жриц твоих

меж тем как фимиама,

Благоуханный дым под белый купол храма,

Торжественно летел,

Меж тем как тайные свершались возлиянья.

На языке родном, роскошном, как лобзанье,

Восторга гимны пел!

——*К Венере Медицейской 1837*

　　屠格涅夫的这首抒情诗是一首爱情与美的颂诗。作家借"美、爱和欢乐的女神"（Богиня красоты, любви и наслажденья）的形象，通过对女神"不朽之美"的歌颂，表达出青年诗人对美的信念，对爱的追求。屠格涅夫在整篇诗作中没有直接表达主观感受，而是借用传说中的女神形象来抒发感情。这种主观抒情不仅体现了诗人创作的艺术性，更符合屠格涅夫含蓄抒情的原则。

　　在屠格涅夫一生中，最为重要的感情经历是同维阿尔多之间的情感纠葛，也是这段感情让屠格涅夫终身成为爱情俘虏。也许在屠格涅夫心中，真

---

① 屠格涅夫. 屠格涅夫全集(第十卷)[M]. 朱宪生, 等译. 石家庄：河北教育出版社, 2000：5, 7.

正的爱情就是他对维阿尔多的感情,时而亲密无间,时而若即若离,时而刻骨铭心,时而悲痛欲绝,而恰恰是这段折磨了屠格涅夫一辈子的爱情让他为后世奉献了许多经典抒情佳作。对爱情的执着和得不到爱的无奈忧伤被屠格涅夫用作品表现出来。直到屠格涅夫辞世,他对这段感情仍然矢志不渝。面对巴枯宁娜的感情,屠格涅夫是强势的、是骄傲的;面对并非自己所寻找的爱情时,屠格涅夫可以毅然决然地全身而退;而面对维阿尔多的感情,屠格涅夫没有任何反抗,他借《"我为什么要反复沉吟悲戚的诗句?"》抒发感情:

我为什么要反复沉吟悲戚的诗句?
为什么每当夜阑人静之时,
那热情的声音,亲切的声音,
便禁不住要向我身边飞驰?

为什么? 不是我在她心里
点燃起无声息的痛苦之火?
在她胸中、在她痛苦的哭诉中
发出的呻吟不是为了我?

那为什么我的心儿
这样疯狂地朝着她脚边靠拢?
就如海浪喧腾不息地
向那不可企及的岸边奔涌……①
　　——《"我为什么要反复沉吟悲戚的诗句?"》1843 年 12 月

К чему твержу я стих унылый,
Зачем, в полночной тишине,
Тот голос страстный, голос милый,
Летит и просится ко мне.

① 屠格涅夫.屠格涅夫全集(第十卷)[M].朱宪生,等译. 石家庄:河北教育出版社,2000:
54.

Зачем? огонь немых страданий,

В её душе зажёг не я...

В её груди, в тоске рыданий,

Тот стон звучал не для меня.

Так для чего же так безумно?

Душа бежит к её ногам,

Как волны моря мчатся шумно,

К недостижимым берегам?

——*К чему твержу я стих унылый Декабрь 1843*

  整首诗充满了一个恋爱中的人无奈而又悲伤的发问,全诗感情真挚饱满,形式工整。屠格涅夫沿用了在其诗作中较为普遍的阳韵、阴韵混合,奇数、偶数诗行交叉押韵的创作方式。除此之外,作家对每一处韵脚的选词都十分考究,在对应的诗行中,屠格涅夫或者选择词类相同的词语作为阴韵的韵脚(уны́лый, ми́лый; страда́ний, рыда́ний; безу́мно, шу́мно),或者选择最后一个元音相同的词语作为阳韵的韵脚(тишине́, мне; я, меня́; нога́м, берега́м)。

  数次的追问(к чему, зачем, для чего)只是希望求得爱人的回答。爱情是不平等的,"为什么? 不是我在她心里/点燃起无声息的痛苦之火?"(Зачем? огонь немых страданий, В её душе зажёг не я...)表达了在与维阿尔多的爱情中屠格涅夫是弱势的,是被折磨的,зажёг 一词的使用非常深刻地表达了在面对爱情时,屠格涅夫内心如同烈焰般的灼烧之痛。但即使无奈而又悲切地一次次追问,明知道不会得到任何回答,屠格涅夫还是宁愿在这段爱情中全心投入,他静默地守望,守望着一个将不会有结果的结果(Душа бежит к её ногам, как волны моря мчатся шумно)。

  最终屠格涅夫宁愿弱水三千,只取一瓢饮,选择终身不娶。屠格涅夫关闭接受别人对自己示爱的心门,一个人在余下的人生旅途中孤独行进至生命的终点。屠格涅夫与维阿尔多之间无法收获到爱情的果实,但这段旷世之恋慢慢地转化为忠实的友情,甚至是亲情。在屠格涅夫临终前,维阿尔多是守在他床头唯一的亲近的人。① 由此可见,面对爱情时,屠格涅夫是一位忠贞的信徒。

(二)政论诗中的主观抒情

除了对感情的宣泄,屠格涅夫也用主观抒情的方式借助文学作品表达其政治诉求、愤怒心情和不满情绪,政论诗中作家通过主观抒情表达了对社会问题的深入思考。例如:

在熟人……和陌生人中间——

我们没有目的、没有希望地飘游,

他们的戏闹我有时觉得可笑,

……

你骄傲吧,人群! 你欢呼吧,我的人群!

只是因为你,天空才如此光彩夺目……

但我依然高兴,因为我不依靠别人,

因为我不为了面包而为你服务……②

——《人群》1843 年

Среди людей,мне близких…и чужих,

Скитаюсь я — без цели,без желанья.

Мне иногда смешны забавы их…

…

Гордись,толпа! Ликуй,толпа моя!

Лишь для тебя так ярко блещет небо…

Но всё ж я рад,что независим я,

Что не служу тебе я ради хлеба…

——Толпа 1843

---

① Наумова Н Н. Иван Сергеевич Тургенев[M]. Ленинград: Просвещение,1976.

② 屠格涅夫.屠格涅夫全集(第十卷)[M].朱宪生,等译. 石家庄: 河北教育出版社,2000:
23-24.

    这首《人群》是屠格涅夫献给别林斯基的,阐释了个人与社会之间的关系,诗作表达了屠格涅夫对个人与社会关系的主张,其中有些观点和看法与一些主流思想有着比较大的出入,屠格涅夫直抒胸臆地表达出其态度和立场"但我依然高兴,因为我不依靠别人,因为我不为了面包而为你服务……"(Но всё ж я рад,что независим я,Что не служу тебе я ради хлеба…),这也体现出了屠格涅夫孤傲的性格特征,他并不随波逐流、人云亦云。这种并非别林斯基所有的超然于"芸芸众生"之上的孤高实在是屠格涅夫本人这一时期①的思想特征之一。这一特征一方面反映出青年诗人对现实不满的态度和苦闷的心理,另一方面也反映出拜伦的影响。而在《自白》中屠格涅夫通过文字抒发了不满情绪:

> 我们像坟墓一样冷漠,
> 我们像坟墓一样冰凉……
> 那具有破坏性的力量——
> 徒然在我们身上蕴藏。
>
> 我们习惯了无聊的痛苦,
> 生机勃勃的科学的光芒,
> 在寒冷的半明不暗之中,
> 隐隐约约地闪烁着光亮……
> 可我们却是模仿别人的巧匠,
> 模仿别人的智慧和知识——②

              ——《自白》1845 年 1 月 31 日

> *Мы равнодушны,как могилы;*
> *Мы,как могилы,холодны…*
> *И разрушительные силы —*
> *И те напрасно нам даны.*

---

① 指 1843 年屠格涅夫与别林斯基相识。

② 屠格涅夫.屠格涅夫全集(第十卷)[M].朱宪生,等译. 石家庄:河北教育出版社,2000:106.

Привыкли мы к томленью скуки.

Среди холодной полутьмы,

Лучи живительной науки.

Мерцают нехотя…но мы,

Под ум чужой,чужое знанье.

——*Исповедь* 31 *января* 1845

显而易见,屠格涅夫用主观抒情的方式表达了强烈的不满情绪,诗歌的创作初衷是暗讽 19 世纪 40 年代一部分俄罗斯贵族青年对社会现实表现出的冷漠态度,作家将这种冷漠视为如同坟墓一般的冰冷(Мы равнодушны, как могилы;Мы,как могилы,холодны…),同时屠格涅夫也对社会现实宣泄着不满。屠格涅夫对堕落社会的愤慨,对沉沦一代的担忧①表现出了浓厚的政治色彩。诗作内容具有现实批判性,屠格涅夫言辞激烈,运用了大量比喻,作家认为自己也是这群贵族青年中的一员,创作时采用第一人称"我们"(мы),所以不免也带有自嘲意味。

屠格涅夫擅于在诗歌创作中使用主观抒情的方式表达内心感受、主观态度、个人好恶等情绪,这些主观抒情都是作家有感而发。其中有对自己曾经露水恋情的追忆,有对爱情苦涩与无奈的慨叹,有对美和爱的积极渴求,也有对社会的不满和贵族青年的讽刺。总之,屠格涅夫利用主观抒情的方式把其个人情感刻画得或含蓄委婉,或情真意切,或犀利辛辣,或哀怨无奈。屠格涅夫不仅是一位描写山水之美的风景大师,也是一位擅于挖掘情感的感情专家。

除了在诗歌中运用主观抒情,屠格涅夫在其他文学体裁中也擅于使用这种创作方式,其中最典型的抒情表现在散文诗的创作中。

三、散文诗中的主观抒情

散文诗是一种混合式的文体,它具有诗歌和散文的双重特征。散文诗

---

① 刘文飞.墙里墙外——俄语文学论集[M].北京:中央编译出版社,1997.

首先出现在欧洲文坛,进而传播到其他国家,在屠格涅夫之前,法国的贝尔特朗、波德莱尔以及美国诗人惠特曼①都进行过散文诗创作。在俄国文坛,屠格涅夫是较早进行散文诗创作的作家。

(一)屠格涅夫进行散文诗创作的原因

就散文诗这种体裁而言,诗歌是它的血肉,散文是它的骨骼。与诗歌相比,由于不要求严格遵守诗歌的格律,散文诗在形式上更为灵活多样;与散文相比,由于是以诗歌的意境统领全文,散文诗在思想上更为统一紧凑。

屠格涅夫进行散文诗创作并非偶然,回顾屠格涅夫的一生,大部分时间中他都旅居俄国国外,个中原因很多,有对当时俄国社会情况的愤怒和不满,有对西欧先进文化的向往和憧憬,当然最重要的是他追求的爱情在欧洲。常年旅居俄国国外的经历,使屠格涅夫受到西欧文化的熏陶,在创作上不拘泥于固有形式,这也许是屠格涅夫能够采用散文诗这种体裁进行创作的原因之一。

除上述原因之外,散文诗的体裁特点也符合屠格涅夫的创作风格。散文诗大多篇幅较为短小,便于作家表达在创作中灵光一闪的情感,同时具有散文和诗歌的双重特性,可以兼顾形式和内容。正是由于散文诗不拘泥于形式,这类作品也表现得形式多样,作家的创作可以较为随性以体现个人风格。也有评论认为,但凡严格的现实主义作家都不会选择散文诗这种文学体裁,托尔斯泰、陀思妥耶夫斯基、巴尔扎克等就不可能用散文诗这种"小提包"来承载他们的"大思想"。②

既然散文诗具有诗歌的外形和散文的内核,那么诗歌中常用的创作方式在散文诗的创作中也是适用的。普斯托沃依特指出,屠格涅夫的散文诗中处处让人感受到他的浪漫主义因素。③ 在散文诗中,屠格涅夫也经常采用主观抒情的方式,直抒胸臆地表达个人的所思所感。

---

① 金亚娜,刘锟.俄罗斯文学与文化研究(第一辑)[M].北京:北京大学出版社,2011.

② 金亚娜,刘锟.俄罗斯文学与文化研究(第一辑)[M].北京:北京大学出版社,2011.

③ Пустовойт П Г. Созвездие неповторимых. Мастерство русских классиков[M]. Москва: МГУ,2006.

（二）主观抒情在散文诗中的体现

爱情一定是屠格涅夫创作中永远不变的主题。如果要问屠格涅夫对维阿尔多的爱意有多深，那么屠格涅夫的散文诗《留住！》会告诉我们答案。

> 留住！我现在看见你是什么样子——你就按这个样子永远留在我的记忆里！
>
> 最后一个充满灵感的声音从唇间脱口而出，双眼无神又无光——由于幸福，由于意识到你所表现出来的美而陶醉，那双眼睛感到羞怯难堪而黯然失神了，你伸出得意而疲惫的双手，仿佛在追寻那美的踪迹！
> ……
> 用爱抚的吹拂使你披散的鬈发向后飘逸的是哪一位神灵？
> 是他的亲吻在你大理石般白皙的前额印下热烈的红晕！
> ……
> 留住！让我也加入你的不朽之中吧！让你的永恒的反光也映入我的灵魂里来吧！①
>
> ——《留住！》1879 年 11 月

与抒情诗《"我为什么要反复沉吟悲戚的诗句？"》相同，散文诗《留住！》也是屠格涅夫向维阿尔多倾诉衷肠的作品，但前者的抒情部分表现了爱情令人无奈又悲伤的情绪，屠格涅夫追问千遍，也未能得到心中爱人的回答。《留住！》中的抒情部分要更加深沉，表达的感情不再是苦闷和忧虑、彷徨和无奈，字里行间流露出的更多是深沉的眷恋，以及无尽的思念之情，寥寥数语就能让读者动容。

《留住！》这一作品的题目不禁让人想起歌德的伟大作品《浮士德》中结尾处主人公的那句经典台词："你真美啊，请留一下！"《留住！》是屠格涅夫辞世前几年留给维阿尔多的诀别之作，他似乎有了快要永远离开自己心

---

① 屠格涅夫.屠格涅夫全集（第十卷）[M].朱宪生，等译.石家庄：河北教育出版社，2000：370.

中最爱的预感,所以整首散文诗才会写得动情而深刻。无须使用过多的文字对这首诗进行品评,每个人只要用心去感受,都会被屠格涅夫的痴情打动。

除了对爱情的歌颂,屠格涅夫还对日常生活中的见闻表达主观感情。他看到麻雀为了保护其幼鸟、面对猎狗都可以视死如归的感人情景,便在《麻雀》中赞颂了这舐犊情深的一幕。他认为这只麻雀也是值得崇敬的英雄,死亡在它的爱心面前如此渺小,只有爱才是生命的原动力。[①] 屠格涅夫在散文诗中写道:

> 是的,请别见笑。面对那只英勇的小鸟,面对它那奋然挺身的爱心,我的敬仰之情油然而生。
>
> 我想,爱心比死亡,比对死亡的恐惧更有力量。只有依靠它,依靠爱心,生命才得以保持,运动。[②]
>
> ——《麻雀》1878 年 4 月

屠格涅夫的散文诗大多创作于其晚年,这个时候的他经历了漂泊的生活、纠结的爱情,看遍了世间百态,也尝遍了苦辣酸甜,已经饱经风霜。在有了这么多的生活积淀后,屠格涅夫在暮年也会如普通人一般,时常回忆起年轻时的点滴往事,慨叹"哦,我的青春! 哦,我青春的容颜!"。

> "哦,我的青春! 哦,我青春的容颜!"我曾经这样感叹。
>
> 但是在我发出这样的感叹时,我自己正当青春年少,风华正茂。
>
> 当时我只不过想借愁自娱自乐——表面上是顾影自怜,暗地里却自得其乐。
>
> 如今我沉默不语,对于那已经失去的东西的痛苦我也不说出口……它们经常不断地折磨着我,无声地折磨。

---

① 金亚娜,刘锟.俄罗斯文学与文化研究(第一辑)[M].北京:北京大学出版社,2011.
② 屠格涅夫.屠格涅夫全集(第十卷)[M].朱宪生,等译.石家庄:河北教育出版社,2000:314.

　　"唉！最好别去想它！"农民们这样劝解说。①

　　——《"哦,我的青春！哦,我青春的容颜！"》1878 年 6 月

　　无论是诗歌,还是兼具诗歌和散文特点的散文诗,都是屠格涅夫文学创作中重要的组成部分。在作品中,屠格涅夫的主观感情通过抒情这种最为直接的方式表达出来。无论幸福还是痛苦,无论喜悦还是悲伤,无论崇敬还是批判,屠格涅夫都在用心创作,用情来与读者产生共鸣。

　　作品所表现的生活内容受作者视点的左右,而视点的定位又受控于作者的心理指向。② 因此,除了在诗歌和散文诗中会采用抒情的方式来表达感情,在小说作品中,屠格涅夫也会适当地融入抒情成分,使叙述和抒情相结合,令情节更加丰富、塑造的人物更加具体。抒情因素在屠格涅夫的小说中起着极为重要的作用。当屠格涅夫把 19 世纪 40—70 年代的俄国社会生活展现在读者面前时,那广阔的田野和草地、淙淙的流泉、深幽的峡谷、笼罩着雾霭的密林深处,连同那简陋的农家茅舍,都诗意盎然,使人感到分外亲切。③ 例如在小说《父与子》中,主人公巴扎罗夫辞世了,但生活仍然要继续,基尔沙诺夫一家生活美满,奥金佐娃也嫁为人妇,巴扎罗夫的父母经常会去坟边看望他们的孩子。身为局外人,屠格涅夫运用一段抒情描写给出了自己对巴扎罗夫短暂一生的评价:

　　　　难道他们的祷告,他们的眼泪都是没有结果的吗？难道爱,神圣的、忠诚的爱不是万能的吗？啊,不！不管那颗藏在坟里的心是怎样热烈,怎样有罪,怎样反抗,坟上的花却用它们天真的眼睛宁静地望着我们:它们不仅对我们叙说永久的安息,那个"冷漠的"大自然的伟大的安息;它们还跟我们讲说永久的和解同无穷的生命呢……④

---

　　① 屠格涅夫.屠格涅夫全集(第十卷)[M].朱宪生,等译. 石家庄:河北教育出版社,2000:393.

　　② 陈雪萍.巴金短篇小说的主观抒情特征[J].湖南商学院学报(双月刊),2000,7(3):117-118.

　　③ 张宪周.屠格涅夫和他的小说[M].北京:北京出版社,1981.

　　④ 屠格涅夫.巴金译父与子 处女地[M].巴金,译. 北京:人民文学出版社,2015:186.

屠格涅夫的心是柔软的,感情是真挚的,作品中的抒情是深刻的。借助抒情,屠格涅夫把其感情寄托于作品中传达给读者,让读者不仅感受到其文字的优美,也与其完成了跨越时空的情感沟通。

第三节 具有传奇性的人物与情节

具有传奇性的人物与情节是屠格涅夫创作中浪漫主义特色的又一表现。在其小说作品中,屠格涅夫通过人物塑造和情节设计,践行了自己"诗意的现实主义"的美学主张。谈及人物和情节的"传奇性",不少学者对其进行了阐释,但很难找到一个明确的概念界定,在从事研究的过程中,"传奇性"似乎已经成为约定俗成的概念,被大家信手拈来直接运用。① 但在研究屠格涅夫创作中的浪漫主义特色时,我们还是有必要对"传奇性"进行界定:"传奇性"是指故事情节与人物之间的直接联系具有生活本身的形式,情节通过偶然、巧合、夸张得以发展,同时又合乎正常生活的逻辑。② 从最初的语义及内容来看,所谓"传奇性"就是一种具有"特异"色彩的叙事。③ 由此可见,"传奇性"的特点就在于一个"奇"上,要在符合客观现实生活规律的同时,具有一定夸张性和偶然性。

还有学者认为,"奇异"是"传奇性"的根本:不落俗套的巧妙创意,易于被受众接受却又新奇罕见的故事,情节丰富曲折。④ "传奇性"可以指情节的发展具有巧合性和悬念性,超出人们的经验世界。⑤ "传奇性"是作家依据历史经验所进行的特殊创作,指描写一些罕见的生活状态或人物形象从而引发阅读过程中的陌生化效应。⑥ 屠格涅夫笔下的人物与情节正是在符合客观生活内在规律的前提下具有一定的特殊性,人物性格和情节发展被屠格

---

① 谢丽芳.严歌苓小说的传奇性研究[D].广州:暨南大学,2011.

② 安静.民间传奇与完整长度——90年代长篇小说所追求的两大奇书叙事特征[J].海南师范大学学报(社会科学版),2007,20(2):40-44.

③ 王晋中.《红楼梦》传奇因子的特色与功能[J].红楼梦学刊,2006(6):222-229.

④ 陈彩玲.真实感与传奇性——论中国历史剧的平民化特征[J].佛山科学技术学院学报(社会科学版),2007,25(3):33-37.

⑤ 转引自:谢丽芳.严歌苓小说的传奇性研究[D].广州:暨南大学,2011.

⑥ 姚西远.传奇文学的语言特色[J].驻马店师专学报,1986(2):38-43.

涅夫进行了适当设计和夸张描写,从而使作品具有一定主观性和浪漫主义特色。

一、人物与情节在文学作品中的作用

在谈到作品内容时,学者季莫菲耶夫(Тимофеев Л. И.)认为,作品中设计的事件与人物性格、出场人物的行为和感受是组成文学作品内容的重要元素。① 作品内容中最基本的组成元素就是人物与情节。

(一)人物在文学作品中的类型

人物是文学作品中的重要元素,通常吸引读者关注的是性格突出的人物。有时,一些作品(以童话故事和寓言为主)会运用拟人的方式把动物和植物作为人的类似物,使其成为作品的核心"人物"。人物在不同的作品中有不同的作用和功能,可以成为事件的叙述者,也可以成为作者抒情的载体。文学作品中的人物一般分为以下三种类型。

第一种类型的人物是作家在创作时凭借主观想象而纯粹虚构出来的。这种类型的人物根据作品的创作风格和表现主题的不同,可以是具有普通人特点的现实性人物,例如屠格涅夫《罗亭》中的男主人公罗亭,也可以是作者单凭想象,运用夸张的手法把某种外形或者性格特点扩大而创造出来的非现实性人物,例如果戈理在小说《鼻子》中创造的丢了鼻子的科瓦廖夫少校,以及维克多·雨果在小说《巴黎圣母院》中描写的丑陋敲钟人卡西莫多。

第二种类型的人物是作家通过对过去实际存在的人的外貌的推测而创造出来的。这种类型的人物很多都是历史人物,或者是与作家自身经历相似的人物,也有可能就是作家本人,例如普希金在《上尉的女儿》中塑造的女皇叶卡捷琳娜二世,以及屠格涅夫在短篇小说《初恋》中塑造的男主人公瓦洛佳。

第三种类型的人物是作家通过对以往众所周知的文学人物的形象进行加工和改造而塑造出来的。一般情况下,作家在加工和改造的过程中可能会对原有人物的生平事迹等进行适当改写或续写扩充。

---

① 转引自:Тимофеев Л И. Основы теории литературы[М]. Москва:Просвещение,1971.

（二）情节在文学作品中的类型

除了人物,情节也是文学作品中较为重要的元素。情节往往出现在叙事类作品和戏剧剧本中,是这两种文学体裁的基本组成要素。苏联学者维谢洛夫斯基(Веселовский А. Н.)认为,情节是文学作品中已经得到表现的事件总和。[①] 20 世纪末,俄罗斯文艺理论家则对"情节"有了新的界定:情节是文学作品中已经被艺术地构建起来的那些事件的分布。[②]

情节的组成方式是多种多样的,比较常见的方式有以下三种:

第一种是作者把某一个生活场景作为一个核心,所有的故事都发生在这个场景中,作品的情节叙述也围绕这个场景展开。

第二种则来源于古希腊罗马的悲剧美学,要求作品中的情节是单一且完整的行动。亚里士多德认为,情节既然是对行动的模仿,就必须模仿一个单一而完整的行动。事件的结合要严密到这样一种程度,以致若是挪动或删减其中的任何一部分就会使整体松裂和脱节。[③]

第三种是比较流行的一种构建方式,作者在作品中把所要表现的事件分散开来,让那些互不相干的事件彼此平行地进行,每个事件都有其"开端"和"结束"。这样的情节构建方式在俄罗斯文学中表现得最为突出的要数列夫·托尔斯泰的《安娜·卡列尼娜》了,其中安娜与丈夫卡列宁、情人渥伦斯基的情感纠葛是一条情节线索,列文的生活和他对吉蒂的爱情是另外一条情节线索。

二、传奇性人物

屠格涅夫的六部长篇小说是屠格涅夫的整个文学创作中的核心部分,也是屠格涅夫艺术成就的顶峰,它们浓缩了屠格涅夫所有文学创作中的精华,在世界文学史中占据了举足轻重的地位。屠格涅夫的长篇小说经常被称为"艺术编年史",它们不仅具有极高的文学价值,而且具有非常重要的美学和史学意义。屠格涅夫的长篇小说共同描绘了整个俄国在 19 世纪 40—

---

① Веселовский А Н. Поэтика сюжетов[М]. Москва：Высшая школа,1979.

② Томашевский Б В. Теория литературы. Поэтика[М]. Москва：Аспект Пресс,1999.

③ 亚里士多德. 诗学[М]. 陈中梅,译注. 北京：商务印书馆,1996.

70 年代的社会风貌,对这一时期的俄国现实生活进行了较为准确的还原。

但是,单纯认为屠格涅夫的长篇小说只有现实主义特征——这显然是片面的。在长篇小说的创作中,屠格涅夫融入了具有传奇性的人物和情节设计,这令其小说作品具有一定的浪漫主义特色。

(一)人物在作品中的作用

人物是作者所描绘行为的行动主体,是作品中情节展开的推动力,人物的参与才使得故事的叙述可以进行下去。普罗普的《故事形态学》正是从推动故事情节发展这方面开始对人物进行研究的,他认为,故事中的人物是情节中一切功能的承载者,故事中所描绘的人物是事件序列之运动的推动因素。[①]

另外,人物的塑造可以直接体现作者的主观态度和作品的价值取向。无论是现实存在的人物还是作者主观虚构的人物,在作品世界中都有其价值取向和思想面貌,这些价值取向和思想面貌正是作者赋予他们的,能够间接地反映作者对人物的评价和态度以及整部作品的意义。

人物的刻画是从人物的言谈举止、与其他人物的交往方式、外貌特征、亲友特征、思维方式、情感特征、主观意图等多方面来实现的。

我们在文学作品中可以看到英雄式的人物,这类人物都追求荣誉,渴望受到别人的爱戴和尊重,有一种誓要尝遍世间生活的所有味道的意志,他们热衷于参与社会生活,热衷于拼搏与斗争,偏爱获取和征服,喜爱冒险,这种英雄式的人物可以充分体现出作者创作的主观思想。[②]

与英雄式人物相对应的是出现在中世纪圣徒传记中的圣徒式人物,这类人物不参与争斗,也不追求任何功名,他们生活在一种与世无争的超然的现实中,在这种现实中,成功也好、失败也罢,都无足轻重,胜利或失利的结局也无法左右他们的内心,而当面对考验甚至是苦难的试炼时,他们能够表现出坚韧不拔的性格和无所畏惧的勇气,不受诱惑,内心中永远没有绝望。这类圣徒式人物在俄国文学中是常见的,例如屠格涅夫《贵族之家》中的丽

---

① Пропп В Я. Морфология сказки[M]. Ленинград: Академия Ленинграда,1970.
② 转引自: Бахтин М М. Эстетика словесного творчества[M]. Москва: Искусство,1979.

莎、列夫·托尔斯泰《战争与和平》中的玛利亚·包尔康斯卡娅等。通过塑造这类人物，作者表现出对至善至美的追求、对信仰的虔诚、对人性中最光辉一面的赞颂。

文学世界中的人物可以反映正面积极的思想和价值取向，也可以反映负面消极的思想和价值取向。有些人物集中表现了被践踏欺侮的、被压制的、困苦无助的消极一面。这类人物也有原型形象，其源头是荷马史诗中《伊利亚特》故事里那个驼背又眼睛歪斜、满腹抱怨和牢骚、总爱挖苦和嘲笑别人的忒耳西忒斯，他是阿喀琉斯的敌人，通常被认为是世界文学中第一个反面人物。

(二)屠格涅夫笔下的传奇性人物

屠格涅夫在对人物进行塑造时，会赋予人物传奇性的特征。屠格涅夫在力求表现主人公在某一方面的性格特质时会将其夸大，例如在思想方面积极、在行动方面激进等。这样夸大人物性格，在一定程度上会出现失真的效果，使人物具有一定的传奇性色彩。

屠格涅夫长篇小说《罗亭》中的主人公罗亭就是被屠格涅夫在性格上夸大了的人物。罗亭和娜塔莉娅的爱情故事是整部小说中的亮点，也是在对这处亮点的创作中，屠格涅夫把罗亭性格中对爱情的态度表现得非常突出，这样的处理使罗亭这个人物并非十分真实，充满浪漫主义特色，屠格涅夫借助略有失真的性格来表现罗亭面对爱情时的矛盾心理。

爱情在罗亭和娜塔莉娅之间产生得很偶然，正如罗亭的想法一样，早上还没有意识到爱情已经来临，而在见过沃伦采夫之后，罗亭的心里就对爱情的渴望发生了变化，随后果断地放弃了爱情。罗亭对娜塔莉娅的爱情从一见钟情到无果而终，仅仅由于拉松斯卡娅的反对让罗亭打起了退堂鼓。对爱情这种草率而又随性的态度颇有几分夸张的成分在里面——爱情作为人类的永恒主题和精神追求怎能如此儿戏。屠格涅夫让作品中的人物带有几分夸张和传奇色彩，令其笔下的爱情带有无果而终的遗憾。

屠格涅夫在罗亭对待爱情的态度上进行了艺术处理，使罗亭在面对爱情时的软弱性格表现得略有夸张。在长篇小说《前夜》中，屠格涅夫对男主人公英沙罗夫的悲惨身世进行了传奇性设计，令英沙罗夫历尽人生苦难。

屠格涅夫先是为英沙罗夫设计了一段悲惨遭遇,这也是英沙罗夫变为悲情英雄的铺垫:英沙罗夫的父亲是富甲一方的商人,英沙罗夫本可以有一个完美而幸福的童年,并在这样的生活环境中成长为一个富家子弟,但是母亲被劫,父亲为了复仇而被枪杀,英沙罗夫就此从天堂跌到了地狱。

家破人亡本已是非常痛苦的经历,屠格涅夫又设计出让英沙罗夫远离故土保加利亚、寄养于住在基辅的姑母家的情节。父母辞世、无家可归、远离故土、寄人篱下,这些悲惨的经历按照屠格涅夫的构思,都是为了塑造英沙罗夫刚毅而坚强的性格、为了情节发展的需要而设计的。因此,当英沙罗夫回归故里保加利亚时,看到祖国满目疮痍的现实状况,必定会燃烧起对敌人无尽的仇恨之火,从而抛洒一腔热血为祖国而奋斗。

屠格涅夫继续为英沙罗夫的命运加入悲情因素,他不仅令英沙罗夫和女主人公叶琳娜的爱情和婚姻得不到女方父亲的祝福,最后还安排英沙罗夫身染急性肺炎的情节。由于疾病,英沙罗夫最后被屠格涅夫永远地留在了威尼斯,在威尼斯病逝。屠格涅夫让英沙罗夫在生命的最后一刻都没能回到祖国保加利亚,英沙罗夫在弥留之际喃喃自语道:

"我要死了……永别了,我可怜的你! 永别了,我的祖国! ……"①

去世后的英沙罗夫也被屠格涅夫安排由妻子将其葬在威尼斯。

英沙罗夫的一生充满悲剧:童年时家破人亡后寄人篱下,婚姻不被祝福,身染严重疾病,客死异国他乡。从中国人的情感观念的角度来看,英沙罗夫离世后也未能落叶归根,这也是一种悲剧。英沙罗夫的一生可以归纳为以下几个部分:

第一单元:初始场景

童年的英沙罗夫生活幸福、家庭富足

第二单元:推动故事展开

母亲被掳,父亲复仇遭枪杀

---

① 屠格涅夫.屠格涅夫全集(第三卷)[M].智量,磊然,等译.石家庄:河北教育出版社,2000:174.

第三单元:场景转移

英沙罗夫离开祖国保加利亚,寄养于基辅姑妈家

第四单元:对抗

英沙罗夫和叶琳娜的爱情和婚姻不被认可和接受

第五单元:高潮

英沙罗夫身染重病

第六单元:尾声

英沙罗夫病逝,妻子将其安葬

将英沙罗夫一生的遭遇进行归纳后可以看出,屠格涅夫在塑造人物时,从"初始场景"到"尾声"都令主人公英沙罗夫充满了悲剧色彩,而英沙罗夫的行动也成为整条叙事情节线索的核心,情节的铺陈都围绕着英沙罗夫的行动。屠格涅夫对英沙罗夫命运的设计着实有些夸张,让众多悲剧集中于一个人身上,这样的主观设计使英沙罗夫这个人物显得不那么真实,他的悲惨命运带有传奇色彩。

小说《父与子》中的传奇性也表现在屠格涅夫对主人公的性格和命运的设计上。《父与子》的故事情节比较接近现实生活,但在个别细节的处理和安排上还是有作者刻意创作的痕迹。小说的主人公巴扎罗夫的生活时间只有一个多月。在这有限的时间内,按照个人性格形成的正常逻辑来看,巴扎罗夫是不会形成小说中的典型"新人"的性格特征的。屠格涅夫为了情节需要,主观地为巴扎罗夫塑造了典型的"新人"性格,这不失为对巴扎罗夫性格特征的夸张。

不难看出,屠格涅夫刻画的人物都具有一定传奇性和典型性,除了罗亭、英沙罗夫和巴扎罗夫,其他作品中的人物也在不同程度上反映了屠格涅夫在人物创作上的主观倾向。

三、传奇性情节

情节在小说创作中的作用是毋庸置疑的,如果把小说创作比喻为一项工程,那么情节就是这项工程的蓝图。情节设计的好坏是决定一部小说作品是否具有较高审美体验的重要因素。

列夫·托尔斯泰的作品能够吸引读者,在一定程度上归功于其丰富的

情节能够将读者的心牢牢锁住,使读者进入作者设计好的故事中,与主人公一起体验喜怒哀乐,所以列夫·托尔斯泰的小说作品以情节取胜。布尔加科夫的《狗心》《不祥的蛋》和经典名作《大师和玛格丽特》的成功,一部分也要归功于他独具匠心的情节设计。在屠格涅夫的作品中,情节也是经过精心设计的,能使人物形象更丰满、人物之间的矛盾更突出、叙述的故事更完整。

(一)情节在作品中的作用

在文学作品中,情节具有非常重要的功能和作用,主要表现在以下三个方面:

第一,情节中事件的叙述顺序,尤其是单一情节中事件的叙述顺序,对作品起到建立结构的作用。情节可以将作品中的所有元素聚集在一起,如同把所有内容都拼接粘合起来一样,使整个作品叙述完整,而且作品的内部结构严谨和谐、浑然一体。

第二,情节对文学作品中的人物塑造来说是必不可少的,通过情节也可以揭示人物的性格特点。在这一点上,情节和人物达到了统一,而且二者之间可以相互作用。人物推动情节的发展和叙述,情节的发展和叙述又对人物的塑造起至关重要的作用,借助情节可以从侧面揭示人物的内心、思想、性格特征等一系列隐藏于人物自身内部的内容。情节为人物创造了活动的舞台和空间,在这个空间内,读者可以全方位地看到人物的不同侧面,通过人物对正在发生的情节在动作、表情、语言、心理等各个方面的表现来了解人物。

第三,情节是揭示和反映作品中故事矛盾的直接方式。如果没有情节的发展所引发的矛盾与冲突,那么文学作品中的故事叙述将会平淡无奇,正是在被卷入情节所带来的各种矛盾中时,环境的变化和人物的反应才会丰富作品中的故事叙述,使作品具有更高的艺术性。

(二)屠格涅夫笔下的传奇性情节

小说《罗亭》中情节设计的亮点出现在作品的结局部分,屠格涅夫为主人公罗亭增加战死在巴黎街垒战的交代。当然,屠格涅夫的意图是让罗亭真正地落实其行动,甩掉"语言的巨人、行动的矮子"这顶大帽子,但这样的设计无疑为整部小说的情节和罗亭这个角色都增加了传奇性色彩。

屠格涅夫是一个温和的改良主义者,他不希望用暴力革命解决问题,所以排斥战争的他让作品中的主人公参与巴黎街头的战斗并最终死于战斗中似乎有违常理。屠格涅夫为罗亭精心安排的这样一段街垒战的情节自然也带有一定传奇性和偶然性。

长篇小说《贵族之家》的情节设计也充满了传奇性,明显表现在屠格涅夫对男主人公拉夫列茨基的婚姻安排上。

拉夫列茨基的妻子瓦尔瓦拉看重他的贵族身份和殷实的家产,所以才选择嫁给拉夫列茨基。夫妇两人在巴黎定居后,妻子瓦尔瓦拉热衷于社交并开始享受在巴黎的生活,在社交圈里逐渐成为名媛的瓦尔瓦拉终于为拉夫列茨基戴了一顶"绿帽子"。面对妻子的不忠,拉夫列茨基痛苦地离开了。当遇到女主人公丽莎的时候,拉夫列茨基感觉人生的春天又来到了,似乎正是丽莎的出现让他那颗对爱情已经彻底绝望的心又开始跳动起来,他认定丽莎就是他命中要相守相依的人,而此时拉夫列茨基又偶然得知风流的妻子瓦尔瓦拉在巴黎去世。

故事讲到这里,主人公拉夫列茨基应该会有一段平静而幸福的生活了。试想一下:风流无德的妻子去世了,自己恢复了单身,此时又找到了爱情的归宿,之后的日子应该就是夫妇恩爱、生活幸福和睦。但是屠格涅夫同拉夫列茨基开了一个玩笑。拉夫列茨基劝服了认为爱情由上天安排、不由自己做主的丽莎,丽莎终于决定不嫁给潘申。然而,当拉夫列茨基与丽莎这对有情人要成为眷属的时候,瓦尔瓦拉的出现打破了这美好的一切。她不仅苦苦哀求拉夫列茨基原谅,还用女儿来博得拉夫列茨基的同情,同时她还通过博取拉夫列茨基的表姐玛利亚的同情,让玛利亚劝说拉夫列茨基回心转意来挽回自己的家庭。在众多压力之下,拉夫列茨基终于妥协。瓦尔瓦拉以妻子的名义搜罗了一大笔钱后去了彼得堡逍遥快活,拉夫列茨基失去了丽莎,丽莎选择进入修道院救赎自己。

《贵族之家》整个情节高低起伏、悲喜交加,是个能够深深打动人心的好故事。这样离奇的爱情故事似乎不是生活中轻易就会碰到的。屠格涅夫设计了大起大落的情节变化,不仅充满了在爱情与义务相悖时的无奈,也表达了对感情不忠的批判。

　　屠格涅夫小说中的情节设计还具有暗示性,在结构上构成首尾呼应。《前夜》临近结尾处情节的设计似乎就是对英沙罗夫命运的暗示,屠格涅夫设计了许多细节:歌剧《茶花女》中薇奥列塔的咳嗽;叶琳娜反复呢喃着歌剧中的唱词"死得这样年轻",她特意握了英沙罗夫的手,但是感觉与数小时之前的握手是不同的;叶琳娜听到白鸥哀啼、钟摆悲鸣,梦到故友卡佳;等等。这些细节之处的描写,加上对主人公的梦魇和死亡征兆的描绘,都使作品在情节上充满了神秘色彩,具有浪漫主义特色。

　　在小说《父与子》中,父辈和子辈间的矛盾是不可调和的矛盾,但屠格涅夫认为,通过某人的死就可以消除一切矛盾,于是他安排了一场决斗。屠格涅夫应该知道,这是两代人之间的永恒矛盾,即使死亡也不能消解这样的矛盾,而且巴扎罗夫式的人物会前仆后继地出现,因为他们代表一种不同于过去的新思想和新观念。

　　屠格涅夫安排以决斗和死亡的方式来解决父与子之间的矛盾,这样的情节并不完全合理。死亡是解决所有矛盾的最好方法——屠格涅夫的这一观点具有主观性。为了突出巴扎罗夫的矛盾的性格特点,屠格涅夫让其在与父辈巴维尔的论战中获得胜利,但是在经历过爱情的痛苦煎熬之后,巴扎罗夫由于意外而不幸罹难。这样的情节设计也具有一定的传奇色彩,尤其是巴扎罗夫的意外之死使作品的情节发展急转直下。

　　除此之外,《父与子》在个别情节的安排上也并非真实。屠格涅夫笔下的巴扎罗夫是一个典型的虚无主义者,除了自然科学,巴扎罗夫对外界所有的一切都嗤之以鼻,在对待感情上,他也非常冷漠。巴扎罗夫看待别人的感情时持一种不理解的心态,他对巴维尔说道:

　　　　"谁轻视他啦?"巴扎罗夫答道,"可是我应该说,一个人把他整个一生押在'女人的爱'那一张牌上,那张牌输了,他就那样地灰心丧气,弄得自己什么事都不能做,这种人不算是一个男子汉,不过是一个雄的生物。"[1]

---

① 屠格涅夫.巴金译父与子 处女地[M].巴金,译. 北京:人民文学出版社,2015:32.

但就是这样一个对待感情冷漠的人,见到奥金佐娃时却轻易地被她降服,并且为了奥金佐娃,巴扎罗夫做了许多改变,他看起了画册、穿起了燕尾服——这些是在之前的巴扎罗夫身上不可能出现的行为。当奥金佐娃拒绝了巴扎罗夫,他又觉得心灰意冷,之前过分的冷漠态度与偶遇爱情之后的巨大转变形成矛盾。纵观巴扎罗夫在处理感情问题上的所有情节设计,他的行为与他的人物性格并不相符,这显然是屠格涅夫刻意为之,让这个不相信爱情的虚无主义者品尝一下爱情的甜蜜和苦涩。

与经典的长篇小说相比,屠格涅夫晚年创作的中篇小说在情节设计上更具有传奇性,在以往的研究中,屠格涅夫晚年创作的一些中篇小说常被称作"神秘中篇"。① 这一时期创作的《爱的凯歌》在情节设计上充满了离奇、夸张的传奇性色彩。

1881 年 6 月,屠格涅夫完成了中篇小说《爱的凯歌》的创作。小说的故事背景设定为 16 世纪的意大利,法比和穆齐是一对从小要好的朋友,两个小伙子爱上了全城公认的最美丽的女人之一华列莉娅。两个年轻人决定由姑娘来选择自己心爱的人,华列莉娅听从母亲的安排嫁给了法比。但要求穆齐目睹亦是朋友亦是情敌的法比的胜利是不可能的,他立即变卖了大部分财产,随身带着几千个杜卡特到东方旅行去了。五年后,穆齐回到故乡,并被法比邀请到家中做客,法比发现妻子与穆齐幽会后将穆齐刺伤,穆齐被迫离开。《爱的凯歌》整部作品的情节设计颇具神秘性和传奇性,穆齐回到故乡后的情节安排所具有的传奇性尤为突出。穆齐在法比家做客时,用印度提琴演奏了他在锡兰岛上听到的美妙乐曲,这首乐曲被称为爱情之歌。穆齐演奏时,屠格涅夫描写了乐曲给法比和华列莉娅带来的感受:

> ……琴声突然转为高亢,扶摇直上,嘹亮有力。随着弓子的大幅度来回摆动,响起一股激昂慷慨的旋律,低回宛转,绕梁不绝,犹如那包在提琴上的蛇生前那样扭动缠绕。②

---

① 朱宪生. 在诗与散文之间——屠格涅夫的创作与文体[M]. 西安:陕西人民教育出版社,1999.

② 屠格涅夫. 屠格涅夫全集(第八卷)[M]. 沈念驹,等译. 石家庄:河北教育出版社,2000:349.

演奏结束后,当法比希望穆齐再演奏一次时,穆齐的反应是:"不行,这个曲子不能重复。"①这就让读者心生疑虑:为何一首描绘爱情的优美曲子不能重复演奏? 之后,华列莉娅时常梦到和穆齐幽会的场景。某天夜里,丈夫法比发现妻子不见了,正要出门寻找时,妻子赤脚归来,她被外面的雨水淋湿。花园里的脚印将法比引到了穆齐暂住的厢房,此时法比听到从房间里传来了穆齐演奏过的那首爱情之歌。第二天,穆齐离开法比家进城去了,但是当天晚上发生了相同的事情,华列莉娅又独自离开了房间。法比跟着妻子来到花园中,又听到了爱情之歌的旋律,此时穆齐迎面走来。法比盛怒之下用匕首刺中了穆齐,穆齐和华列莉娅同时发出惊叫。穆齐受了重伤逃回厢房,本以为穆齐会被法比刺死,但三天后,面如死灰的穆齐离开了法比家,法比和华列莉娅如同经历了一场梦一般。

华列莉娅与穆齐的每次幽会似乎都是在梦游的状态中,同时还伴随着那首用印度提琴演奏的来自神秘东方锡兰岛的歌颂爱情的乐曲,这首乐曲让人听后不禁心潮澎湃,正如华列莉娅的感受:

> 华列莉娅一时难以入睡,她的心潮依然跌宕起伏,一种轻轻的余音在头脑中回荡着……也许是听了穆齐的故事、他的提琴演奏的结果……直到天快亮时,她才睡着,并做了一个异常古怪的梦。②

这似乎能让读者明白,在之前的情节中,法比希望穆齐再演奏一次爱情之歌时被穆齐拒绝的原因。伴随着印度提琴的旋律,华列莉娅陷入迷幻状态,被穆齐召唤到花园中,这不禁让人想起《哈默林的花衣吹笛人》③中充满魔力的笛音。《爱的凯歌》的第 12 节是整部作品中最离奇、最具有传奇性的

---

① 屠格涅夫. 屠格涅夫全集(第八卷)[M]. 沈念驹,等译. 石家庄: 河北教育出版社,2000: 350.
② 屠格涅夫. 屠格涅夫全集(第八卷)[M]. 沈念驹,等译. 石家庄: 河北教育出版社,2000: 350.
③ 英国维多利亚时代诗人罗伯特·布朗宁所创作的长诗。相传多年以前,德国中部威悉河畔的美丽古城哈默林鼠疫肆虐。某一日,一名身穿花衣手持风笛的陌生人来到哈默林,声称能够灭除鼠害。人们欣喜若狂,并承诺灭鼠之后必将重金酬谢。花衣笛手吹起风笛,成千上万的老鼠应声出洞,伴着笛音跟着花衣人走向威悉河,并跳入河中全部淹死了。鼠患解除了,城市得救了,但人们却背信弃义,不肯酬谢花衣笛手,并将他赶出了城市。第二年,花衣笛手再次来到哈默林吹起了魔笛,数百个孩子伴着魔笛之声,跟着花衣人走进了山谷,从此消失了。

部分,其情节设计已经远远超出了现实生活的经验范畴,甚至让读者与主人公法比产生同样的感觉:

> 法比再也没有耐心看下去了,他觉得自己似乎在参加妖魔鬼怪的念咒!他也大叫一声,头也不回飞也似的跑回家,赶紧回屋里向上帝祈祷、划十字。①

穆齐离开后,一切又都回归平静,但屠格涅夫在小说结尾处又设下悬念:

> 华列莉娅坐在一架风琴前随便地按着键钮……突然无意中竟奏起那首穆齐拉过的胜利爱情的颂歌,——于是在这一刹那,她婚后首次感到心里在怦怦跳动,一种新的、正在诞生的生活开始了……华列莉娅全身哆嗦了一下,不再弹了……
>
> 这意味着什么?难道……②

屠格涅夫是一个现实主义者,由于其唯物主义思想,加上他对19世纪俄国社会生活的真实、准确、客观的反映,其小说具有明显的现实主义特点。但屠格涅夫又颇具浪漫主义情怀,这是其与生俱来的性格特征,因此其小说虽然都有表现客观社会的现实主义元素,但其中的浪漫主义特色也不可被忽视。屠格涅夫从未排斥过浪漫主义,同时也擅于利用这种创作方式,在作品中,他有意将浪漫主义特色和现实主义相结合。

屠格涅夫的作品有时会引起社会争论,这种争论正是作品本身的特点所引起的:如果按照单纯的现实主义文学作品去解读,则会造成理解上的偏差,同时由于功利主义审美价值观,屠格涅夫的作品在被解读时,被认为需要也必须符合当时社会的主流思想。正是由于人们对作品不绝于耳的争议,屠格涅夫的小说创作才具有时代意义和社会影响力。

---

① 屠格涅夫.屠格涅夫全集(第八卷)[M].沈念驹,等译.石家庄:河北教育出版社,2000:363.
② 屠格涅夫.屠格涅夫全集(第八卷)[M].沈念驹,等译.石家庄:河北教育出版社,2000:365.

本章小结

　　无论是景物描写、主观抒情,还是具有传奇性的人物塑造和情节设计,它们都符合屠格涅夫创作的美学主张,即"诗意的现实主义"。屠格涅夫主张文学创作应具有真实性,即对客观现实不能夸大描绘,要还原现实的本来面貌,但很显然,与其他现实主义作家不同,屠格涅夫作品中的现实表现为"诗意的现实"。在现实主义作品中并非刻意为之地融入浪漫主义特色,使屠格涅夫的创作与众不同。屠格涅夫的人生道路和创作生涯中是颇有些戏剧性因素的:在个人生活中他执意追寻的,始终无法得到;而在创作中,他的一些"无意"之作,却往往获得意想不到的成功。①

　　屠格涅夫擅于描写自然景物,自然对屠格涅夫而言是心灵的港湾,他将全部身心投入到自然之中,尽情地体味自然与人和谐共生的美好感觉,而自然与人的和谐也是屠格涅夫在文学创作中所一贯追求的。自然景物的颜色之美、声音之美、意境之美,都在屠格涅夫寥寥数语下跃然纸上。景物描写在屠格涅夫创作中具有重要地位,景物在他笔下展现出来的多种形态正是他内心感受的真实写照。面对自然,他是虔诚的学生、疲惫的孩子、旅居的游子,而自然在其作品中则是博学的先知、慈爱的母亲、伟大的故土。屠格涅夫与自然的对应充分表现了他对自然的崇拜与依恋。

　　景物描写一直都是屠格涅夫作品中不可或缺的组成部分,对此,屠格涅夫曾经对法国作家龚古尔兄弟说:"我必须在冬天才能写作,一定要象在俄国那样的冰封大地,使人收敛杂念的彻骨寒冷,树上挂满晶莹的冰柱的情况下方能执笔……"②与其他作家比较而言,屠格涅夫笔下的景物描写更具个人特色:1)景物描写是屠格涅夫作品中表现主题、塑造人物的直接手段,屠格涅夫笔下的景物不是孤立的,是跟他所反映的主题和人物联系在一起的,是创作的有机组成部分;③2)屠格涅夫追求"于瞬间中捕捉永

---

①　朱宪生.在诗与散文之间——屠格涅夫的创作与文体[M].西安:陕西人民教育出版社,1999.
②　李兆林,叶乃方.屠格涅夫研究[M].上海:上海译文出版社,1989:365.
③　傅希春.试论屠格涅夫的景物描写[J].东北师大学报(哲学社会科学版),1993(1):82-86.

恒"，在景物描写方面融入了主观感受和思想感情，同时擅于捕捉自然景物的细微变化，通过表现这种细微变化，使作品中细腻的"情"与细致的"景"完美交融，自然之美的瞬间表现和其蕴含的诗意情致是屠格涅夫十分关注的；①3)丰富多样的表现方法成就了屠格涅夫的极具个性的景物描写，屠格涅夫的景物描写并非单纯地通过文字来对自然景物进行还原，在创作过程中，他运用拟人的修辞手法，选取诸如 дать、спать、весёлый、ленивый 等动词或形容词，将人所具有的动作情态和性格特征赋予自然景物，同时还运用比喻等修辞方法，使自然事物具备人的情态，另外营造出一番意境，形成拟人化的自然，②既增强了作品中的浪漫主义特色，又与他对大自然的崇拜之情相契合，表现了自然的神奇与多姿。

屠格涅夫的感情极为丰富，面对纠结的爱情、落后的社会现实、腐朽的农奴制、穷苦的农民，他会忧郁、会不满、会愤怒、会同情，这种种情感在其现实主义创作中以主观抒情的形式清晰直观地表达了出来，屠格涅夫似乎借助作品在呼唤、在呐喊，他希望社会和人民能够听到自己的心声，希望自己的思想能够启迪迷茫的青年一代，他通过主观抒情的方式表达自己的所思所想，鞭策青年人为了民族发展而不断探索。在屠格涅夫看来，作家也是思想家，单纯的文学作品是不具有艺术价值的，现实主义创作不应当仅仅描绘身边的真实生活，更重要的是通过对生活的真实反映来表达作家的思考，这一点屠格涅夫做到了，而且做得极为出色。

人物与情节是作品中的重要元素，屠格涅夫秉持"诗意的现实主义"的创作原则，将真实的人物与情节"诗意化"。为了表现人物的典型性格、故事的典型情节，屠格涅夫笔下的人物与情节通常会带有一定的传奇色彩，从一生探求理想实现之路的罗亭，到情路坎坷的拉夫列茨基，再到集悲剧元素于一身的英沙罗夫，以及为爱折腰的虚无主义者巴扎罗夫，每一个人物的设定、每一段情节的构思，既有合理、真实的一面，又有夸张和富有浪漫主义色彩的一面。屠格涅夫的现实主义是浪漫的、充满诗意的，其中

---

① 陈敏.自然美的营构及其蕴涵——屠格涅夫景物描写特色探略[J].湖南师范大学社会科学学报,2001,30(A2)：196-198.

② 何群.大自然的颂诗——谈屠格涅夫《猎人笔记》的自然景物描写[J].青海民族学院学报(社会科学版),1988(1)：116-122.

有精致的景物、激昂的情感、独特的人物与情节,这些元素令屠格涅夫的创作与众不同、独领风骚。

屠格涅夫的作品历来被人们认为是对 19 世纪俄国社会生活的真实写照,但其作品并非只是单纯的现实主义作品,屠格涅夫在基于现实主义进行创作、还原客观生活的同时,又为作品涂上了一抹浪漫主义色彩,这抹浪漫主义色彩非但没有冲淡屠格涅夫文学作品中的现实主义特色,反而使作品增色不少、别具一格。

从最初的诗歌创作到后来集大成的长篇小说创作,在时代浪潮的引领下,屠格涅夫的创作方式不断地发生变化,逐渐从浪漫主义创作转型为现实主义创作。个人性格、成长经历、思想意识,以及对客观世界的认知,使屠格涅夫能够在现实主义作品中融入浪漫主义特色,将现实主义与浪漫主义完美融合。迷醉于浪漫主义,在屠格涅夫这位现实主义大师的文学进程中不是一个偶然的现象。在大学时代,屠格涅夫和他的同辈人都对浪漫主义怀有好感。[①] 不难发现,屠格涅夫的浪漫主义气质甚至远超其现实主义气质。因此,从屠格涅夫的作品中提炼出浪漫主义特色并进行分析,可以从多角度还原一个完整而全面的屠格涅夫。屠格涅夫的浪漫主义更具特色,通过作品,屠格涅夫寄情于景,同时具有极强的抒情能力,在表现主观感情上强于其他作家,因此屠格涅夫常被称为"抒情诗人"。屠格涅夫在 19 世纪的俄国文坛有着极为重要的作用,不要说是在 19 世纪俄国文学中,就是在 19 世纪欧洲文学中,也很难找到一位小说家,其作品在抒情力量上可以和屠格涅夫相提并论。[②]

我们既要分析屠格涅夫作为"时代歌者"的现实主义创作,也要重视其现实主义作品中融入的浪漫主义特色,也许只有像屠格涅夫这样一位兼具浪漫主义气质的现实主义作家才能完美地驾驭不同体裁和风格的作品。就这一点而言,研究屠格涅夫现实主义作品中的浪漫主义特色必然是具有一定意义的。

---

① Алексеев М П. История русской литературы（том восьмой）[М]. Москва：Издательство Академии Наук СССР,1956.

② 朱宪生. 在诗与散文之间——屠格涅夫的创作与文体[М]. 西安：陕西人民教育出版社,1999.

第三章
屠格涅夫世界观的诗学表达

　　作为文学家,屠格涅夫创作了大量传世经典作品,并把其文学思想和世界观紧密地结合在一起。屠格涅夫的文学创作一直都坚持将俄国社会的变化通过文字全面而客观地表现出来。屠格涅夫的世界观是复杂的,是多种思想的统一。

　　世界观是人们对整个世界的总体看法和根本观点。由于成长经历不同、看待问题的角度各异,每个人形成的世界观是不同的。不同作家主观思想上对客观现实的认知、看待客观世界的立场和角度、所秉持的哲学思想都对其创作产生重要影响。因此,研究屠格涅夫对客观世界的认知态度、了解他的世界观,可以从他秉持的哲学观、人生观以及爱情观三个方面入手。屠格涅夫的哲学观是其世界观的重要组成部分,决定了其世界观的基本类型,屠格涅夫的哲学观经历了从唯心主义向唯物主义的转变;对于人生的态度、对于生命的思考正体现了屠格涅夫的主观思想与客观现实之间的关系;对屠格涅夫爱情观的分析可以使屠格涅夫世界观研究具有更多维度。

　　屠格涅夫的哲学观具有一定的矛盾性,由于个人经历和思想转变,其哲学观经历了从唯心主义向唯物主义变化的过程。唯物主义哲学观虽然是屠格涅夫最终的选择,但他终生都没有摆脱唯心主义对他造成的深远影响,最明显的表现是他在文学创作和美学追求上秉持的"诗意的现实主义"。

　　哲学观的转变使屠格涅夫一度陷入思想的矛盾中找不到出路,而在情感生活中,一生都在寻求爱情的屠格涅夫直到暮年也没有心灵的归宿,这些际遇难免会带给他消极情绪。随着对叔本华悲观主义哲学的了解,屠格涅夫找到了思想的出口。在屠格涅夫看来,人生是充满痛苦的,对客观世界的不满和主观精神生活的空虚都是人生痛苦的原因。

　　谈及爱情观,屠格涅夫崇尚爱情,但在悲观主义思想的影响下,他认为爱情也是痛苦的根源,爱情的终点是神圣的婚姻,而婚姻却会带来无尽的束缚,爱情很难寻求到结果,即使寻到了也是酸涩的苦果。正因如此,享受恋爱的过程而不强求爱情的结果,是屠格涅夫对待爱情的态度。

第一节　屠格涅夫的哲学观及其诗学表达

相较于欧洲其他国家,19世纪的俄国在哲学领域相对缺乏具有重大影响力的哲学家,但在文学和艺术领域,许多思想前卫的有识之士都各有建树。虽然伟大的哲学家并未在19世纪的俄国出现,但众多有着新理念的思想家却在当时发挥重要的社会意义。尽管没有属于个人的哲学专著,他们一直坚持寻求对客观世界新的理解和认知。① 俄国文学是感性的文学创作与理性的思想相结合的产物,俄国文学选择将深沉的思想投射到文本当中,哲学思想的诉求与文学的功能顺理成章地结合在一起。② 著名哲学家别尔嘉耶夫对俄罗斯文学与哲学之间的关系的理解则是:俄国作家没能停留于文学领域,他们超越了文学的界限,进行着新生活的探索。③

俄国文学带有浓重的哲学意味,作家们也寄情于文学作品来表达俄罗斯民族固有的救赎精神,俄国文学立足于拯救,而不是创造。④ 产生这样一种文学追求的原因在于俄国文学从发展之初就采取借鉴的方式,即从欧洲文学强国如德国、法国、英国等借鉴文学创作的模式,而这种做法导致俄国文学在一段时间内缺乏民族性特点。别林斯基认为,文学的本质应该在于艺术性的表现⑤而非借鉴各种主义和理论。恰达耶夫在《哲学书简》中指出,重要的外来事实组成了俄国的历史,借鉴来的思想成为俄国认识世界的跳板。⑥

在众多文学家和思想家中,屠格涅夫是佼佼者,其哲学观经历了由唯心主义向唯物主义的变化过程。早期,屠格涅夫信仰唯心主义,其作品中具有鲜明的主观思想、明显的浪漫主义特色和大量的抒情性描写。转型后,屠格

---

① 吴嘉佑.屠格涅夫的哲学思想与文学创作[M].北京：人民出版社,2012.
② 郑永旺.从民族的集体无意识看俄罗斯思想的文学之维[J].俄罗斯文艺,2009(1)：72-78.
③ 尼·别尔嘉耶夫.俄罗斯思想——十九世纪末至二十世纪初俄罗斯思想的主要问题[M].雷永生,邱守娟,译.北京：生活·读书·新知三联书店,1995.
④ 张建华.张建华集：汉、俄[M].哈尔滨：黑龙江大学出版社,2011.
⑤ 别林斯基.别林斯基选集(第一卷)[M].满涛,辛未艾,译.上海：上海译文出版社,1991.
⑥ 恰达耶夫.哲学书简[M].刘文飞,译.南京：译林出版社,2014.

涅夫最终信仰唯物主义,这也使其在文学领域成绩斐然。屠格涅夫从唯物主义哲学观的角度出发思考俄国的命运,在作品中关注了民粹主义和虚无主义,其哲学观与整个俄罗斯民族思想是相联系的。

别尔嘉耶夫在《俄国共产主义的根源与意义》一书中指出,俄国第一位知识分子拉吉舍夫给予了农奴阶层巨大关注。① 很显然,屠格涅夫关注农奴阶层,对封建腐朽的农奴制予以否定,希望以渐进的改革方式令俄国走上发展之路。屠格涅夫能够深刻地意识到农奴制的落后性,这正是他以唯物主义哲学观思考俄国社会发展问题、抛弃了"存在即合理"的唯心主义思想的体现。

虚无主义也是屠格涅夫在转变哲学观后重点关注的理念,长篇小说《父与子》中的巴扎罗夫就是虚无主义者的代表。别尔嘉耶夫在《俄罗斯思想》一书中指出,虚无主义是西欧从某种程度上并不了解的典型俄罗斯现象。②在别尔嘉耶夫看来,虚无主义是摆脱主观思想束缚的表现,是一种广泛的现象,并且他认为,19 世纪 60 年代的思想解放运动是虚无主义的一种表现。③由此可见,屠格涅夫的哲学观虽源于德国古典哲学,但仍具有鲜明的俄罗斯哲学特点。

一、屠格涅夫哲学观的形成

屠格涅夫并非哲学家,但在作品中充分表达了他一直坚持的哲学观。从信仰唯心主义到坚持唯物主义,屠格涅夫的哲学观经历了重要的变化,这一变化也直接影响了他的文学创作。

屠格涅夫的文学作品充满了哲理性思考,这与屠格涅夫的成长经历有密切关系。屠格涅夫早年在大学学习哲学专业,随后对哲学进行了深入研习。苏联文艺理论家、文艺批评家加里宁认为,抛开屠格涅夫作品所具有的艺术价值不谈,具有政治意义和社会意义是其重要特征,而屠格涅夫更高的艺术成就也正在于此。④

① 转引自:耿海英.别尔嘉耶夫与俄罗斯文学[D].上海:华东师范大学,2007:248.
② 转引自:耿海英.多极的俄罗斯精神结构——别尔嘉耶夫论俄罗斯精神[J].西北师大学报(社会科学版),2008,45(2):6-11.
③ Бердяев Н А. Истоки и смысл русского коммунизма[M]. Москва:Наука,1990.
④ 加里宁.加里宁论文学[M].草婴,译.上海:新文艺出版社,1955.

屠格涅夫作品中描绘的社会生活在很大程度上展现了他的哲学观。他在晚年曾经回忆道:"我们当时还相信哲学的和形而上学的结论的现实性和重要性,虽然他和我都完全不是哲学家,也不具有抽象地、纯粹地、照德国人的方式思维的能力……可是我们当时在哲学里寻找世界上除了纯思维之外的一切。"①不难发现,屠格涅夫的哲学观与德国古典哲学②的纯粹思辨模式有所不同。所以,对于屠格涅夫而言,诠释某种个人主张或提出个人观点并非他的哲学观的特点,文学与哲学的融合才是他所追求的思想表达方式。屠格涅夫借作品影射俄国的现实社会生活,使文学的艺术性和哲学的思辨性巧妙结合。

从其文学作品中对自然的态度可以看出,屠格涅夫是一位唯物主义者,一位现实主义作家。同时还有另一种观点,认为屠格涅夫是浪漫主义作家,此等观点源于屠格涅夫秉持的唯心主义哲学观。事实上,对屠格涅夫哲学观的界定是比较困难的,仅仅以唯物主义者或者唯心主义者来给屠格涅夫盖棺定论难免有草率之嫌,而且这两种观点都不免片面或极端。③ 任何问题产生的原因都不能脱离历史维度,基于问题变化发展的不同阶段,结合发展历史才能找寻到产生问题的终极原因。

19世纪是俄国社会积极寻求发展和变革的时代,显然,当时的社会状况对屠格涅夫的思想和创作都造成了一定影响。此外,对西欧哲学的深入研究,以及细腻多思的性格,都是影响屠格涅夫哲学观形成的重要因素。

黑格尔曾说过:"就个人来说,每个人都是他那时代的产儿。哲学也是这样,它是被把握在思想中的它的时代。妄想一种哲学可以超出它那个时代,这与妄想个人可以跳出他的时代,跳出罗陀斯岛,是同样愚蠢的。"④屠格涅夫是时代的积极分子,他的哲学观点也是时代的产物,即使具有杰出才能,他也无法超脱身处的时代,因而他的哲学观具有历史局限性也是必然

---

① 屠格涅夫.屠格涅夫全集(第十一卷)[M].张捷,译.石家庄:河北教育出版社,2000:516.引文中的"他"指别林斯基。

② 德国古典哲学盛行于18世纪末至19世纪上半叶,是德国资产阶级的哲学主张,创始人是康德,集大成者为黑格尔,费尔巴哈是最后的代表人物。德国古典主义反映了工业革命后的社会变化,其提出的理论具有抽象性和思辨性的特点。德国古典主义是近代西方哲学和现代西方哲学的连接纽带,提出了认识论、本体论、伦理学、美学、法哲学和历史哲学等领域的重大问题。

③ 吴嘉佑.屠格涅夫的哲学思想与文学创作[M].北京:人民出版社,2012.

④ 黑格尔.法哲学原理[M].范扬,张企泰,译.北京:商务印书馆,1961:序言12.

的。在研究屠格涅夫哲学观的时候,屠格涅夫生活的时代和人生经历不可忽视。

（一）屠格涅夫唯心主义哲学观的形成

对西方文化进行借鉴和吸收是屠格涅夫所处时代的特点,德国的浪漫主义文学和唯心主义哲学观伴随着哲学在俄国的传播一同而来。

19世纪是德国古典哲学蓬勃发展的时期,涌现出了黑格尔、费希特、谢林、叔本华等著名哲学家。黑格尔的辩证法是对康德哲学的继承和发展,使唯心主义哲学得以进一步完善。费尔巴哈则从唯物主义哲学观立场出发,批判了黑格尔的唯心主义哲学,在其人本主义的思想下,费尔巴哈主张把人的思想从宗教神学的束缚下解放出来。德国资产阶级革命失败使民众普遍产生悲观消极的情绪,叔本华所倡导的悲观主义哲学以此为契机开始盛行,其代表作《作为意志和表象的世界》①一书开始受到空前追捧。从康德到叔本华,德国古典哲学有了长足发展。新旧思想的接连碰撞冲击着思想保守的俄国,同时西欧哲学的巨大变化也在思想领域里为处于东欧的俄国带来了一股清新的空气。

19世纪初,俄国知识分子开始了精神探求,这要归功于德国浪漫主义思想和唯心主义哲学在俄国的传播。进步青年们醉心于西欧的文学、艺术和思想,当时相对稳定的社会环境也为哲学在俄国的传播提供了条件。从思想界到文化界,盛行于当时俄国上流社会的社交活动就是谈论文学和哲学。西欧作家的作品在青年人中广为流传,席勒的作品最受追捧,而欣赏古典音乐作品、谈论谢林和黑格尔哲学思想的也大有人在。② 这些都令俄国青年对未来充满了无尽的遐想,就是在这样的历史背景下,唯心主义哲学悄悄地走进了屠格涅夫的心中。

大学是孕育各种新文化、新思想的摇篮。赫尔岑曾经指出,俄国青年从四面八方汇集于此,像流入容器里一样,在大学教室里没有了门第之见,大

---

① 这本著作是叔本华对康德哲学的批判,是为了解决康德哲学遗留下来的哲学难题。叔本华认为,世界分为两个部分,即表象世界和意志世界,人类先天认识的时间和空间概念在表象世界发挥作用,与意志无关,一切意志都需要借助客观存在将其物化。

② Наумова Н Н. Иван Сергеевич Тургенев[М]. Ленинград: Просвещение,1976.

家平等相待、结交朋友,之后全又奔向俄国的不同地方和领域。① 大学使屠
格涅夫成了善于运用哲学来思考和解决问题的知识青年。在莫斯科大学,屠
格涅夫虽然没有参加红极一时的哲学小组,但这段求学生涯令他难以忘怀,
成为他重要的人生经历,可以说,屠格涅夫所有的哲学启蒙教育都来自这段
大学生活。进入莫斯科大学一年后,屠格涅夫转入彼得堡大学哲学系学习,
这使他可以近距离地接触唯心主义哲学。

　　大学毕业后,屠格涅夫的唯心主义思想日渐明显。随后在柏林大学读
书的屠格涅夫知晓费尔巴哈对黑格尔唯心主义哲学提出了批判,但在屠格
涅夫心中,黑格尔的哲学思想仍是自己钟爱的。屠格涅夫曾是黑格尔唯心
主义哲学的忠实拥护者,他相信黑格尔、相信观念的东西胜过相信自己。②
在进行硕士论文答辩时,屠格涅夫阐述了泛神论的成因,此时的屠格涅夫一
直秉持着唯心主义哲学观,右翼黑格尔学派与唯心主义共同对屠格涅夫产
生影响,使他对费尔巴哈撰写的《基督教的本质》一书提出否定观点。③ 对费
尔巴哈的否定以及对黑格尔的支持表现了屠格涅夫对唯心主义哲学的钟爱
之情。

　　19 世纪的俄国思想界出现了一场空前的哲学论战,正是由于这场长久
的论战,不同思想得以交流,一大批知识分子和思想家得到启发。通过论
战,俄国知识分子发现唯心主义哲学的错误之处逐渐暴露,随后便摒弃了由
黑格尔提出的"存在即合理,合理即存在"的唯心思想。面对俄国残酷的社
会现实,知识分子们坚决不与现实妥协,誓要推翻阻碍俄国发展的、腐朽的,
但又存在已久的农奴制。对黑格尔的批判、对"存在即合理,合理即存在"这
一思想的摒弃、对废除农奴制的希望,都是唯物主义思想的表现。

　　此时的屠格涅夫处于思想转型期,通过观察俄国的社会现实和不断反
思,他的哲学信仰悄然发生着变化,这一时期的作品可以表现出他的这种思
想变化,例如收录于《猎人笔记》中的《希格雷县的哈姆莱特》《多余人日
记》,长篇小说《罗亭》以及中篇小说《浮士德》等。对唯心主义的否定在这

---

① 　Герцен А И. Собрание сочинений в тридцати томах(том восьмой)［М］. Москва：Правда,
1980.

② 　吴嘉佑. 屠格涅夫的哲学思想与文学创作［M］. 北京：人民出版社,2012.

③ 　Богословский Н В. Тургенев［М］. Москва：Молодая гвардия,1959.

些作品中表现得较为明显,作品中的人物也表达了屠格涅夫的思想。在《希格雷县的哈姆莱特》中,屠格涅夫写道:

> "先生,请您设身处地想想我的情况吧……您就想想,我能从黑格尔的百科全书中得到什么样的好处? 您倒是说说,这部百科全书与俄罗斯的现实有什么共同之点? ……"①

屠格涅夫的精神世界已经悄无声息地发生了变革,他精神中的反抗因素随着他深入地对哲学进行研究而表露了出来,尽管在柏林大学求学时,哲学的抽象和理性思考的方式令颇具浪漫气质的屠格涅夫心生不悦。②

1841 年,从德国回到俄国的屠格涅夫在面对祖国的现实状况时,开始思考国家的发展之路。回国前,身在德国的屠格涅夫对费尔巴哈的无神论和唯物论略有了解,对唯物主义哲学虽然并未接受,但这使屠格涅夫在思想上有了新的方向,是他日后哲学观变化的一个契机。③ 屠格涅夫的哲学观以此为转折点,发生了本质的变化,而这次变化为屠格涅夫开启了对新的哲学思想进行探索和研究的大门。

(二)屠格涅夫唯物主义哲学观的形成

受到黑格尔唯心主义哲学的滋养,又收获了费尔巴哈唯物主义哲学的知识,柏林大学的留学经历使屠格涅夫终身受益。然而,当时的沙皇政府对哲学在大学里的传播进行严厉限制。在这样严峻的社会环境下,屠格涅夫成为哲学教授的梦想破灭了,但他转而投身于社会生活中。现实和理想总是有一段距离,俄国的社会现实令刚刚踏入社会生活的屠格涅夫倍感茫然,他不得不停下来进行思考。在作品中,屠格涅夫借人物之口说道:

> "我在年轻时怀着多么大的抱负呀! 我在出国之前,以及在回国之初,我是多么自命不凡呀! 虽然我在国外兢兢业业,一直独立钻研,很

---

① 屠格涅夫.屠格涅夫全集(第一卷)[M].力冈,译.石家庄:河北教育出版社,2000:295.
② Батюто А И. Тургенев-романист[M]. Ленинград:ЛГУ,1990.
③ 吴嘉祐.屠格涅夫的哲学思想探微[J].外国文学研究,1994(4):46-50.

像个样子,可是我们这班人就是这样,总是钻研,钻研,到头来什么也不懂得!"①

"……请问,怎么能把这,而且不光是这,不光是百科全书,而且整个的德国哲学……进一步说,整个德国科学,运用到我们的实际生活中呢?"②

屠格涅夫经历了对唯心主义哲学的狂热、怀疑、否定并转为信仰唯物主义的过程,对客观世界的了解不断深入,但在这一过程中,由于思想的转变,屠格涅夫陷入了困境。此时,好友别林斯基以亲身感悟开导了在思想上踌躇不前的屠格涅夫,为他的精神世界射入一道智慧之光。屠格涅夫与别林斯基分享在德国学习到的黑格尔哲学思想,同时虚心接受别林斯基对黑格尔哲学的看法,思考别林斯基的反对意见。通过思想的深入交流,唯物主义哲学逐渐被屠格涅夫接纳,而在面对未来时,他也打消了重重疑虑。唯物主义哲学观对屠格涅夫而言具有重要意义,他通过亲身参与社会实践,逐步认识到唯心主义与社会现实是相矛盾的,而唯物主义则是正确的哲学观,有利于俄国的社会发展。

二、屠格涅夫哲学观在作品中的体现

屠格涅夫的哲学观经历了从唯心主义到唯物主义的转变,其文学创作的风格也悄然发生了变化。屠格涅夫从关注个人主观感受逐渐转变为关注现实社会存在的问题,并通过作品将这些问题反映出来以引发民众的关注和思考,作品风格的变化是屠格涅夫哲学观变化的体现。

(一)在创作上反映出的哲学观变化

屠格涅夫在秉持唯心主义哲学观时创作了大量的诗歌作品,在其中运用了拟人、比喻等多种方法。这些诗作以表达对自然的赞颂和崇拜之情为主,其中对自然的膜拜之情溢于言表,这证明了屠格涅夫在当时创作诗歌时

---

① 屠格涅夫.屠格涅夫全集(第一卷)[M].力冈,译. 石家庄:河北教育出版社,2000:294.
② 屠格涅夫.屠格涅夫全集(第一卷)[M].力冈,译. 石家庄:河北教育出版社,2000:295.

所秉持的哲学观,体现出他将个人的主观感受作为诗作中主要描写的客观对象。在大学期间,屠格涅夫已经开始进行文学创作,1834 年 11—12 月之间所创作的诗剧《斯捷诺》是屠格涅夫唯心主义哲学观的重要表现,主人公斯捷诺身上悲观厌世、忧郁孤独的气质会令人联想到拜伦《曼弗雷德》中的主人公,屠格涅夫出于对拜伦的崇拜,模仿其作品《曼弗雷德》,创作了诗剧《斯捷诺》,该剧显然是屠格涅夫持唯心主义哲学观时的作品。①

在确立了唯物主义哲学观后,屠格涅夫尝试用现实主义创作方法如实地描写俄国社会生活,创作出了长诗《帕拉莎》。他不再满足于主观情感的抒发,开始叙述故事、塑造人物;他也不再局限于歌吟美和爱情,而把他的笔触深入到现实生活之中,去描绘乡村风土人情。②《帕拉莎》中采用白描的方式将帕拉莎的生活环境展现出来,与屠格涅夫之前的作品相比,《帕拉莎》中描绘的场景显得更为真实:

> 读者啊——我恭敬地在此向您请安。
> 请看:您面前是一片广阔的草地,
> 草地后是小河——一座府邸在小河的后边,
> 古老的黑色的府邸,气势阴沉忧郁,
> 是教区的粉刷匠曾为它油漆打扮……
> 它宽大而低矮,屋顶破破烂烂,
> 由一排不结实的圆柱在廊下支撑……③
>
> ——《帕拉莎》1843 年

帕拉莎是一位纯洁而热情的姑娘,她的性格融合了温顺和刚毅,屠格涅夫将其称为"一块天鹅绒和一块钢板"。完美的性格没有带来家庭生活的幸福,帕拉莎将其纯洁的心托付给了纨绔子弟维克多。平庸的社会环境造就

---

① 吴嘉佑.屠格涅夫的哲学思想与文学创作[M].北京:人民出版社,2012.

② 朱宪生.在诗与散文之间——屠格涅夫的创作与文体[M].西安:陕西人民教育出版社,1999.

③ 屠格涅夫.屠格涅夫全集(第十卷)[M].朱宪生,等译. 石家庄:河北教育出版社,2000:113-114.

了维克多这样的庸俗之人，也成为帕拉莎家庭生活不幸的原因之一。维克多在性格方面与普希金笔下的奥涅金有相似之处，但与奥涅金不同的是，维克多对生活没有热情，结婚之后大吃大喝、烦闷苦恼、臃肿发胖，最后死在了自己的床上。

思想上的迷雾被吹散了，屠格涅夫如获重生，迸发出了无尽的创作才华和热情，他在《帕拉莎》之后发表了短篇小说《安德烈》并取得了成功。《安德烈》被认为是《帕拉莎》的姊妹篇。如果说《帕拉莎》中的维克多是屠格涅夫对普希金创作的借鉴，那么《安德烈》中的主人公则属于屠格涅夫的原创。心地善良、情操高尚、感情真挚是屠格涅夫笔下男主人公的典型特征，安德烈无疑是其中一员。

别林斯基一直非常关注屠格涅夫的创作，对于《帕拉莎》和《安德烈》这两部作品，他有着截然相反的评价。阅读过《帕拉莎》后，别林斯基认为这是屠格涅夫成功的作品，甚至认为屠格涅夫是唯一继承了莱蒙托夫诗歌才华的天才诗人。但在《安德烈》发表之后，别林斯基认为这部作品是失败的，因为它是一部恋爱作品，而描写爱情不是屠格涅夫的才能所在。① 但纵观屠格涅夫的整个创作生涯，不难发现，别林斯基当时的这一评价显然是不正确的。

随后，屠格涅夫相继发表了《评歌德的〈浮士德〉及其俄译本》和《哈姆雷特与堂·吉诃德》，这两篇文艺评论性文章也是屠格涅夫表现其唯物主义哲学观的重要作品。

在文章《评歌德的〈浮士德〉及其俄译本》中，屠格涅夫指出，《浮士德》的真正意义在于作品的现实性。屠格涅夫认为："《浮士德》是一部纯粹写人的，更正确地说，纯粹写利己主义的作品。当时整个德国分裂成为一个个小的部分，每个人都为一般的人操心，也就是说，实质上为自己个人操心。"②因此，在屠格涅夫看来，《浮士德》的创作初衷正是为了反映当时德意志民族面对国家分裂时所表现出来的普遍价值取向。屠格涅夫还指出："当时在德国，旧社会尚未崩溃，但是在这社会里已感到沉闷和不舒服；新社会还刚开

---

① 转引自：屠格涅夫.屠格涅夫全集(第十卷)[M].朱宪生，等译. 石家庄：河北教育出版社,2000.
② 屠格涅夫.屠格涅夫全集(第十一卷)[M].张捷，译.石家庄：河北教育出版社,2000:20.

始形成,但是其中对一个喜欢只靠幻想生活的人还没有相当坚实的根基;每个德国人各自走自己的路,或者出于自私或者毫无意义地屈服于现存的秩序。"①屠格涅夫通过《浮士德》对歌德的创作进行分析,指出其中诗歌和现实生活的必然联系,可谓独具探索与创新精神。

屠格涅夫发表的文章《哈姆雷特与堂·吉诃德》是其唯物主义哲学观的又一重要体现。屠格涅夫通过对哈姆雷特和堂吉诃德辩证而深刻的分析,充分表达了自己的唯物主义哲学主张。与传统的评论不同,屠格涅夫从对立的角度出发,论述了堂吉诃德这一人物的积极意义,对其予以高度评价。屠格涅夫认为:"我们大部分人对它只有一个相当模糊的印象,我们在说'堂·吉诃德'这个词时经常指的是一个小丑。在我们脑子里,'堂·吉诃德精神'这个词与'荒唐'一词意思是相同的;然而我们应当承认堂·吉诃德精神里有崇高的自我牺牲的因素,只不过表现了它的滑稽的一面罢了。"②

在屠格涅夫看来,哈姆雷特和堂吉诃德代表着人类永远存在的二重性,他指出:"……在我们提到的这种分离和这种二重性中有着整个人类生活的根本规律,这整个生活无非是两种不断分离和不断融合的因素的永不停息的调和和斗争。"③按照屠格涅夫的观点,与自然相同,人类社会中的动力和阻力也是并存的,哈姆雷特和堂吉诃德代表了人类存在的两种类型。④ 堂吉诃德是作为哈姆雷特的对立面出现的,具有坚定的信念和顽强的意志,担负重要的社会责任和使命,是推动人类文明不断发展的重要人物。屠格涅夫将哈姆雷特与堂吉诃德比作影响人类发展的两种自然力,与别尔嘉耶夫对人的双重性认识不谋而合。别尔嘉耶夫认为:"人可以这样认识自己,是因为他是一个双重和矛盾的存在物,是高度两极化的存在物,他既类上帝也类野兽,既高尚也卑贱,既有自由又有奴性,既有能力上升也有能力下降,既能实践伟大的爱和牺牲,也能实践极端的残酷和无限的利己主义。"⑤显然,哈姆雷特代表了"利己主义"的一极,而堂吉诃德则代表了"伟大的爱和牺牲"的另一极。

① 屠格涅夫.屠格涅夫全集(第十一卷)[M].张捷,译.石家庄:河北教育出版社,2000:24.
② 屠格涅夫.屠格涅夫全集(第十一卷)[M].张捷,译.石家庄:河北教育出版社,2000:181.
③ 屠格涅夫.屠格涅夫全集(第十一卷)[M].张捷,译.石家庄:河北教育出版社,2000:192.
④ 吴嘉佑.屠格涅夫的哲学思想与文学创作[M].北京:人民出版社,2012.
⑤ 别尔嘉耶夫.论人的奴役与自由[M].张百春,译.上海:上海人民出版社,2019:2.

作为屠格涅夫唯物主义哲学思想的体现,文章《哈姆雷特与堂·吉诃德》展示出了屠格涅夫对传统固有人物具有的辩证理解,说明他比同时代的人更具预见性。屠格涅夫超越世俗观点,基于哈姆雷特和堂吉诃德的关系,辩证地对堂吉诃德给予正面评价。辩证唯物主义哲学观在这篇文章中表现得较为明显,文章发表后引起了较强的社会反响,足见其具有进步的时代意义。

随着哲学观的转变,屠格涅夫的文学创作也逐渐转型为现实主义,代表作便是六部长篇小说,它们都成为客观反映当时俄国社会状况的现实主义力作。虽然如前文所述,在这些小说作品中都有浪漫主义特色,但是作品的创作目的还是还原真实的社会生活、反映客观存在的社会问题。

(二)在主观思想上反映出的哲学观变化

尽管身为一个文学家和思想家,屠格涅夫并没有公开宣扬其哲学主张,也没有撰写哲学专著,他的哲学观都是通过文学作品表现出来的,同时也体现在他给友人的书信中。书信作为一种私人之间的交流方式,最为重要的功能就是传递信息。由于不需要文学创作中各种写作手法的运用,书信的内容可以最直白地反映出作者的思想感受和对生活的思考。在书信中,屠格涅夫谈及最多的就是自己的哲学观。

屠格涅夫在给维阿尔多夫人的信中谈及米希勒(米勒-斯特留宾克)的《法国革命史》时写道:"这是一部发自内心的作品,反映了浴血的战斗和内在的激情,这是来自于人民的人写给人民的作品……"[①]从屠格涅夫对米希勒的高度评价中可以看出,此时的屠格涅夫在文学创作中追求作品的真实性,赞赏"来自于人民的人"创作的"写给人民的作品",侧面表现了屠格涅夫此时的唯物主义哲学观。

别尔嘉耶夫曾提出"人神化"的思想,认为"人在'精神中心化'中肯定自我,然而导致的结果是人受自我观念的支配,人处于以自我为中心的状态中,把人视为神,也就是'人神化'"[②],即人类通过智慧达到自我认知,成为受

---

① 屠格涅夫.屠格涅夫全集(第十二卷)[M].张金长,等译.石家庄:河北教育出版社,2000:48.
② 李瑾.别尔嘉耶夫对欧洲人道主义的批判[D].长春:吉林大学,2012:38.

自我支配的神。屠格涅夫在书信中谈及他对人和神的看法,在给维阿尔多夫人的另一封信中谈到了西班牙剧作家卡尔德隆的作品《十字架的崇拜》,屠格涅夫写道:"这是对在神的意志面前才能保持人的尊严的思想的否定,这是对被我们称之为善行或恶行(上帝以此来宽恕信徒)的蔑视。这种否定和蔑视是人类智慧新的胜利……"①屠格涅夫明确表明了自己对人与神的态度,从屠格涅夫的观点中不难看出,他深受费尔巴哈人本主义思想的影响。屠格涅夫在唯物主义哲学观下对人的关注,在后世俄罗斯哲学的宗教人道主义中也有所体现。②

　　1862年4月6日,屠格涅夫在寄给费特的信中谈及《父与子》的创作时说道:"帕维尔·彼得洛维奇,信教还是不信教? 这一点我自己也不知道,因为我只想把他写成斯托雷平们、罗塞特们及其他俄国社交界风流人物的典型。"③从屠格涅夫创作《父与子》中充满争议的人物形象的初衷可以看出,屠格涅夫试图通过这些人物形象来表现出现实生活中存在的一类人的性格特点,正是唯物主义的哲学观点使他以现实为依据进行人物塑造。

　　1862年4月14日,屠格涅夫在写给斯卢切夫斯基的信中回答了有关《父与子》创作的问题,在谈到巴扎罗夫之死的时候,屠格涅夫强调:"我想像中的是一个忧郁的、粗犷的、高大的、尚未成熟的、强壮的、凶狠的、正直的——然而注定要灭亡的形象,——因为这样的人毕竟还站在未来的门槛外,——我想像中的是某种奇特的和普加乔夫等相似的人物。"④屠格涅夫有"时代歌者"的美誉,通过对客观生活的观察,屠格涅夫从唯物主义哲学观出发,以客观生活为基础,顺应时代发展,创造了"站在未来的门槛外"的、具有前瞻性的人物形象。

　　屠格涅夫虽笃信唯物主义哲学,但对其也产生过质疑,这要归咎于屠格涅夫思想的局限性。早年接受的唯心主义哲学观并没有被他完全摒弃,这一点从他在创作时一直追求"诗意的现实主义"中就能发现。屠格涅夫被誉为能够把握时代脉搏的作家,然而,作为历史的产物,无论是在哪个时代,理

　　① 屠格涅夫.屠格涅夫全集(第十二卷)[M].张金长,等译. 石家庄:河北教育出版社,2000：54.
　　② 陈红.别尔嘉耶夫人学思想研究[D].哈尔滨:黑龙江大学,2004.
　　③ 屠格涅夫.屠格涅夫全集(第十二卷)[M].张金长,等译. 石家庄:河北教育出版社,2000：366.
　　④ 屠格涅夫.屠格涅夫全集(第十二卷)[M].张金长,等译. 石家庄:河北教育出版社,2000：370.

论思想尽管会因其表现形式不同而在内容上各有差异,但终究要符合历史规律和时代要求。① 屠格涅夫自然也不能摆脱时代的束缚。

不难发现,屠格涅夫的创作反映了其哲学观,其作品高度关注社会的发展,反映不同时期人的思想变化,这与俄罗斯哲学思想有着一脉相承的关系,正如别尔嘉耶夫的观点:哲学就是关于人的学说;哲学是精神文化的特殊领域,它区别于宗教和科学。② 所以,屠格涅夫是具有人道主义情怀的作家。

第二节　屠格涅夫的人生观及其诗学表达

悲观主义对屠格涅夫的人生观产生较大影响,从而使其文学创作也带有一定的悲观色彩。悲观主义作为一种被人们接受的人生观由来已久。追溯悲观主义的源头可知它是一种道德理论,起源于古希腊罗马时期的怀疑论,是斯多葛学派和新柏拉图学派的伦理学说。③ 悲观主义思想的代表人物是德国著名哲学家叔本华,在一定程度上而言,悲观主义人生观是叔本华所秉持的意志论和反理性主义的必然结果。④ 到了近现代,随着资本主义社会矛盾的日趋尖锐,悲观主义成为一种人生观。悲观思想是人类共有的思想,从最初的人类面对饥饿、疾病、死亡开始,悲观思想就深入人类的骨血当中。早在原始社会,由于生产力水平低下,人类生命短暂,人类就产生了最早对生命的感知,包括对死亡的恐惧。当人类企图逃避死亡、痛苦地为生存而抗争时,原始人类的生命悲剧意识随着人类意识的觉醒而产生。⑤

---

① 吴嘉佑.屠格涅夫的哲学思想与文学创作[M].北京:人民出版社,2012.
② 陈红.别尔嘉耶夫人学思想研究[D].哈尔滨:黑龙江大学,2004.
③ 吴嘉佑.屠格涅夫的哲学思想与文学创作[M].北京:人民出版社,2012.
④ 叔本华认为,生命意志的本质就是痛苦,因为一切欲求都是由于缺乏、由于对自己现状的不满,一天不能得到满足,就痛苦一天,而又没有一次满足是可以持久的,每一次满足都是新的欲求的起点,所以欲求是无止境的,痛苦无边无际。叔本华认为,人生是在痛苦和无聊之间像钟摆一样来回摆动着的;事实上,痛苦和无聊两者也就是人生的两种最后成分。——援引自:叔本华.作为意志和表象的世界[M].石冲白,译.北京:商务印书馆,1982.
⑤ 孟凡伟.叔本华悲观主义思想探究[D].呼和浩特:内蒙古师范大学,2011.

一、屠格涅夫人生观的形成

屠格涅夫的人生观带有明显的悲观色彩,这归咎于他受到悲观主义的影响。谈及悲观主义,我们首先就会想到其倡导者和代表人物——德国著名悲观主义哲学家叔本华。19 世纪,悲观主义正是从德国、从叔本华那里得到发展。由于欧洲革命的失败,悲观主义一举成为当时的主流思想,并在 19 世纪五六十年代盛行一时,受到普遍欢迎。悲观主义对整个欧洲思想界的深远影响和重要意义直到今天还留有痕迹。

(一)悲观主义思想的产生根源

悲观主义思想认为:痛苦是主导这个世界的决定性力量,人生注定要充满痛苦与磨难、艰辛与困难;快乐是没有任何意义的,而道德的作用和意义仅仅是用来泯灭欲望的。叔本华认为,不幸是人生的普遍法则,悲观才是人类情绪的本质,快乐是消极的、没有希望的、终将会幻灭的虚无存在。当谈及死亡时,叔本华则认为,哲学灵感源于死亡带来的幻灭,"死亡的准备"曾被苏格拉底认为是哲学的定义,也因如此。[①] 但客观地说,人类对死亡具有与生俱来的恐惧,这是全人类所共有的"集体无意识"。这种集体无意识的恐惧或许源自人类对未知事物的恐惧。但是从叔本华的论断来看,死亡似乎已经成为哲学的源泉,对它不应畏惧,反而要歌颂和赞美。

叔本华认为,人生的本质是痛苦和无聊,生命的意志的特性就是无休止的盲目追求,一个追求得到满足就会产生另一个欲望,永无止境。[②] 对于屠格涅夫而言,他的一生也是在无尽的追求当中的:对爱情的追求,对理想的追求,对社会变化和发展的追求。他的追求无法得到满足,他也因此陷入悲观主义情绪中,悲观主义成为他的思想中的一个组成部分。

(二)屠格涅夫的悲观主义思想成因

屠格涅夫能够接受叔本华的悲观主义思想是必然的。叔本华悲观主义

---

① 叔本华. 叔本华文集[M]. 钟鸣,等译. 北京:中国言实出版社,1996.
② 李斌. 叔本华悲观主义哲学述评[J]. 温州师范学院学报(哲学社会科学版),1997(4):40-45.

思想产生的时代背景与屠格涅夫生活的时代背景有相似之处。叔本华生活的时代属于德国封建社会晚期,社会矛盾日渐激化,改革一触即发。虽然拿破仑的入侵间接地使德国资本主义得以发展,但德国迫在眉睫需要解决的还有国家统一问题。面对充满了内忧外患的祖国,叔本华感到迷茫,他无法看清德国发展的道路,看到的只有社会矛盾与痛苦绝望。屠格涅夫的经历也与叔本华相似,从德国留学回来后,面对落后的俄国社会,面对封建的沙皇统治,面对腐朽的农奴制,屠格涅夫也在积极地寻找俄国的发展之路。

从哲学观的角度来看,叔本华认为对自己影响最为深远的是康德哲学,并且认为自己是康德哲学的正统继承者。康德在柏拉图的洞穴学说的基础上进一步规定了人先验地具有认识现象世界的那些形式,叔本华基于此提出了"充分根据律"思想。① 屠格涅夫曾一度痴迷黑格尔哲学,而黑格尔则在康德哲学的理论基础上对德国古典哲学进行了继承和发展。因此,从哲学思想的源头来看,屠格涅夫秉持的哲学观与叔本华的哲学思想有一定相似之处。

外部的生活环境和个人在思想上具有的相似性,使屠格涅夫更容易接受叔本华的悲观主义思想,从而转变自己的人生观。除此之外,屠格涅夫的成长经历也是他形成悲观主义思想的重要原因。屠格涅夫的性格较为复杂,他多愁善感、生性温和,喜欢没有拘束的生活。他的家庭生活虽然幸福,却也偶尔伴随父亲的冷漠和母亲的暴虐管束。可以说,屠格涅夫的成长环境里充满了对立与矛盾:一方面,屠格涅夫崇拜父亲,但父亲对他稍显冷漠;另一方面,母亲虽然对他疼爱有加,但她暴虐的性格和火爆的脾气使屠格涅夫常常受到她的打骂甚至虐待。此外,身为庄园主,屠格涅夫的母亲时常表现得蛮横残暴。② 这样的成长环境使屠格涅夫思想中消极的一面愈发明显。性格上存在的缺陷,例如懦弱、胆怯,都是屠格涅夫无法克服的。对于母亲的"高压政策",屠格涅夫敢怒而不敢言,只能默默忍受,即使是在读大学期间,以及后来留学德国时,屠格涅夫也时常受到母亲的管控。性格中的怯懦、外界环境的严苛、心中对自我的否定,都使屠格涅夫的人生观带有悲观

---

① 叔本华.作为意志和表象的世界[M].石冲白,译.北京:商务印书馆,1982.

② 郑体武.俄罗斯文学简史[M].上海:上海外语教育出版社,2006.

主义思想。

屠格涅夫的悲观主义思想与其哲学观有必然联系。他虽经历了思想转变,相信唯物主义,但是早先唯心主义思想对他造成的影响是深远的、难以完全抹除的,当这两种矛盾的思想碰撞时,屠格涅夫会深陷思想的误区,内心中的茫然、疑惑和不解就会催生悲观主义。与此同时,屠格涅夫所生活的年代也是其悲观主义思想形成的重要因素,沙皇政府的黑暗统治使俄国落后和愚昧,屠格涅夫通过其文学作品表达了面对黑暗的社会现状时内心的苦恼,尤其在唯心主义哲学受到批判时,屠格涅夫在精神上产生了危机,这使悲观主义情绪在屠格涅夫身上不断累积。此外,作品被过分解读所带来的精神打击,以及农奴制改革的不彻底,使屠格涅夫的精神陷入绝望的深渊。

屠格涅夫的精神打击来自《前夜》被杜勃罗留波夫进行了过度解读。杜勃罗留波夫撰文《真正的白天何时到来?》来对《前夜》发表评论,他认为这部小说具有非常强的现实主义意义,并且在文中预言俄国的白天将要到来,俄国也会出现英沙罗夫。杜勃罗留波夫对作品的题目"前夜"做出了现实性的发挥,把"前夜"引申为迫在眉睫的俄国革命的"前夜"。这种革命性的发挥令思想渐趋保守的屠格涅夫大为不满。①

对杜勃罗留波夫关于《前夜》的解读,屠格涅夫本人并不认可,他要求《现代人》杂志不要刊登杜勃罗留波夫的这篇文章,但它还是在《现代人》上公开发表了,导致屠格涅夫与《现代人》杂志决裂,同时中断了与杂志主编涅克拉索夫的友谊,这对屠格涅夫的精神造成不小的打击。屠格涅夫与涅克拉索夫的友谊终生没有得到修复,直到涅克拉索夫病重弥留之际,屠格涅夫于1877年5月25日去探望时,两人才冰释前嫌。屠格涅夫在散文诗《最后一次会见》中写道:

> 我们曾经是亲密无间的朋友……然后遇到了不愉快的时辰,于是我们分道扬镳,有如仇敌。
>
> 多年以后……我顺道来到他居住的城市,得知他病入膏肓,无可救

---

① 朱宪生.在诗与散文之间——屠格涅夫的创作与文体[M].西安:陕西人民教育出版社,1999.

药,希望见我一面。

我前去看望他,走进他的居室……我们的目光相遇了。

我几乎认不得他了。天哪! 疾病把他折磨成什么样子了!

……

我心酸欲绝……我在他身边的椅子上坐下,然后情不自禁地俯首看着他那可怕、不成人样的面容,也伸出手去。

然而我仿佛感到握我的那只手不是他的手。

我仿佛觉得我们两人之间坐着一个高个子、无声无息的白衣女人。

……

这个女人将我们两人的手连接在一起……她使我们永久和解了。

是的……死神使我们和解了。①

——《最后一次会见》1878 年 4 月

无独有偶,屠格涅夫在发表《父与子》的时候又意外地引起轩然大波,这次的风波令屠格涅夫的心灵和精神再次受到重创。在《父与子》中,屠格涅夫本就没有表明其政治立场,只是借由一个故事来阐释一种社会现实,揭示父辈和子辈、保守派和民主派之间不可调和的矛盾。屠格涅夫并没有明确地表示自己属于哪个阵营。但是正如《前夜》一样,外界对《父与子》的种种评论之声不绝于耳,各种驳斥、非议,甚至是责难,纷纷向屠格涅夫袭来。"《父与子》问世后,在社会上产生巨大反响,引起激烈的争论,产生了各式各样的说法,这一切使得屠格涅夫无所适从,一时间他只有保持沉默。"②

无论是代表着父辈的保守派,还是代表着子辈的民主派,都把矛头直指屠格涅夫,而青年读者也不理解屠格涅夫的创作意图。面对各方的横加指责,屠格涅夫可谓苦不堪言、百口莫辩,来自亲密朋友的冷漠甚至愤怒,更令他倍感痛苦,但他自觉良心安宁,始终坚信自己是正确的。

1861 年农奴制改革在俄国历史上是一件空前绝后的大事件。封建农奴制遭到了动摇和改革,这是一件令所有俄国人,尤其是具有进步改革思想的

---

① 屠格涅夫. 屠格涅夫全集(第十卷)[M]. 朱宪生,等译. 石家庄:河北教育出版社,2000:323-324.

② 朱宪生. 在诗与散文之间——屠格涅夫的创作与文体[M]. 西安:陕西人民教育出版社,1999:142.

民主派们欢欣鼓舞的好事情,人们都以为俄国将会在富强民主的大道上一路疾行,追赶欧洲发展的脚步。屠格涅夫也对农奴制改革充满期待,对祖国的未来怀抱憧憬。然而,农奴制改革虽然被推行,改革之后的社会现实却让屠格涅夫感受到了这次改革所具有的欺骗性。改革之后的俄国农民被剥削得更加一贫如洗,而贵族出身的屠格涅夫在这次改革中也遭受了重创。

屠格涅夫陷入了深深的绝望中,忧郁的精神状态催生了悲观主义思想。在作品中,屠格涅夫描述农奴制改革后的社会现状:"新办法不行,老办法又失去了任何作用。缺乏经验的生手遇到的又是些敷衍塞责的人,整个日常生活乱了套,像泥潭那样一团糟,惟独'自由'这个伟大的字眼犹如神灵一般在水面上荡漾。"①

一次次的精神打击让屠格涅夫性格中的消极一面愈发明显,同时内心中的苦闷、忧虑、彷徨、无奈也无处发泄,负面情绪累积后转变为悲观主义思想,并在屠格涅夫的文学创作中表现出来。从赫尔岑对自己的严厉指责,到与同时代作家冈察洛夫、列夫·托尔斯泰、涅克拉索夫、陀思妥耶夫斯基等人的相继交恶,再加上一生都为之纠结的感情生活,屠格涅夫的内心一次次陷入绝望中。此时悲观主义盛行,屠格涅夫悲观消极的思想可以在哲学层面上得到认可,他对短暂的人生充满了消极的态度,失去了原本的激情。

二、屠格涅夫人生观在作品中的体现

文学作品是作者心境的最好写照,屠格涅夫的悲观主义思想在他的作品中表露无遗,他的大多数作品都带有淡淡的哀伤。

(一)小说中悲观主义思想的体现

小说是屠格涅夫较为擅长的文学体裁,无论是中篇小说还是长篇小说,从中都可以依稀见到屠格涅夫的悲观主义思想,正是在这种人生观的影响下,屠格涅夫笔下的主人公们大多命运坎坷。

在小说《阿霞》中,屠格涅夫为主人公 H 先生设计了一段无果的爱情,他先是被情人无情地抛弃,随后在异国邂逅加京和阿霞兄妹,并对阿霞萌生爱

① 屠格涅夫. 屠格涅夫全集(第四卷)[M].徐振亚,冀刚,译. 石家庄:河北教育出版社,2000:181.

意,但最终由于主人公性格的软弱,这段感情草草结束。《阿霞》表现了俄国贵族青年对爱情犹豫不决的性格缺陷,从情节设计到对人物内心的刻画,都可以表现出屠格涅夫的悲观主义思想,他不仅对爱情抱有悲观态度,对于身在异乡的生活,也借主人公的内心感受来表达出忧愁苦闷的消极情绪。在《阿霞》中,男主人公 H 先生独自一人来到异国他乡,孤独又寂寞,再加上不久前的情场失意,又添几分伤感,而这伤感中又夹杂几许乡思。①

另一部小说《初恋》则毫无疑问地充满了悲剧元素。《初恋》被认为是带有屠格涅夫本人自传性质的作品,小说中的"我"在经历了一段甜蜜幸福的爱情之后,发现深爱的女孩心有所属,那人竟是自己的父亲,"我"由此体验到了爱情的痛苦与无奈。《初恋》的结局是悲剧性的,一段懵懂的感情让主人公体味到了爱情的甜蜜,但更多的是苦涩。

除了《阿霞》和《初恋》,屠格涅夫的其他中短篇小说也都带有明显的悲剧色彩:《安德烈·柯罗索夫》中主人公的感情羁绊是引发其人生悲剧的主要原因;《决斗狂人》虽然被屠格涅夫当作"怪人怪事"来创作,但体现出 19 世纪俄国盛行的决斗使好友反目,并且终有一方会倒在对方的枪口下;《三幅画像》中的瓦西里强迫别人迎娶自己的妹妹,遭到拒绝后也以决斗的方式来解决问题,不禁让人叹息又一个生命逝去;《多余人日记》中的丘尔卡图林命途多舛,经历了太多的人生风浪,不禁令人想起英沙罗夫的悲惨人生;《三次相遇》虽表现了一位猎人对三次与其相遇的女士那深沉的爱意,怎奈"襄王有梦,神女无心",女主人公心心念念着昔日旧爱;《木木》中,专横跋扈的女地主形象被认为是屠格涅夫以他母亲为原型创作的,这个人物也许正是屠格涅夫为了展示自己幼年时的遭遇而设计的。

屠格涅夫的长篇小说更是对其人生观的真实反映。悲观主义对现实人生给予了否定,认为人的现实生活毫无意义。② 在这种思想的影响下,屠格涅夫创作的小说都逃不开"悲剧"二字:《罗亭》中的事业悲剧,《贵族之家》中的爱情悲剧,《父与子》中的思想悲剧,《前夜》中的命运悲剧,《处女地》中

① 朱宪生.在诗与散文之间——屠格涅夫的创作与文体[M].西安:陕西人民教育出版社,1999.
② 杨玉昌.重新认识和评价叔本华的悲观主义[J].现代哲学,2010(2):96-102.

的改革悲剧,等等。

(二)散文诗中悲观主义思想的体现

屠格涅夫的散文诗作品也表现出了悲观主义思想。作为晚年的封笔之作,散文诗的创作也是屠格涅夫对自己一生的总结和思考,悲观主义情绪在其中表露无遗。在《够了》中,屠格涅夫直抒胸臆地表达感情,他的情绪已经十分低落,他貌似用呼喊的方式宣告:一切都"够了"。这篇作品是屠格涅夫的悲观主义思想最真实的写照,他认为一切都是虚无的,人生毫无意义。"够了",屠格涅夫消极而又坚决地对人生做出了总结。

对于已经进入晚年的屠格涅夫来说,病痛总是相伴左右,无望的爱情更是屠格涅夫心灵上的伤痛,孤独也是他的忠实伙伴。病痛和孤独使屠格涅夫的悲观情绪越来越浓,《沙钟》《致……》《我将想些什么呢?》《我夜里起来……》《当我不在人世的时候》《世界末日》等作品都充满了悲情色彩。对于此时的屠格涅夫来说,所剩无几的岁月无声无息地流逝着,犹如死神雕像手中所握的钟里的细沙,在黑暗的独处中,屠格涅夫仿佛能听见生命流逝的沙沙声。① 屠格涅夫的散文诗无处不流露出强烈的悲观主义情绪,他的悲观主义在散文诗中表露得足够充分了。②

值得庆幸的是,暮年的屠格涅夫在一定程度上慢慢地摆脱了悲观主义,他的一些言论具有积极的思想,表现出了乐观向上的精神状态。也许是在历尽了人世沧桑后看清了生活的本质,屠格涅夫晚年创作的一些作品也具有一定的正面情绪,例如《麻雀》《哇……哇……》《鸫鸟》《鸽子》《最后的会晤》《我们还要拼搏一番》,这些作品都是能够传递正能量以及积极生活态度的佳作。叔本华将艺术创作视为消除人生痛苦的方式,他认为艺术创作或艺术欣赏中的审美享受是痛苦的慰藉。③ 暮年的屠格涅夫将自己的人生感

---

① 转引自:朱宪生.在诗与散文之间——屠格涅夫的创作与文体[M].西安:陕西人民教育出版社,1999.

② 转引自:朱宪生.在诗与散文之间——屠格涅夫的创作与文体[M].西安:陕西人民教育出版社,1999.

③ 项楠.叔本华的忧伤——叔本华悲观主义人生哲学片论[J].西昌学院学报·社会科学版,2010,22(2):49-52.

悟付诸文学创作,通过艺术的审美体验来得到精神的愉悦。

屠格涅夫的忧郁和悲观源于对现实的不满和绝望,源于对人生的深刻思考,源于对人民的同情与爱。仔细揣摩就会发现,屠格涅夫的悲观主义情绪给人一种别样的启迪和思索,这样的悲观主义情绪或许正是源于屠格涅夫那具有时代感和使命感的个人信念。

第三节　屠格涅夫的爱情观及其诗学表达

屠格涅夫素来喜欢歌唱爱情,在他众多的文学作品中,爱情是一个几乎每部作品都会触及的主题。能够把爱情写得如此真挚感人,不仅因为屠格涅夫的创作技艺高超,还因为他自己的人生经历以及对爱情的态度。

一、屠格涅夫爱情观的形成

屠格涅夫是一位感情丰富的作家,他的一生正是追求爱情的一生,也是因爱而纠结痛苦的一生。爱情是极为美好的,爱情的最终结果往往是走向婚姻、组建家庭,相爱的人共同生活在一起。但对屠格涅夫而言,爱情的过程是美好的,而结果是痛苦的,他一生在爱河中徜徉,但最终没有找到完美的爱情结局。对于爱情,屠格涅夫有着个人观点,悲观主义思想和寻爱经历都是形成屠格涅夫爱情观的重要因素。

(一)屠格涅夫追求的含蓄之爱

进行文学创作和追求爱情是屠格涅夫毕生的事业。对文学的热爱体现在屠格涅夫一生的文学创作活动上,其作品体裁多样、主题丰富。对爱情的执着表现在屠格涅夫的感情经历上。文学和爱情对屠格涅夫而言是密不可分的:文学是他赞颂爱情、讴歌爱情,甚至是在失去爱情时表达无奈与痛苦之情的方式,爱情则是他进行文学创作的灵感之源。

屠格涅夫并不欣赏炽热如火的爱情,这样的爱情会让他无所适从。他追求的爱情是含蓄的、朦胧的、暧昧的,他认为恋爱的结果不一定要用婚姻这样一种仪式性的方式来表现,谈婚论嫁并非每段感情的终极目标,但恋爱过程中的快乐与痛苦、幸福与悲伤、甜蜜与苦涩,都是极好的精神体验。对于屠格涅夫而言,追逐爱情如同狩猎,狩猎的快乐并不在于收获多少,而在于其过程本身所特有的感受,恋爱也一样,对他来说,恋爱的美好并不意味着一定要谈婚论嫁,而在于其中的精神体味。①

(二)屠格涅夫追求的纯粹之爱

在屠格涅夫的思想中,爱情是纯洁和神圣的,爱情不需要偿还和回报,是无私的。同时,爱情也是自由的,不受任何形式的束缚,是纯粹的。在屠格涅夫看来,爱情与婚姻之间并不存在必然联系,不幸的婚姻反而是枷锁与牢笼,因此,婚姻不是爱情的终点。屠格涅夫由于在寻爱的道路上历尽坎坷,因而不奢求婚姻生活,只是单纯地寻觅恋爱的感受。在屠格涅夫看来,爱情似乎并不真实,爱情是短暂的、转瞬即逝的,永恒的爱情是根本不存在的,爱情离去的时候留下的只有痛苦。

但是,屠格涅夫并不是一个喜欢玩爱情游戏的浪荡子,也并非随性之人,他把爱情看得非常重要,信守自己的爱情观。例如在《谁的过错》一诗中,暮年的屠格涅夫并未接受妙龄少女的爱慕之情,他回应道:

> 她向我伸来她那温柔白皙的手……我却严厉而粗暴地将它一把推开。
>
> 年轻可爱的脸上露出困惑的神色;年轻善良的眼睛含着责备的目光望着我;年轻、纯洁的灵魂对我的举动无法理解。
>
> ……
>
> 若论过错,那就是:你是青春;而我是暮年。②
>
> ——《谁的过错》1878 年 1 月

出于对爱情的纯粹追求,屠格涅夫做出了上述举动。他虽将爱情视作

---

① 吴嘉佑.屠格涅夫的哲学思想与文学创作[M].北京:人民出版社,2012.
② 屠格涅夫.屠格涅夫全集(第十卷)[M].朱宪生,等译.石家庄:河北教育出版社,2000:387.

自己的生命,但他所追求的爱情是真挚的纯粹之爱、理性之爱。由此也可以看出,屠格涅夫具有很强的爱情道德感。

二、屠格涅夫爱情观在作品中的体现

屠格涅夫通过体验爱情而得到创作的灵感,写出了享誉世界的佳作,这就如同只有通过外出狩猎以积累素材,才会有《猎人笔记》问世一样。谈及屠格涅夫的爱情观,我们需要关注在作品中他是如何表现爱情的。屠格涅夫或在诗歌中赞颂爱情,或在小说中将爱情描写得十分动人却又充满悲剧色彩,这些都与他自己每一次的爱情体验有着紧密联系。

(一)纠结一生的苦涩爱情

年少的屠格涅夫早早就情窦初开,他喜欢上了一个比自己年长的女孩叶卡捷琳娜,对女孩的殷切追求使年少的屠格涅夫尝到了初恋的甜蜜。机缘巧合下,屠格涅夫发现自己心中的女孩有了喜欢的人,那人竟然是自己的父亲。面对这么残酷的事实,屠格涅夫只能选择放弃这份情愫。但是作为初恋,直到若干年后,早已成年的屠格涅夫仍然念念不忘这段经历,这就促成了他的短篇小说《初恋》的创作。

屠格涅夫的贵族出身加上良好的教育,使其在成年后更具魅力。渐渐步入社会生活后,他把追求爱情对象当作一件重要的事情。屠格涅夫在法国作家福楼拜家做客时曾表示,他觉得只有爱情才能带来某种生命的绽放。[①]

随后,屠格涅夫分别与家仆阿芙多霞和巴枯宁娜产生了感情。但在一段感情让他感受到了母亲的霸道后,他对另一段感情望而却步。1843年10月,法国著名女歌唱家波丽娜·维阿尔多来到俄国举行巡回演出,她以精湛的表演征服了年轻的屠格涅夫。这是屠格涅夫一生经历的众多感情中最令他难以忘怀的一段,这段感情影响了他的一生。1843年11月,屠格涅夫与维阿尔多正式认识,而这次相识让屠格涅夫有重获新生之感。为了常伴维阿尔多左右,他辞去了工作,每日都会到剧院观看她的演出,从而可以在演

---

① Лебедев Ю В. Тургенев[М]. Москва: Молодая гвардия,1990.

出结束后与维阿尔多有近距离交流的机会。①

在外人看来，屠格涅夫对维阿尔多的爱已经近于疯狂，他不在乎对方是有丈夫的已婚女士，不在乎母亲的反对和别人的指责，不在乎社会舆论，毅然决然地爱着维阿尔多。单纯论姿色，维阿尔多并没有十分动人的容貌，吸引屠格涅夫的并不是外在肤浅而浮夸的东西。他希望走入维阿尔多的内心，希望两个人有更深层次的精神和灵魂上的共鸣。

屠格涅夫的命运和维阿尔多牢牢地绑在一起，难解难分，为了她，屠格涅夫荒废了事业、放弃了家人、离开了祖国，随同维阿尔多踏遍了欧洲各地，但凡有维阿尔多的演出，屠格涅夫一定是座上宾客。对于这段感情，屠格涅夫没有放弃、一直坚持，从很大程度上讲是他个人的一厢情愿，他愿意为了爱情选择过无依无靠的漂泊日子。

和维阿尔多的感情纠葛使屠格涅夫漂泊一生、居无定所，由于他的执着，他后来几次的感情经历受到了极大影响，因为在他看来，无论维阿尔多爱不爱自己，她在自己心中的地位都无人可以取代。这段恋情令屠格涅夫终生未娶而孤独终老。在《往来书信》中，屠格涅夫表达了对爱情的看法，他感慨道："爱情甚至不是一种感情，它是一种疾病，灵魂和肉体的某种状态；它不是逐渐发展起来的；你不能怀疑它，不能戏弄它，虽然它的表现不是永远一样的；通常它不征询你的意见，它违背你的意愿突然到来——完完全全同霍乱或者寒热病一样……像老鹰抓小鸡一样，它抓住他，把他乖乖地带到它愿意去的地方，不管他怎样挣扎反抗……在爱情中没有平等，没有所谓的心灵自由结合和德国教授们闲中苦思冥想出来的理想……在爱情中一个人是奴隶，另一个人是主子，无怪乎诗人们把爱情描写为加在人身上的锁链。对，爱情是锁链，最沉重的锁链。"②

屠格涅夫对爱情的理解是正确的，爱情有时恰似是一场竞技角力比赛，恋爱的双方势必有强势和弱势之分。爱情中的弱势方也许永远都在默默付出，但这并不代表弱势方真的感情脆弱，或许只是弱势方更害怕失去、爱得更深罢了。屠格涅夫在与维阿尔多的爱情中就是弱势方。

---

① Лебедев Ю В. Тургенев[М]. Москва：Молодая гвардия，1990.
② 屠格涅夫. 屠格涅夫全集(第六卷)[M]. 沈念驹，等译. 石家庄：河北教育出版社，2000：118.

自从结识了维阿尔多,屠格涅夫便无法摆脱对其深深的迷恋。从1851年屠格涅夫回国探亲到1853年克里米亚战争爆发,屠格涅夫没有待在维阿尔多身边,其间维阿尔多曾经到访过莫斯科,但在莫斯科的重逢使屠格涅夫发现他不是维阿尔多唯一的追求者——她的追求者中还包括法国画家阿里·希弗。维阿尔多对屠格涅夫忽而热情似火,忽而冷若冰霜,这种冰火两重天的感受让他身心备受煎熬。屠格涅夫想到自己已经年过而立却尚未成家,内心倍感凄楚,他将自己全身心地投入到狩猎生活和文学创作中,想要以此遗忘这段感情。但不久那位法国画家离开了人世,维阿尔多恢复了与屠格涅夫的联系,就这样,屠格涅夫又一次缴械投降,并且又过上了在法国与俄国之间不停往返的奔波生活。

与维阿尔多的爱情纠葛在一定程度上影响了屠格涅夫的文学创作,与她结识之后,由于备受这段感情的煎熬,屠格涅夫在作品中经常将主人公的爱情也设计得令人唏嘘不已。

长诗《安德烈》描写了主人公安德烈回到父亲的老家,不久与邻居的妻子杜尼亚莎相爱,但由于杜尼亚莎已经嫁作人妇,两个人对彼此的感情都保持了克制。安德烈每日忍受着爱情的煎熬,最终选择离开,远赴异国他乡。三年后,在意大利的米兰,安德烈收到了杜尼亚莎的来信,信中诉说着她对安德烈无尽的思念之情。这部长诗的内容不禁让人联想到屠格涅夫与维阿尔多的故事。维阿尔多与作品中的杜尼亚莎一样,也是一位有夫之妇。《安德烈》于1846年完成,正是屠格涅夫结识维阿尔多后的第三年,在这三年当中,屠格涅夫也同安德烈一样,备受爱情折磨。《安德烈》中第53诗节是杜尼亚莎写给安德烈的饱含深情的书信,杜尼亚莎借书信对安德烈倾诉内心的思念和分别的痛苦:

> 别了,安德烈,
> 请把手伸出来,
> 不是为了相见——
> 而是为了分别。
> ……
> 您要知道,

那儿有一颗心。

一颗充满深深忧郁的心,

一颗忠诚于您的心。

在新的生活的激浪中,

您会忘记我那残酷的命运,

可我将记得您——永远、永远……①

——《安德烈》1846 年

在笔者看来,屠格涅夫是借杜尼亚莎之口向维阿尔多倾诉衷肠,也许屠格涅夫早已知道,他与维阿尔多的爱情不会有结果,正如安德烈和杜尼亚莎之间的爱情一样,最后的结局只能是分别。

1850 年,屠格涅夫完成了五幕戏剧《村居一月》的创作。这部戏剧的内容在主人公大学生别利亚耶夫、贵族女主人娜塔莉娅、娜塔莉娅养女薇罗奇卡、娜塔莉娅的情人拉基金之间展开,讲述大学生别利亚耶夫来到贵族庄园做家庭教师所引发的一连串感情纠葛。其中,别利亚耶夫和薇罗奇卡之间的爱情故事是屠格涅夫重点表现的,他们彼此相爱,但又惹来旁人的嫉妒,为了争取爱情,众人在贵族庄园里上演了一场场不同人物之间的心理较量。最后的结局并不圆满,别利亚耶夫离开了庄园,薇罗奇卡感情上受挫,自暴自弃下嫁给一个老地主。故事虽然并不复杂,但是从情节设计上,屠格涅夫依旧没有给主人公美满的爱情,无论在恋爱过程中如何甜蜜,他们最终也没有步入婚姻的殿堂。

除了长诗和戏剧,屠格涅夫在中篇小说中也都以不圆满的爱情结局来体现其爱情观。《春潮》中的主人公萨宁在从意大利返回俄国的途中,在德国的法兰克福偶然结识了一个经营糖果店的意大利家庭,萨宁在与这家人交往的过程中,挽救了家中小儿子爱弥尔的生命,捍卫了女儿杰玛的荣誉,从而获得全家人的好感并与杰玛相恋。由于没有钱,萨宁决定变卖在俄国的田产后与杰玛成婚。但在俄国变卖田产的过程中,萨宁认识了老同学的

---

① 屠格涅夫.屠格涅夫全集(第十卷)[M].朱宪生,等译. 石家庄:河北教育出版社,2000:277-278.

妻子——富有而风情万种的玛丽娅。在玛丽娅的百般引诱下,萨宁最终缴械投降,成为她的爱情俘虏。《春潮》中的萨宁先后经历了两段感情:与杰玛之间的感情纯净而美好,但无果而终;在后一段感情中,在美色的诱惑下,萨宁很快投降。他对前后两段感情表现出完全不同的态度。与小说《初恋》相似,《春潮》的自传意味也较为浓厚,人生经历的相似、性格方面的相近,都使主人公萨宁身上带有屠格涅夫的气质。①

中篇小说《死后》也讲述了一个令人惋惜的爱情故事。主人公阿拉托夫拒绝了年轻女演员克拉拉的示爱,不久之后,阿拉托夫偶然从报纸上得知克拉拉服毒自尽的消息,当他弄清克拉拉是为自己而死时,他的内心在愧疚之余燃起了爱情的火焰。阿拉托夫不思茶饭,整日沉溺在思念克拉拉的梦境之中。他觉得克拉拉还活着,甚至感受到了她冰冷的吻。不久后,阿拉托夫被人发现已经死去,手里攥着一小绺女人的黑发。屠格涅夫笔下爱情的结局总是令人感到遗憾,但爱情是伟大的,是超越生死的,正如阿拉托夫临终时说道:

> "姑妈,你哭什么?为我死去而哭?难道你不明白,爱情的力量胜过死神?……死神!死神!你的爪子在哪里?别哭了——该高高兴兴才是——该像我这么高兴……"②

在六部长篇小说中,屠格涅夫无一例外地描写了不圆满的爱情。罗亭、拉夫列茨基、英沙罗夫、巴扎罗夫、李特维诺夫、涅日达诺夫,每一部长篇小说的男主人公都体会过爱情带来的甜蜜,最终却都未能拥有自己想要的爱情,他们中有的以早早死亡结束了一切,有的则孤独一生,他们追求过爱情,得到过爱情,但都没能长久地拥有爱情,就这一点而言,他们与屠格涅夫是相似的。

就这样承受着爱情带来的喜悦与折磨,屠格涅夫度过了大半个人生。随着他进入晚年,过往的一切都已经烟消云散,在文学领域,屠格涅夫的声

---

① 朱宪生.在诗与散文之间——屠格涅夫的创作与文体[M].西安:陕西人民教育出版社,1999.
② 屠格涅夫.屠格涅夫全集(第八卷)[M].沈念驹,等译.石家庄:河北教育出版社,2000:425.

望与日俱增,很多年轻的女孩儿都对这位文学大师表达了仰慕之情,但屠格
涅夫大多回绝了,其中一位名为玛丽·萨维娜的女孩儿吸引了屠格涅夫的
关注。1879 年,萨维娜出演屠格涅夫的剧作《村居一月》中的薇罗奇卡,其出
色的演技、大方的举止、活泼的性格使屠格涅夫开始关注这位年轻的女士。
幕间休息时,屠格涅夫来到后台演员休息室向萨维娜表示赞赏,并答应第二
天同她一起参加"文学基金"晚会。几天后,屠格涅夫带着这份感情上的意
外惊喜去了法国,返回俄国后马上邀请萨维娜做客,并送上定情信物。屠格
涅夫希望可以迎娶这位姑娘,但是在奥德萨的巡演中,萨维娜却钟情于一位
年轻而英俊的军官,爱神的铅箭再一次射中了屠格涅夫。

　　此时的屠格涅夫没有了年轻时失去爱情后的苦闷,相反,他觉得生命之
芽如同再一次萌发。在后来创作的散文诗《岩石》中,屠格涅夫写道:

　　　　不久前,那些年轻的女性的灵魂,也这样从四面八方涌向了我衰老
　　的心头——在她们爱抚的触摸下,往日岁月的火焰那早已暗淡无光的
　　色彩与痕迹,重又开始呈现鲜红的颜色![1]

　　　　　　　　　　　　　　　　　　　　　　——《岩石》1879 年 5 月

(二)文学创作是屠格涅夫对爱情的歌颂

　　屠格涅夫在爱情的舞台上永远都是星光熠熠的明星,但也经历了内心
的无数次煎熬。从年轻时与女仆阿芙多霞的懵懂爱情遭到母亲的横加阻
挠,到与巴枯宁娜的精神恋爱,再到与维阿尔多夫人之间剪不断、理还乱的
情感纠葛,这些或甜蜜醉人、或苦涩难忘的爱情经历都是屠格涅夫从事文学
创作的源泉与素材。屠格涅夫也被称为"爱情歌手"。

　　屠格涅夫对爱情是全身心投入的,他对爱情的描写突出表现了他高尚
的道德观和爱情观。在描绘爱情方面,屠格涅夫在同时代的俄国作家之中
无疑是翘楚,这不仅是因为在屠格涅夫创作的文学作品中大部分是爱情故
事,还因为在作品中,屠格涅夫对爱情都有着真情实感,并结合亲身经历对

---

① 屠格涅夫.屠格涅夫全集(第十卷)[M].朱宪生,等译. 石家庄: 河北教育出版社,2000: 355.

爱情有独到的感悟。

在众多作品中,最令世人熟知和传颂的长篇小说无一例外地涉及了爱情这一主题,能够打动同时代诸如涅克拉索夫、车尔尼雪夫斯基以及左拉的,只有屠格涅夫的爱情主题作品,对爱情的真挚描绘是这些作品的成功之处。即使到了现在,屠格涅夫的作品也能够深深打动读者的内心,轻轻拨动读者敏感的心弦,触摸读者心灵和灵魂最深处最柔软的地方,激起读者对爱情的向往和对真挚爱情的渴望,足以证明屠格涅夫作品具有强大的感染力和艺术表现力。

爱情是屠格涅夫生命中的主旋律,屠格涅夫把爱情当成生活的一部分并且将它理想化。爱情对屠格涅夫而言,无论是在青涩的少年时期还是垂垂老矣的暮年时期,都是人世间至纯至美的事物。

屠格涅夫用哲学的理性思维来看待爱情的感性冲动,并且把爱情当成一种道德标准,他指出"爱情不是金钱",爱情的伟大之处无法用金钱来衡量、无法用富足的生活来满足、无法用殷实的家境来交换。爱情的理想化在屠格涅夫的小说中有着明显的体现,屠格涅夫写道:

> 初恋也是一场革命:既定生活的那种单调、井然的秩序在瞬息之间已被粉碎和摧毁,青春正站在街垒之巅高高地飘扬她的旗帜——不管前面等待她的是什么——是死亡抑或新生——她都致以热情洋溢的敬礼。①

屠格涅夫对爱情并不总是在热情讴歌,由于自己情感生活的不顺心,他对爱情有时又充满了失望和无奈。屠格涅夫在体味爱情酸甜苦辣的同时也将爱情神秘化,认为爱情是人生的一道解不开的谜题,是一片无法探究其真谛的禁地。在《罗亭》中,屠格涅夫就借用主人公之口表达了自己的感受:

> "爱情怎样产生,怎样发展,怎样消失,这一切都很神秘;有时候它突然出现,像白昼那样阳光明媚,确实无疑,令人愉快;有时候像灰烬中

---

① 屠格涅夫.屠格涅夫全集(第八卷)[M].沈念驹,等译.石家庄:河北教育出版社,2000:83.

的微火那样,长时间地发出余温,待到一切都毁灭的时候,又会在心中燃起熊熊烈焰;有时候像条蛇那样钻进你的心里;有时候又突然从心中溜走了……"①

欣赏屠格涅夫的人都知道,屠格涅夫笔下的爱情故事几乎没有大团圆结局,大部分都让人扼腕叹息、唏嘘不已。屠格涅夫笔下的主人公也都经历着痛苦的爱情。罗亭爱过却不敢深爱;拉夫列茨基在爱情与义务之间做出了艰难的抉择;英沙罗夫的爱情如同他的事业一样伟大,但他最后还是免不了死亡的命运;巴扎罗夫的雄辩能力天下无敌,他终究也沦为爱情的俘虏。这些男主人公无疑都是屠格涅夫自己在感情道路上的缩影,屠格涅夫的作品都是他本人爱情观的真实反映。

在屠格涅夫看来,爱情是至高无上的。爱情究竟是什么?屠格涅夫经历过世事变迁之后终于品尝出个中滋味,他以散文诗《爱情》对这最高尚、最神圣的感情做出了诠释:

　　大家都说:爱情是最崇高,最非凡的情感。别人的那个我深入到你的那个我中:你扩大了,同时你也被破坏了;你只有到现在才开始生活,而你的那个我却消亡了。但是即使这样的死亡也会激怒一个有血有肉的人……惟有不朽的神才会复活……②

　　　　　　　　　　　　　　　　　　　——《爱情》1881 年 6 月

屠格涅夫用了半个多世纪的时间寻觅爱情,从他爱上维阿尔多开始一直到他离世,一共经历了四十余年,这段漫长的爱情长跑无疑是空前绝后的。屠格涅夫曾经深深地爱过,也被别人深深地爱过,他因爱情而感受到幸福,也因爱情体会过痛苦。屠格涅夫把爱情当成自己文学创作的背景和素材,一次次情感上的挫折却促成了文坛上一部部经典之作的问世。

屠格涅夫创作了众多的爱情故事,到晚年时,他得出结论:不幸的爱情

---

① 屠格涅夫. 屠格涅夫全集(第二卷)[M]. 徐振亚,林纳,译. 石家庄: 河北教育出版社,2000: 61.
② 屠格涅夫. 屠格涅夫全集(第十卷)[M]. 朱宪生,等译. 石家庄: 河北教育出版社,2000: 408.

使一个艺术家受益,但是墨守成规的婚姻使一个艺术家丧命。这就是屠格涅夫的爱情辩证法。爱情对于屠格涅夫而言是一个斯芬克斯之谜,他自己没能找到真正意义上的答案,只能将自己对于爱情的向往更多地体现在文学创作中,以纪念曾经的激情岁月。

本章小结

屠格涅夫世界观的形成与其成长环境和人生经历有着密切联系,表现为以下特点。首先,在哲学观方面,屠格涅夫相信唯物主义思想,但无法完全摒弃唯心主义思想,因此受到两种思想的共同影响和作用。形成这种哲学观与屠格涅夫的求学经历以及哲学在俄国的传播与发展有着必然联系。其次,在人生观方面,悲观主义思想影响屠格涅夫的大半个人生,晚年时他的人生观发生转变。矛盾的哲学观令屠格涅夫时常陷入思想的混沌中,同时,客观的社会现实和主观接受叔本华悲观主义思想促使屠格涅夫的人生观也倾向于悲观主义。到了晚年,经历过一生的波折与坎坷后,屠格涅夫的人生观逐渐表现出积极一面。最后,在爱情观方面,屠格涅夫对爱情痴迷却又不追求爱情的结果。在追求爱情的过程中,屠格涅夫认为个人体会远胜于最终结果,他的悲观主义思想导致他具有特别的爱情观,但他的爱情观也是纯粹的、高尚的,是符合社会的主流价值取向的。由以上总结可知,屠格涅夫的世界观表现为哲学观的矛盾致使其人生观呈现悲观消极的一面,悲观主义思想又使他对于爱情的态度与众不同。

早年间对哲学的痴迷和狂热使屠格涅夫的创作具有浓厚的哲理意味。这一点在之后的文学创作中成为屠格涅夫的特色,即把文学创作与哲学的理性思维结合在一起,通过文学作品来阐释个人的哲学观以及对世界的认知和理解。

无论是早期信奉的唯心主义,还是在思想转型后信仰的唯物主义,都是屠格涅夫哲学观的重要组成部分,再加上屠格涅夫本就是一位兼具浪漫主义气质和现实主义思想的作家,他身上融合了唯心主义和唯物主义的双重特质。两种主要哲学观与屠格涅夫其他的思想再次融合,产生的奇妙反应使屠格涅夫的文学创作更具有哲理性和思辨性,他不拘泥于固有思想,能够辩证地看待传统的文学形象并给予其客观辩证的评价,同时在作品中多以写实的手法真切还原现实——这些都是屠格涅夫哲学观的重要文学表现。

屠格涅夫的人生观和爱情观是影响其文学作品艺术性和思想性的主要因素。屠格涅夫的爱情观与众不同,他认为爱情的终点并非神圣的婚姻,这种爱情观应该源自他一生对爱情的渴求。在追求爱情的道路上,屠格涅夫走得可谓历尽坎坷,直到暮年他才悟透人生,洗尽铅华后的他对爱情已经不再纠结。小说中爱情不圆满的情节设计、诗歌中对爱情的疑问式咏叹,都表现了屠格涅夫内心对爱情的深切呼唤。

在作品中,屠格涅夫充分表达了自己对人与自然、家庭与婚姻、爱情与责任等一系列社会问题的思考,这些思考也恰恰源于其世界观。作品是屠格涅夫表达思想的媒介,其哲学观、人生观和爱情观又使其作品充满了魅力与思想性。

屠格涅夫的人生观倾向于叔本华的悲观主义,但是叔本华的悲观主义具有一定的片面性,叔本华否定了人的社会价值和道德体系,认为欲望得不到满足是人生的痛苦之源。实际上,人具有社会属性,因此人生的痛苦与欲望之间的关系也不是如此简单的。痛苦甚至生命是在追求被认定为有意义的事物时,人类所要付出的代价。也许无聊之事也会在一定条件下变得颇具价值,令人们对其追寻。作为其悲观主义的坚定基石,人的社会性被叔本华忽视。[①] 晚年的屠格涅夫在思想上逐渐发生转变,慢慢地从悲观主义中走了出来,通过文学创作得到了心灵的慰藉,实现了自己的社会价值,可以说屠格涅夫完成了自我超越,而实现自我超越也是秉持悲观主义的叔本华所认同的,即人类不能以自我麻痹来逃避现实,而应该在正视一切存在、从内在自我的超越中觅得存在的意义。[②]

受到唯物主义与唯心主义双重影响的哲学观,秉持悲观主义的人生观

---

① 胡元志. 叔本华悲观主义人生哲学的现实意义与局限性[J]. 齐齐哈尔大学学报(哲学社会科学版),2009(3):42-44.
② 关娅楠. 叔本华悲剧人生观的伦理解读[D]. 长沙:长沙理工大学,2013.

与晚年看破人世沧桑的豁达心境,对爱情既热情讴歌又在失去爱情时痛苦沮丧——这些都体现了屠格涅夫性格特点中的矛盾性,这种矛盾性也许是俄罗斯民族所共有的,正如别尔嘉耶夫所认为的那样:俄罗斯民族性格是矛盾的,这种矛盾激发着一些相互对立的情感。① 作为俄国作家,屠格涅夫的身上也带有典型的俄罗斯民族性,他虽不完全笃信宗教,但接受宗教的道德约束,他虽愿意受到种种行为准则的限制,但生性热爱自由,追求无拘无束的生活。这些都与别尔嘉耶夫的总结不谋而合,也许正是这样的民族性格才帮助屠格涅夫在文学创作上取得非凡成就。

---

① 赵海峰.别尔嘉耶夫论俄罗斯民族性和民族主义[J].理论探讨,2014(2):64-67.

结　语

屠格涅夫的一生充满了传奇色彩,他是时代的宠儿,在 19 世纪的俄国文坛上有着举足轻重的地位和影响力。作为伟大的文学巨匠,屠格涅夫用其创作记录下了一个时代的变迁和兴衰,因此被誉为"时代歌者",能够把握时代脉搏。但屠格涅夫同样是一个普通人,他具有普通人的喜怒哀乐,体味过普通人的悲欢离合,接受过别人的指责、非议,甚至是谩骂。无论是作品中的主题,还是在文学创作中所要表现的浪漫主义特色以及精神世界,都是研究屠格涅夫创作的诗学时所要关注的层面。

一、主题鲜明,具有时代性与前瞻性

屠格涅夫文学创作中的主题众多,但理想与现实之间的矛盾、幸福与爱情、社会变革是几个比较重要的主题。屠格涅夫通过文学作品把当时的时代特点表现得十分清晰,他所关注的社会问题也都是时代的热点。

理想与现实是屠格涅夫文学创作中观照的主题。面对 19 世纪的俄国社会,每一个有血性的俄国人都会为了祖国的发展而奋斗。大批贵族青年和知识分子都抱有极为远大的理想,他们顺理成章地扛起了时代改革的大旗。然而,当理想之光照向现实社会时,远大的理想在严酷的现实面前显得苍白无力。现实没有为实现理想提供条件,就像一粒饱满的种子,如果没有适宜它生长的土壤,那么它永远也不会长成参天大树,它永远都是一颗不会发芽的种子。无法实现的理想不会为现实带来发展动力,现实社会中的问题就不会得到解决。

屠格涅夫早已洞悉理想与现实之间的矛盾关系,他借助《罗亭》中男主人公的人生经历即理想与现实的具体表现(言论与行动)来诠释这一主题。传统的观点认为,罗亭是"多余人",具有消极意义,但今天,当人们重新审视理想与现实之间的关系时,相信会给予罗亭别样的评价。罗亭是勇敢的,也是对社会有意义的,虽然他的理想与现实脱节,但这并不能否定罗亭的价值,现实条件还没有成熟到让像罗亭这样的贵族知识分子去改变社会。罗亭无疑成为很好的先锋军和启蒙者,在罗亭的鼓舞下,众多贵族青年必将前仆后继,终会实现个人理想,推动社会进步发展。

理想与现实的具体化可以理解为言论与行动,同时也是个人与社会的关系。每个人都是社会的组成部分,每个人的理想都会成为改变社会的外力,当人作为组成社会的基本要素发挥积极的主观能动性时,社会就会以新的方式进行重组,这种重组就是社会进步。社会作为一个整体也会反作用于个人,这种作用可以是积极的,也可以是消极的。积极的作用可以促进个人的发展,消极的作用就会阻碍个人的进步,即理想与现实是相互作用、辩证统一的。

个人具有自然属性与社会属性,两种属性的关系不仅会影响到个人的发展,更会影响到社会与个人的关系。当个人与社会的关系无法达到统一时,个人事业有可能失败;当个人的理想和社会的发展统一起来时,个人有可能会取得事业的成功。社会的复杂性又决定了它的组成还需要有道德、责任、义务等因素,所以,面对社会的道德约束,个人做出的选择也是非常重要的。

爱情是人类永恒不变的主题,也是屠格涅夫文学创作中的重要主题之一。但屠格涅夫的创作并不单纯为了反映爱情,而是在爱情主题中融入了幸福、责任、义务等元素。屠格涅夫笔下的爱情不是世俗之爱,而是与幸福、责任、义务相互交织的神圣之爱。屠格涅夫作品中的爱情往往是悲剧性的,爱情如同一张细密织就的网,这网不仅绑住了言论激昂的罗亭、深情款款的拉夫列茨基、热爱祖国的英沙罗夫和否定一切的巴扎罗夫,也绑住了这些爱情悲剧的"始作俑者"屠格涅夫。

在爱情面前,人人都是平等的,因为爱情是人类最原始、最宝贵的情感,爱情可以弥合一切嫌隙、治愈一切伤痛、化解一切矛盾。但当爱情与幸福面对道德的约束、责任的拷问、义务的抉择时,究竟要如何取舍,屠格涅夫用一部《贵族之家》给世人明确的答案。屠格涅夫是描写爱情的大师,几乎在他的所有作品中都能找到爱情元素,但《贵族之家》是他最为集中体现爱情主题的作品,作品中有对爱情的执着、对幸福的渴求、对责任的忠诚和对义务的坚持。

在反映社会变革主题时,屠格涅夫关注的是思想的碰撞(表现在长篇小说《父与子》中)。社会发展的曲折性和进步性决定了社会基本矛盾是社会发展的根本动力。19 世纪的俄国正处于变革的时代,而通过作品来反映社会变革主题则显示出屠格涅夫具有非常敏锐的社会洞察力。生于不同年代、具有不同成长经历的两代人,面对同一种客观现实时会有不同的思想意识,当两种不同的思想意识发生"角力"时,新旧思想就会碰撞出进步的火花。

历史告诉我们,旧思想定会被新思想淘汰,这是历史发展的必然选择,也是客观社会发展规律。小到万物生长,大到历史进步、时代变更、社会意识形态变化,都遵循这种由"新"代"旧"的规律。当然,旧思想总是很顽固,而且具有极强的生命力,迟迟不肯退出历史舞台,因此,新旧更替必定会经历各种矛盾、论证、冲突,乃至更新、颠覆、革命。屠格涅夫通过作品来揭示社会变革主题,表明他已经敏锐地发觉到了推动俄国社会进步的新群体,即平民知识分子,屠格涅夫相信他们会成为社会革新中的弄潮儿,推动社会向上向前发展。

纵观屠格涅夫文学创作中的主题,不难发现,屠格涅夫具有异于常人的敏锐洞察力,他能够洞悉社会的核心问题,把握时代发展的方向。通过作品去反映社会核心问题是19世纪俄国作家的共同使命,俄国文学的创作理念造就了作家对批判、改造社会,以及拯救人民于苦难之中的强烈的使命意识,①在作品中,作家通过人物塑造、情节设计、冲突设置、环境渲染来发出时代的呼唤。屠格涅夫文学创作中的主题具有鲜明的时代性,同时也具有远大的前瞻性和预见性,在今天看来,这些主题仍然具有深刻的社会意义。

二、浪漫主义特色与现实性融合统一

谈及屠格涅夫,现实主义作家是对其明确的定位,他用文学创作展示出了19世纪俄国社会的真实面貌,同时由于具有远见卓识和高度敏锐的前瞻性,屠格涅夫被冠以"时代歌者"的称号。

纵观屠格涅夫的文学创作,现实主义作品是其中重要的组成部分。屠格涅夫从事文学创作的时代正是现实主义在俄国蓬勃发展的时代,屠格涅夫顺应时代的大潮进行了文学创作转型。但我们如果认为屠格涅夫只是一位现实主义作家,就似乎有些管中窥豹了。屠格涅夫的现实主义不是单纯地、直白地反映客观社会现实,而是在创作中融入了浪漫主义特色。进行现实主义创作不一定只能采取白描式的刻画手法,在屠格涅夫的笔下,即使是

---

① 张建华.张建华集:汉、俄[M].哈尔滨:黑龙江大学出版社,2011.

对现实生活的描写,也可以给人如梦似幻的浪漫之感,这正是屠格涅夫的美学追求——"诗意的现实主义"。

诗歌与散文诗都可以直接地抒发作者的主观思想,只言片语已能把感情描述得细腻动人。诗歌是屠格涅夫打开文学创作大门的钥匙,是屠格涅夫最先尝试的文学体裁。屠格涅夫本人具有的文艺气质和细腻情感正好满足诗歌创作的要求。散文诗是屠格涅夫最后尝试的文学体裁,由于散文诗具有散文的飘逸外形和诗歌的细腻思想,这种体裁适合屠格涅夫的个人创作风格。在散文诗中,屠格涅夫运用主观抒情的手法,采取夹叙夹议、叙议结合的方式,使作品不仅具有很强的可读性,也具有非常强烈的艺术美感。

随着时代的发展,屠格涅夫的哲学观发生了改变,其创作也慢慢趋向于现实主义风格。文学应当为社会服务,应当反映社会的主流思想和意识,应当敲出时代最强音,19世纪的俄国所需要的就是如实反映客观社会的现实主义作品。

屠格涅夫在现实主义创作的路上,没有果戈理的辛辣讽刺之语,没有列夫·托尔斯泰的浓重宗教意识和自我救赎情结,没有陀思妥耶夫斯基的狂乱的心理描写,他走出了属于他自己的现实主义创作之路。在表现作品的核心主题时,屠格涅夫都会融入爱情元素,使作品不那么"棱角分明"而显得"温情脉脉";在突出小说的创作手法时,屠格涅夫都会融入景物描写,使作品不那么"黑白分明"而显得"色彩绚丽";在设计小说情节时,屠格涅夫都会加入颇具浪漫主义色彩的情节,使作品不那么"顺理成章"而显得"意料之外"。屠格涅夫很好地驾驭了具有浪漫主义特色的创作方式,这种创作方式在屠格涅夫文学创作中是浓墨重彩的一笔,这一笔是神来之笔、点睛之笔,使他的作品熠熠生辉,具有独特的艺术价值。

歌德认为,生活需要达到诗歌的理想才是最完美的,屠格涅夫对此十分赞同,他将歌德的思想进一步深化,指出任何艺术形式都是把生活提升到理想境界。① 由此可见,屠格涅夫的文学创作都是对现实生活的"提升",他一直坚持生活与理想相统一的美学原则。屠格涅夫的浪漫主义特色绝不是任由思想漫无边际地驰骋,而是从对生活最深层次的体验而来。浪漫是屠格

---

① 吴嘉佑.屠格涅夫的哲学思想与文学创作[M].北京:人民出版社,2012.

涅夫的特质,他的浪漫不仅令他的作品像诗歌一样唯美动人,也让他内心深处最真实的一面得到了展示。

屠格涅夫是一位富有激情的作家,他在作品中巧妙地把现实主义和浪漫主义特色结合起来,让真实的生活和虚构的艺术可以完美交融,使作品的现实性和思想性都具有很高的艺术价值。

浪漫是屠格涅夫的重要精神气质,他推崇用现实的眼睛去看待身边的生活,用浪漫的心态去创作文学作品。在屠格涅夫的观念中,艺术本身远远超越了自然的客观存在,自然中没有贝多芬的音乐,也没有莎士比亚的戏剧,用艺术反映的生活往往比生活本身更加具有意义。回顾屠格涅夫的整个文学生涯,他从浪漫主义创作出发,经历了创作风格向现实主义的转变,最终形成了浪漫与现实相结合的创作方法。虽然现实主义在屠格涅夫的整个创作生涯中占据了主要地位,但不可否认的是,浪漫主义特色是屠格涅夫作品中绝对不可以被忽视的重要组成要素。

屠格涅夫实现了在力求客观真实地反映现实生活的同时,以艺术的方式来渲染和突出所要表达的感情和思想,这是屠格涅夫的卓越之处。在屠格涅夫生活的时代,现实主义是文学发展的主流,同时,由于受到功利美学的影响,许多作品的创作都带有明确的指向性和目的性,可以说,当时的文学已经不单纯是一种探索人类情感、反映人类内心、彰显人性的"人学",而是一种工具。但屠格涅夫能够坚持把浪漫主义特色融入创作中,并且坚持这条文学之路,不畏惧非议和责难,这在今天看来也是难能可贵的。

三、多重思想交织的世界观

屠格涅夫的世界观的最突出的特点是多重思想交织共存,彼此矛盾的思想在屠格涅夫身上都发挥了作用,从而使屠格涅夫的人生观和爱情观也表现得与众不同。屠格涅夫以作品为媒介,将其思想通过文学创作充分表现了出来。

文学家大多有自己的哲学思想和人生追求。成长经历、求学生活和回国后面对社会现实时的内心感受,都是屠格涅夫哲学观形成的因素。屠格涅夫通过研究黑格尔唯心主义哲学而进入哲学的智慧殿堂,在这座充满了智慧交流、思想碰撞的殿堂中忘我地吸收不同的哲学思想。早年的屠格涅夫是一位坚定的唯心主义者,这与黑格尔哲学对他的影响有必然联系。回国后的屠格涅夫看到祖国所面临的社会问题,也像其笔下的罗亭等贵族青年一样彷徨过、犹豫过,发现唯心主义哲学无法解决俄国社会所面临的难题。费尔巴哈的唯物主义哲学成为屠格涅夫思想迷茫时的灯塔,唯物主义哲学能够推动俄国社会发展,这也是屠格涅夫从事现实主义文学创作的哲学依据。屠格涅夫的性格带有与生俱来的浪漫特质,这就可以解释为什么他曾经对唯心主义如此热衷。屠格涅夫是矛盾的,浪漫的个人性格和气质使他并不擅长德国古典哲学思辨性的抽象思维方式,他更钟情于通过具体形象来思考问题。

屠格涅夫对人生持悲观消极态度,悲观源于对国家命运的思考,源于对社会发展的关心,源于对生命和生活的感悟。屠格涅夫的人生观在很大程度上受到了悲观主义影响,但与悲观主义代表人物叔本华的思想相比,屠格涅夫的思想又是具有进步意义的。叔本华的悲观主义哲学是虚无的遁世哲学。对于屠格涅夫而言,自身思想中的唯心主义与唯物主义这两种矛盾的思想使他有时会陷入思想的盲区而找不到解决问题的答案,他在困惑中产生了对生命悲观消极的态度。此外,屠格涅夫所信奉的叔本华悲观主义并非只有消极一面。叔本华指出,人生虽然痛苦,但是可以使痛苦转换成有价值的幸福,只要人生不为零,就是潜在的资本,就有一定价值,人们可以努力发挥人生资本的作用来追求人生的幸福。① 因此,暮年的屠格涅夫虽饱受病痛与孤单的折磨,但在看惯了世事变幻之后可谓彻底觉悟,他最终摆脱了消极人生观的困扰,能用豁达的态度面对生活。

当谈及爱情时,一方面,屠格涅夫崇尚爱情,把爱情当作生活的必要元素,没有爱情的生活在屠格涅夫的眼中是没有活力的,如同一口干涸的枯井般了无生趣;另一方面,屠格涅夫又对无法得到的爱情表现出了痛苦、失望和无奈。毋庸置疑,屠格涅夫的人生也是因为有了爱情的甜蜜与苦涩才变得丰富。屠格涅夫爱了一辈子,漂泊了一辈子,最终寂寞了一辈子,用尽一生来追寻爱情的屠格涅夫只能把自己满腔的爱意付诸文学创作。

---

① 黄丽双.对叔本华悲观主义人生哲学的浅思[J].长春工业大学学报(社会科学版),2013,25(3):8-9.

　　屠格涅夫是一位描写爱情的行家里手,在他的笔下,爱情被展现得淋漓尽致,他给世人留下了一个个美好的爱情故事。但如果单纯描写爱情,那么屠格涅夫在世界文学领域中就不会具有如此深远的影响力。屠格涅夫把爱情故事融入到他的每一部作品中,使爱情成为表现作品主题和刻画人物的重要元素,同时在作品中讨论爱情与道德的关系,这就使屠格涅夫反映爱情主题的作品具有深刻的思想性。作品就是作家内心情感的物化表现,屠格涅夫借助悲伤的爱情故事表达了自己的爱情观,也许正是由于没有得到圆满的爱情,屠格涅夫才会认为爱情不一定要以婚姻为终点,可以只是单纯地感悟和体味在寻觅爱情的路上的苦与甜。

　　屠格涅夫是独一无二的,是无法被复制的,他绝不随波逐流,也不愿意对别人亦步亦趋:他没有像陀思妥耶夫斯基一样,对人物的心理状态进行深入描写,他也没有像托尔斯泰一样,追求用宗教唤醒人们的道德和良知,以使人们达到自我救赎。屠格涅夫寄情于山水之间,放歌于林中田间,正如他自己所言:"在文学天才身上……不过我认为,也在一切天才身上,重要的是我敢称之为自己的声音的一种东西。是的,重要的是自己的声音。重要的是生动的、特殊的自己个人的音调,这些音调在其他每一个人的喉咙里是发不出来的……一个有生命力的、富有独创精神的才能卓越之士,他所具有的主要的、显著的特征也就在这里。"①

　　有人说,纵观屠格涅夫的一生,他最大的悲哀莫过于没有找到真正的自我,屠格涅夫并不知道自己真正需要什么、想要什么。但笔者认为,这样的评价对屠格涅夫而言很显然是有失公允的。无论是个人的情感生活还是文学创作,屠格涅夫都有明确的追求。屠格涅夫的爱情纵然是不美满的,但他对爱情的渴望是值得被肯定的,纵使一生漂泊,也只为心中那个永远钟情的人。在文学创作上,屠格涅夫勇于采用现实主义与浪漫主义相结合的方式来表现当时社会的真实情况,对社会问题也积极进行思考,跳出自己所在的贵族知识分子圈,在一定程度上摆脱了阶级局限性,能够站在客观角度和唯物主义的高度来审视当时的社会,并通过文学创作来表达个人思想。每一次因为作品所引发的社会大讨论,甚至是不同派别人士之间的论战,都可以

---

　　① 转引自:吴嘉佑.屠格涅夫的哲学思想与文学创作[M].北京:人民出版社,2012:203.

看出屠格涅夫对 19 世纪的俄国社会发展发挥了积极的推动作用,可以说,屠格涅夫的作品所带来的社会反响和讨论,在一定程度上推动了俄罗斯文明进程和社会进步。

如今,屠格涅夫已经成为誉满全球的文学巨匠,留给世人的是众多经典名作。屠格涅夫多重思想交织的世界观、优美的语言文字、饱含真挚情感的景物描写——这一切都会如陈年佳酿一般,随着时光荏苒,在每一位钟情于屠格涅夫创作的读者心中留下醇厚的芳香,历久弥新,长盛不衰!

参考文献

［1］ Алексашина И В. Проблемы исторического развития России в романе И. С. Тургенева «Дым» ［D］. Тверь: Тверский государственный университет, 2008.

［2］ Алексеев М П. История русской литературы (том восьмой)［M］. Москва: Издательство Академии Наук СССР, 1956.

［3］ Алексеев М П. Русская литература и латинская языковая семья ［M］. Москва: Мир, 1976.

［4］ Али-Заде Э А. И. С. Тургенев в арабском литературоведении и критике ［J］. Восток. Афро-азиатские общества: история и современность, 2012(4): 186–193.

［5］ Алиомарова Д М. Языковая картина мира в прозе И. С. Тургенева ［D］. Махачкала: Дагестанский государственный педагогический университет, 2010.

［6］ Багрий А Ф. Изображение природы в произведениях Тургенева ［M］. Москва: Наука и Образование, 1996.

［7］ Батюто А И. Творчество Тургенева и картина эстетической мысли ［M］. Ленинград: ЛГУ, 1990.

［8］ Батюто А И. Тургенев-романист［M］. Ленинград: ЛГУ, 1990.

［9］ Бахтин М М. Формы времени и хронотопа в романе［M］. Москва: Москва, 1986.

［10］ Бахтин М М. Эстетика словесного творчества ［M］. Москва: Искусство, 1979.

［11］ Белинский В Г. Полное собрание сочинений в трёх томах［M］. Москва: Правда, 1980.

［12］ Бердяев Н А. Истоки и смысл русского коммунизма［M］. Москва: Наука, 1990.

［13］ Бердяев Н А. Философия творчества Тургенева ［M］. Москва: Москва, 1997.

［14］ Богословский Н В. Тургенев［M］. Москва: Молодая гвардия, 1959.

［15］ Буткова Н В. Образ Германии и образы немцев в творчестве И. С.

Тургенева и Ф. М. Достоевского [D]. Волгоград: Волгоградский государственный педагогический университет, 2001.

[16] Бялый Г А. О Тургеневе И. С. [M]. Москва: АН СССР, 1982.

[17] Веселовский А Н. Поэтика сюжетов [M]. Москва: Высшая школа, 1979.

[18] Герцен А И. Собрание сочинений в тридцати томах (том восьмой) [M]. Москва: Правда, 1980.

[19] Герцен А И. Собрание сочинений в тридцати томах (том третий) [M]. Москва: Правда, 1980.

[20] Глазкова М В. «Усадебный текст» в русской литературе второй половины XIX века (И. А. Гончаров, И. С. Тургенев, А. А. Фет) [D]. Москва: Московский педагогический государственный университет, 2008.

[21] Голубков В В. Художественное мастерство И. С. Тургенева [M]. Москва: Учебное издательство, 1960.

[22] Горячева М А. Проблема художественного пространства [M]. Москва: Москва, 1999.

[23] Данилевский Р Ю. И. С. Тургенев и права человека («Записки охотника») [J]. Русская литература, 2006(2): 223-225.

[24] Добролюбов Н А. Полное собрание сочинений [M]. Москва: Москва, 1990.

[25] Долотова Л. Проблемы поэтики Тургенева [J]. Вопросы литературы, 1971(3): 210-213.

[26] Дрыжакова Е Н. Герцен и Тургенев в споре о судьбе России (к 200-летию со дня рождения А. И. Герцена) [J]. Известия Российской академии наук. Серия литературы и языка, 2012, 71 (3): 3-20.

[27] Жирмунский В М. Задача поэтики [M]. Москва: Культура, 1997.

[28] Земляковская А А. «Стихотворения в прозе» как лирический дневник последних лет И. С. Тургенева [J]. Русская речь, 1967 (12): 103-124.

［29］Иссова Л Н. Истоки жанра стихотворений И. С. Тургенева［J］.
Вопросы литературы и фольклора,1969（7）: 55-65.

［30］Кузнецова И А. Неклассическая классика. Опыт прочтения
непопулярных произведений И. С. Тургенева［J］. Вопросы
литературы,2004（4）: 177-197.

［31］Курляндская Г Б. И. С. Тургенев и русская литература［M］.
Москва: Просвещение, 1980.

［32］Курляндская Г Б. Проблема характера в романах Тургенева［J］.
Вопросы литературы, 1958（9）: 64-78.

［33］Курляндская Г Б. Художественный метод Тургенева［M］. Москва:
Академия наук, 1992.

［34］Ларин Б А. Эстетика слова и язык писателя［M］. Ленинград:
Художественная литература, 1974.

［35］Лебедев Ю В. Жизнь Тургенева［M］. Москва: Просвещение, 1960.

［36］Лебедев Ю В. Тургенев［M］. Москва: Молодая гвардия, 1990.

［37］Лимонова Е А. Жанровое и стилевое своеобразие «Стихотворений в
прозе»［M］//Материалы X научной конференции литературоведов
Поволжья. Ульяновск, 1969.

［38］Маркович В М. Тургенев и русский реалистический роман［M］.
Ленинград: Ленинградский университет, 1990.

［39］Мелешкова О А. Театральность в русской прозе второй половины
XIX века（И. С. Тургенев, М. Е. Салтыков-Щедрин, П. Д.
Боборыкин）［D］. Коломна: Коломенский государственный
педагогический институт, 2005.

［40］Назарова Л Н. Тургенев и русская литература конца XIX - начала
XX в.［M］. Ленинград: Наука. Ленинградское отдление, 1979.

［41］Назарова Л Н. Тургенев-критик［J］. Вопросы литературы, 1958
（4）: 228-230.

［42］Наумова Н Н. Иван Сергеевич Тургенев［M］. Ленинград:
Просвещение, 1976.

［43］Недзвецкий В А. Герой И. С. Тургенева и искусство［J］. Русская словесность, 2007(5): 5-15.

［44］Недзвецкий В А. Тургенев и Гоголь［M］. Москва: Московский педагогический университет, 1990.

［45］Нежданов В М. Тургенев и русское революционное движение［J］. Вопросы литературы, 1968(11): 206-210.

［46］Николюкин А Н. Литературная энциклопедия терминов и понятий［M］. Москва: Интелвак, 2001.

［47］Переверзев В Ф. Гоголь и Достоевский［M］. Москва: Литература, 1990.

［48］Петров С М. И. С. Тургенев［M］. Москва: Художественная литература, 1960.

［49］Потебня А А. Эстетика и поэтика［M］. Москва: Искусство, 1980.

［50］Пропп В Я. Морфология сказки［M］. Ленинград: Академия Ленинграда, 1970.

［51］Проскурин С Я. «Стихотворения в прозе» И. С. Тургенева［J］. Вопросы истории и теории литературы, 1966(6): 60-76.

［52］Пустовойт П Г. Иван Сергеевич Тургенев［M］. Москва: Издательство Московского университета, 1957.

［53］Пустовойт П Г. Изучение творчества Тургенева на современном этапе［M］. Москва, 1989.

［54］Пустовойт П Г. Созвездие неповторимых. Мастерство русских классиков［M］. Москва: МГУ, 2006.

［55］Пустовойт П Г. Тургенев-художник слова［M］. Москва: МГУ, 1994.

［56］Романова Г И. Повесть и роман в творчестве Тургенева И. С. «Ася», «Дворянское гнездо»［J］. Русская словесность, 2004(b7): 12-20.

［57］Саввина Э Р. И. С. Тургенев во французской критике 1850-1880-х годов［D］. Кострома: Костромской государственный университет им. Н. А. Некрасова, 2003.

[58] Саитова Р М. И. С. Тургенев и французские писатели [M]. Москва: Иностранная литература, 1986.

[59] Самочатова О Я. Крестьянская Русь в литературе [M]. Москва: Академия наук, 1982.

[60] Саркисова А Ю. И. С. Тургенев и английский роман о «дворянских гнездах» (поэтика усадебного романа) [D]. Томск: Томский государственный университет, 2009.

[61] Скокова Л И. Творчество И. С. Тургенева: проблема мировоззрения [M]. Москва: Русский язык, 2000.

[62] Смирнов А А. Пушкинские романтические традиции в творчестве И. С. Тургенева [M]. Москва: Победа, 1990.

[63] Соколов А Н. История русской литературы XIX века (том первый) [M]. Москва: Издательство Московского университета, 1960.

[64] Соловьёв В С. Литературная критика [M]. Москва: Современник, 1990.

[65] Тимофеев Л И. Основы теории литературы [M]. Москва: Просвещение, 1971.

[66] Томашевский Б В. Теория литературы. Поэтика [M]. Москва: Аспект Пресс, 1999.

[67] Топоров В Н. Странный Тургенев (Четыре главы) [M]. Москва: Российский государственный гуманитарный университет, 1998.

[68] Трофимова Т Б. Лермонтовский « подтекст » в цикле И. С. Тургенова «Стихотворения в прозе» [J]. Русская литература, 2005 (1): 124-132.

[69] Тургенев И С. Полное собрание сочинений и писем в тридцати томах [M]. Москва: Академия наук СССР, 1982.

[70] Хализев В Е. Теория литературы [M]. Москва: Высшая школа, 2004.

［71］Цейтлин А Г. Мастерство Тургенева-романиста［М］. Москва：Советский писатель, 1990.

［72］Чайковская И И. Иван Тургенев как читатель Гёте. К вопросу о построении жизненной модели［J］. Вопросы литературы, 2013(4)：367–381.

［73］Чернов Н М. Провинциальный Тургенев ［М］. Москва：Центрполиграф, 2003.

［74］Черных Г А. Частная жизнь в потоке истории（И. С. Тургенев «Отцы и Дети»）［J］. Русская словесность, 2006 (5)：32–35.

［75］Чернышевский Н Г. Полное собрание сочинений［М］. Москва：Правда, 1982.

［76］Шаталов С Е. Тургенев в современном мире ［J］. Вопросы литературы, 1987(12)：213–225.

［77］Шаталов С Е. Художественный мир Тургенева［М］. Москва：Художественная литература, 1985.

［78］Шелегель Ф Ф. Эстетика. Философия. Критика（том второй）［М］. Москва：Искусство, 1983.

［79］Юнусов И Ш. Проблема национального характера в русской литературе второй половины XIX века（И. С. Тургенев, И. А. Гончаров, Л. Н. Толстой）［D］. Санкт-Петербург：Российский государственный педагогический университет им. А. И. Герцена, 2002.

［80］ALLEN E C. Beyond Realism：Turgenev's Poetics of Secular Salvation［M］. Stanford：Stanford University Press, 1992.

［81］BOWEN E. Pictures and Conversations［M］. London：Allen Lane, 1975.

［82］CHATMAN S. Story and Discourse［M］. Ithaca and London：Cornell University Press, 1978.

［83］ORWIN D T. The Consequences of Consciousness：Turgenev, Dostoevsky, and Tolstoy［M］. Stanford：Stanford University Press, 2007.

［84］ PETERSON J. The Poet's Inspiration and the Artistry of Poem［M］. Berlin：Welstmon Press，1980.

［85］ PICKERING J，HOEPER J. Literature［M］. New York：Macmillan，1982.

［86］ PRINCE G. "Narratology"：The Guide to Literary Theory and Criticism［M］. Baltimore：The Johns Hopkins University Press，1982.

［87］ PRINCE G. A Dictionary of Narratology［M］. Nebraska：University of Nebraska Press，1989.

［88］ TODOROV T. Introduction of Poetics［M］. Minneapolis：University of Minnesota Press，1981.

［89］ 阿尔贝·加缪. 加缪笔记：1935—1959（精选集）［M］. 郭宏安，译. 南京：译林出版社，2021.

［90］ 爱文托夫.加里宁论文学［M］.草婴，译.上海：新文艺出版社.

［91］ 安德烈·莫洛亚. 屠格涅夫传［M］. 谭立德，郑其行，译. 郑州：河南文艺出版社，2022.

［92］ 安静. 民间传奇与完整长度——90年代长篇小说所追求的两大奇书叙事特征［J］. 海南师范大学学报（社会科学版），2007，20（2）：40-44.

［93］ 巴金. 巴金选集［M］. 成都：四川人民出版社，1982.

［94］ 鲍戈斯洛夫斯基.屠格涅夫［M］. 冀刚，慧芬，希泉，译. 上海：上海译文出版社，1983.

［95］ 别尔嘉耶夫.论人的奴役与自由［M］. 张百春，译. 上海：上海人民出版社，2019.

［96］ 别林斯基. 别林斯基选集（第一卷）［M］. 满涛，辛未艾，译. 上海：上海译文出版社，1991.

［97］ 伯林. 俄国思想家［M］. 彭淮栋，译. 南京：译林出版社，2001.

［98］ 曹靖华. 俄国文学史（上卷）［M］.2版（修订本）. 北京：北京大学出版社，2007.

［99］ 陈柏林.自我抒写背后的叙事策略——试论现代主观抒情小说直接抒情模式的叙事构成［J］. 浙江师大学报（社会科学版），1994（3）：7-11.

[100]陈彩玲. 真实感与传奇性——论中国历史剧的平民化特征[J]. 佛山
　　科学技术学院学报(社会科学版),2007,25(3):33-37.

[101]陈恭怀. 试谈屠格涅夫笔下的"多余人"形象[J]. 外国文学研究,
　　1991(2):20-25.

[102]陈红. 别尔嘉耶夫人学思想研究[D]. 哈尔滨:黑龙江大学,2004.

[103]陈开种. 屠格涅夫和俄国文学中的"多余人"[J]. 福建外语,1986
　　(4):84-88.

[104]陈苗苗. 屠格涅夫及其创作中的贵族情结[D]. 哈尔滨:黑龙江大
　　学,2009.

[105]陈敏. 自然美的营构及其蕴涵——屠格涅夫景物描写特色探略[J].
　　湖南师范大学社会科学学报,2001,30(A2):196-198.

[106]陈燊. 论《罗亭》[J]. 外国文学评论,1990(2):95-101.

[107]陈雪萍.巴金短篇小说的主观抒情特征[J]. 湖南商学院学报(双月
　　刊),2000,7(3):117-118.

[108]陈至立. 辞海:缩印本[M]. 7 版. 上海:上海辞书出版社,2022.

[109]揣金辉.浅析《父与子》中的"新人"形象——巴扎罗夫[J]. 北方文学
　　(下半月),2012(1):26-27.

[110]邓晓芒,赵林. 西方哲学史[M]. 修订版. 北京:高等教育出版
　　社,2014.

[111]方坪. 设谜与解谜——重新解读罗亭形象[J]. 上海师范大学学报(哲
　　学社会科学版),2007,36(1):116-121.

[112]付传霖. 论屠格涅夫家的姑娘[D]. 上海:上海师范大学,2009.

[113]傅希春. 试论屠格涅夫的景物描写[J]. 东北师大学报(哲学社会科学
　　版),1993(1):82-86.

[114]高尔基. 俄国文学史[M]. 缪朗山,译. 北京:中国人民大学出版
　　社,2011.

[115]高婷. 浅析屠格涅夫的浪漫主义[J]. 剑南文学(经典教苑),2012
　　(11):50,52.

[116]高文风.关于"罗亭之死"[J]. 外国文学研究,1979(2):24-33.

[117]耿海英. 别尔嘉耶夫与俄罗斯文学[D]. 上海:华东师范大学,2007.

[118]耿海英. 多极的俄罗斯精神结构——别尔嘉耶夫论俄罗斯精神[J]. 西北师大学报(社会科学版),2008,45(2):6-11.

[119]缑广飞. 浅论屠格涅夫的少女少妇对立原则[J]. 俄罗斯文艺,2003(4):28-30.

[120]关娅楠. 叔本华悲剧人生观的伦理解读[D]. 长沙:长沙理工大学,2013.

[121]哈利泽夫. 文学学导论[M]. 周启超,等译. 北京:北京大学出版社,2006.

[122]何群. 大自然的颂诗——谈屠格涅夫《猎人笔记》的自然景物描写[J]. 青海民族学院学报(社会科学版),1988(1):116-122.

[123]黑格尔. 法哲学原理[M]. 范扬,张企泰,译. 北京:商务印书馆,1961.

[124]黑格尔. 美学:全2册[M]. 朱光潜,译. 北京:外语教学与研究出版社,2018.

[125]胡日佳. 俄国文学与西方——审美叙事模式比较研究[M]. 上海:学林出版社,1999.

[126]胡元志. 叔本华悲观主义人生哲学的现实意义与局限性[J]. 齐齐哈尔大学学报(哲学社会科学版),2009(3):42-44.

[127]黄丽双. 对叔本华悲观主义人生哲学的浅思[J]. 长春工业大学学报(社会科学版),2013,25(3):8-9.

[128]黄顺文. 论郁达夫小说的主观抒情艺术特征[J]. 剑南文学(经典教苑),2013(4):36-37.

[129]黄伟经. 浅论屠格涅夫的散文诗[J]. 花城,1981(4):232-236.

[130]黄伟经. 一份值得珍视的文学遗产[M]//屠格涅夫. 爱之路——屠格涅夫散文诗集. 黄伟经,译. 长沙:湖南人民出版社,1981:160-176.

[131]黄学军. 德国古典主义与浪漫主义的分野[J]. 宁夏大学学报(人文社会科学版),2001,23(1):55-59.

[132]季明举. 屠格涅夫小说结构的时空特征[J]. 解放军外语学院学报,1995(5):89-93.

[133]金宏宇.模仿还是独创——合读巴金的《爱情三部曲》与屠格涅夫的《罗亭》[J].贵州社会科学,1996(5):43-47.

[134]金亚娜,等.充盈的虚无——俄罗斯文学中的宗教意识[M].北京:人民文学出版社,2003.

[135]金亚娜.期盼索菲亚——俄罗斯文学中的"永恒女性"崇拜哲学与文化探源[M].北京:人民文学出版社,2009.

[136]金亚娜,刘锟.俄罗斯文学与文化研究(第一辑)[M].北京:北京大学出版社,2011.

[137]卡勒.结构主义诗学[M].盛宁,译.北京:中国人民大学出版社,2018.

[138]雷成德.《父与子》的中心人物及人物之间的关系[J].外国文学研究,1978(2):90-98.

[139]雷永生.论屠格涅夫的人道主义思想[J].中国青年政治学院学报,2006(1):40-45.

[140]冷和平.罗亭不是个"多余人"[J].宜春学院学报(社会科学),2002,24(1):44-45.

[141]黎杨全.论屠格涅夫长篇小说中的爱情实质及其悖论[J].海南大学学报人文社会科学版,2007,25(5):569-573.

[142]黎杨全.在"有趣"与"有益"之间——析屠格涅夫的思想悖论[J].乐山师范学院学报,2008,23(4):66-68.

[143]李斌.叔本华悲观主义哲学述评[J].温州师范学院学报(哲学社会科学版),1997(4):40-45.

[144]李瑾.别尔嘉耶夫对欧洲人道主义的批判[D].长春:吉林大学,2012.

[145]李牧舟.屠格涅夫的小说创作与黑格尔历史哲学[D].哈尔滨:黑龙江大学,2006.

[146]李树槐.论巴金小说中的第一人称内聚焦叙事模式[J].中国文学研究,2004(4):70-74.

[147]李彦.由《猎人笔记》看屠格涅夫"诗意的现实主义"创作手法[J].名

作欣赏,2013(23):154-156.

[148]李兆林,叶乃方. 屠格涅夫研究[M]. 上海:上海译文出版社,1989.

[149]李祯. 屠格涅夫《散文诗》的艺术特色[J]. 外国文学研究,1999,83
(1):109-111.

[150]梁桂平. 把生活提升到理想——屠格涅夫《散文诗》美学思想浅论
[J]. 湛江师范学院学报(哲学社会科学版),2000,21(2):55-57.

[151]林精华. 屠格涅夫创作中的平民知识分子形象[J]. 外国文学评论,
1997(3):100-107.

[152]刘富涛. 论屠格涅夫的美学思想及其对中国文学的影响[D]. 呼和浩
特:内蒙古大学,2008.

[153]刘浩颖.从修辞学角度分析屠格涅夫作品中的景物描写[D]. 大连:大
连外国语学院,2007.

[154]刘洁. 屠格涅夫笔下的女性形象及塑造[D]. 长春:东北师范大
学,2013.

[155]刘久明. 郁达夫与屠格涅夫[J]. 外国文学研究,2000(4):98-105.

[156]刘锟. 东正教精神与俄罗斯文学[M]. 北京:人民文学出版社, 2009.

[157]刘俐俐.论文学作品的文本分析[J]. 文化与诗学,2008(1):67-91.

[158]刘娜. 论巴金短篇小说叙事模式下的主观抒情性[J]. 当代小说(下半
月),2010(2):37-38.

[159]刘淑梅. 屠格涅夫小说《阿霞》中女性心理的表现方式[J]. 俄罗斯语
言文学与文化研究,2012(1):76-82.

[160]刘文飞. 墙里墙外——俄语文学论集[M]. 北京:中央编译出版
社,1997.

[161]龙迪勇. 空间叙事学[D]. 上海:上海师范大学,2008.

[162]龙秀娟. 屠格涅夫的小说创作与虚无主义[D]. 哈尔滨:黑龙江大
学,2008.

[163]卢洪涛,公炎冰. 影响与超越——鲁迅《野草》与屠格涅夫散文诗比较
论[J]. 陕西师范大学学报(哲学社会科学版),1999,28(2):92-98.

[164]卢那察尔斯基. 论俄罗斯古典作家[M]. 蒋路,译. 北京:人民文学出

版社,1958.

[165]鲁迅. 鲁迅全集.1[M]. 北京:人民文学出版社,2005.

[166]路文亭. 屠格涅夫前三部小说中普希金传统之体现[D]. 郑州:河南
大学,2013.

[167]茅盾. 茅盾译文选集[M]. 上海:上海译文出版社,1981.

[168]孟凡伟. 叔本华悲观主义思想探究[D]. 呼和浩特:内蒙古师范大
学,2011.

[169]米·赫拉普钦科. 作家的创作个性和文学的发展[M]. 上海人民出版
社编译室,译. 上海:上海人民出版社,1977.

[170]苗元江. 心理学视野中的幸福——幸福感理论与测评研究[D]. 南
京:南京师范大学,2003.

[171]默语. 优美而哀伤的歌——兼论屠格涅夫小说中的爱情主题[J]. 河
北青年管理干部学院学报,2001(2):33-36.

[172]莫运平. 诗学形而上学的建构与解构[D]. 杭州:浙江大学,2005.

[173]尼·别尔嘉耶夫. 俄罗斯思想——十九世纪末至二十世纪初俄罗斯思
想的主要问题[M]. 雷永生,邱守娟,译. 北京:生活·读书·新知三
联书店,1995.

[174]尼采. 悲剧的诞生[M]. 周国平,译. 2版. 桂林:广西师范大学出版
社,2002.

[175]尼采. 悲剧的诞生[M]. 周国平,译. 南京:译林出版社,2014.

[176]普林斯. 叙事学:叙事的形式与功能[M]. 徐强,译. 北京:中国人民
大学出版社,2013.

[177]普罗普. 故事形态学[M]. 贾放,译. 北京:中华书局,2006.

[178]恰达耶夫. 哲学书简[M]. 刘文飞,译. 南京:译林出版社,2014.

[179]瞿秋白. 俄国文学史及其他[M]. 上海:复旦大学出版社,2004.

[180]任光宣.论心理分析类型及其特征——托尔斯泰、屠格涅夫、契诃夫的
心理分析方法之比较[J]. 国外文学,1988(3):24-39.

[181]任光宣. 俄罗斯文学简史[M]. 北京:北京大学出版社,2006.

[182]申丹. 也谈"叙事"还是"叙述"[J]. 外国文学评论,2009(3):

219-229.

[183]申丹,王丽亚.西方叙事学:经典与后经典[M].北京:北京大学出版社,2010.

[184]石玲玲.试论《父与子》中巴扎洛夫的形象是"新人"的雏形[J].湖北经济学院学报(人文社会科学版),2012,9(6):120-121.

[185]石志高.屠格涅夫与沈从文创作比较研究[D].长沙:湖南师范大学,2011.

[186]叔本华.作为意志和表象的世界[M].石冲白,译.北京:商务印书馆,1982.

[187]叔本华.叔本华文集[M].钟鸣,等译.北京:中国言实出版社,1996.

[188]特罗亚.世界文豪屠格涅夫[M].张文英,译.北京:世界知识出版社,2000.

[189]屠格涅夫.屠格涅夫全集[M].力冈,等译.石家庄:河北教育出版社,2000.

[190]屠格涅夫.巴金译父与子 处女地[M].巴金,译.北京:人民文学出版社,2015.

[191]万信琼,王金琼.试论屠格涅夫的爱情观[J].沙洋师范高等专科学校学报,2003(4):40-43.

[192]王常颖.屠格涅夫小说创作的独特综合艺术性[J].学术交流,2005(5):170-172.

[193]王钢."多余人"向"新人"的过渡——罗亭形象再认识[J].内蒙古民族大学学报,2009,15(1):20-21.

[194]王晋中.《红楼梦》传奇因子的特色与功能[J].红楼梦学刊,2006(6):222-229.

[195]王力祥.叶琳娜——屠格涅夫笔下的优秀俄罗斯女性形象[D].呼和浩特:内蒙古师范大学,2006.

[196]王立业.屠格涅夫、陀思妥耶夫斯基心理分析比较[J].国外文学,2001(3):66-69.

[197]王立业."两山也有碰头的时候"——论屠格涅夫与陀思妥耶夫斯基小

说创作的心理分析[J]. 内蒙古大学学报(人文社会科学版),2003a,
35(1):99-104.

[198]王立业. 屠格涅夫感官语汇的心理评价功能[J]. 外语学刊,2003b
(3):26-30.

[199]王立业. 屠格涅夫的宗教解读[J]. 俄罗斯文艺,2006(4):45-51.

[200]王立业.梅列日科夫斯基文学批评中的屠格涅夫[J]. 外国文学,2009
(6):62-68.

[201]王英. 浅谈屠格涅夫《猎人笔记》的景物描写[J]. 北京理工大学学报
(社会科学版),2000,2(3):41-43.

[202]王岳川. 当代西方美学主潮[M]. 合肥:黄山书社,2017.

[203]维克托·什克洛夫斯基,等. 俄国形式主义文论选[M]. 方珊,等译.
北京:生活·读书·新知三联书店,1989.

[204]韦勒克,沃伦. 文学理论[M]. 刘象愚,等译. 南京:江苏教育出版
社,2005.

[205]吴嘉祐. 屠格涅夫的哲学思想探微[J]. 外国文学研究,1994(4):
46-50.

[206]吴嘉佑. 屠格涅夫·浪漫主义者·理想主义者[J]. 黄山学院学报,
2008,10(6):97-100.

[207]吴嘉佑. 屠格涅夫《散文诗》中的浪漫主义要素研究[M]//金亚娜,刘
锟. 俄罗斯文学与文化研究(第一辑). 北京:北京大学出版社,2011:
44-65.

[208]吴嘉佑. 屠格涅夫的哲学思想与文学创作[M]. 北京:人民出版
社,2012.

[209]吴嘉佑.朦胧的《门槛》,尴尬的误读——重读《门槛》[J]. 俄罗斯文
艺,2013(1):105-108.

[210]吴仁平,彭隆辉. 欧洲哲学史简明教程[M]. 北京:中央编译出版
社,2012.

[211]武晓霞.屠格涅夫"多余人"形象的塑造艺术及其魅力[J]. 俄罗斯文
艺,1995(6):57-58.

[212]项楠. 叔本华的忧伤——叔本华悲观主义人生哲学片论[J]. 西昌学院学报·社会科学版,2010,22(2):49-52.

[213]谢丽芳. 严歌苓小说的传奇性研究[D].广州:暨南大学,2011.

[214]谢兆丰. 从虚无主义论巴扎洛夫的形象[J]. 长沙理工大学学报(社会科学版),2006,21(2):110-112.

[215]辛越.飞翔的俄罗斯魂[M].北京:中国工人出版社,2005.

[216]徐拯民.巴金与屠格涅夫笔下的女性形象[J].俄罗斯文艺,2000(1):60-62.

[217]亚里士多德. 诗学[M]. 陈中梅,译注. 北京:商务印书馆,1996.

[218]亚理斯多德,贺拉斯. 诗学 诗艺[M]. 罗念生,杨周翰,译. 北京:人民文学出版社,1997.

[219]闫吉青. 屠格涅夫少女形象的美学品格[J]. 俄罗斯文艺,2003(6):17-20.

[220]杨冬. 文学理论——从柏拉图到德里达[M]. 北京:北京大学出版社,2009.

[221]杨明智. 屠格涅夫《春潮》、《罗亭》对女性的观照[J]. 长江大学学报(社会科学版),2012,35(4):22-24.

[222]杨玉昌. 重新认识和评价叔本华的悲观主义[J]. 现代哲学,2010(2):96-102.

[223]姚介厚. 论亚里士多德的《诗学》[J]. 中国社会科学院研究生院学报,2001(5):15-28.

[224]姚西远.传奇文学的语言特色[J]. 驻马店师专学报,1986(2):38-43.

[225]尹婷. 论屠格涅夫对彭燕郊散文诗的影响[D]. 长沙:中南大学,2012.

[226]袁晓. 篇章修辞学视野下《贵族之家》的作品分析[D]. 长春:吉林大学,2012.

[227]张建华. 张建华集:汉、俄[M]. 哈尔滨:黑龙江大学出版社,2011.

[228]张理明.屠格涅夫创作中的"罗亭路线"[J].绍兴师专学报,1996,16(1):62-66.

[229]张宪周.屠格涅夫和他的小说[M].北京:北京出版社,1981.

[230]张晓东.苦闷的园丁——"现代性"体验与俄罗斯文学中的知识分子形象[M].北京:人民文学出版社,2009.

[231]张中锋.从《父与子》看屠格涅夫的文化理想主义[J].济南大学学报,1998,8(4):39-42.

[232]赵海峰.别尔嘉耶夫论俄罗斯民族性和民族主义[J].理论探讨,2014(2):64-67.

[233]赵明.托尔斯泰·屠格涅夫·契诃夫——20世纪中国文学接受俄国文学的三种模式[J].外国文学评论,1997(1):114-121.

[234]郑体武.俄罗斯文学简史[M].上海:上海外语教育出版社,2006.

[235]郑永旺.从民族的集体无意识看俄罗斯思想的文学之维[J].俄罗斯文艺,2009(1):72-78.

[236]智量.从《门槛》谈象征[J].名作欣赏,1983a(5):4-6.

[237]智量.论屠格涅夫思想的两个主要方面[J].文艺理论研究,1983b(1):62-67.

[238]智量.一幅洋溢着俄罗斯气息的"油画"——屠格涅夫散文诗《乡村》赏析[J].名作欣赏,1985(3):19-21.

[239]智量.两座山峰在对话——屠格涅夫散文诗《对话》鉴赏[J].名作欣赏,1986a(2):18-20.

[240]智量.屠格涅夫散文诗评析[J].国外文学,1986b(4):104-118.

[241]仲丽萍.从《白菜汤》看屠格涅夫现实主义的创作理念[J].文教资料,2012(33):134-136.

[242]周卫忠.屠格涅夫长篇小说的叙事模式[J].广东职业技术师范学院学报,1999(2):39-43.

[243]朱刚.二十世纪西方文论[M].北京:北京大学出版社,2006.

[244]朱红琼.大自然在屠格涅夫散文诗中的两副面孔[J].译林(学术版),2012(8):38-48.

[245]朱红琼.屠格涅夫散文诗研究[M].北京:人民出版社,2013.

[246]朱红琼.屠格涅夫散文诗《老年》体裁刍议[J].社会科学战线,2013a

(6):134-138.

[247]朱红琼.诗中有画——简论屠格涅夫《散文诗》的绘画特征[J].外国文学研究,2013b(1):109-116

[248]朱红琼.屠格涅夫的社会政治散文诗略谈[J].安徽文学,2014(1):53-54.

[249]朱宪生.屠格涅夫笔下的两类女性[J].外国文学研究,1980(4):133-136.

[250]朱宪生.屠格涅夫现实主义的两个特点[J].外国文学研究,1983(2):16-23.

[251]朱宪生.论屠格涅夫的现实主义特点[J].江西大学学报(哲学社会科学版),1984(3):78-84.

[252]朱宪生.时代与个性——对屠格涅夫创作的再认识和再思考[J].外国文学研究,1985(3):26-36.

[253]朱宪生.天鹅的歌唱——屠格涅夫的《散文诗》散论[J].外国文学研究,1990(3):50-58.

[254]朱宪生.屠格涅夫的美学思想初探[J].外国文学研究,1991(3):29-37.

[255]朱宪生.论屠格涅夫[M].广州:新世纪出版社,1991.

[256]朱宪生.俄罗斯抒情诗史[M].西安:陕西人民教育出版社,1993.

[257]朱宪生.屠格涅夫长篇小说的形式问题[J].汕头大学学报(人文科学版),1995,11(3):35-41.

[258]朱宪生.俄罗斯抒情心理剧的创始者——屠格涅夫戏剧创作简论[J].上海师范大学学报(社会科学版),1998,27(1):95-100.

[259]朱宪生.天鹅的歌唱——论俄罗斯作家[M].西安:陕西人民教育出版社,1998.

[260]朱宪生.在诗与散文之间——屠格涅夫的创作与文体[M].西安:陕西人民教育出版社,1999.

[261]朱宪生.屠格涅夫的中短篇小说简论[J].外国文学研究,2002(1):155-160.

[262]朱宪生.论屠格涅夫《散文诗》的文体特征[J].中外文化与文论,2005
(1):55-63.

[263]朱宪生.走近紫罗兰——俄罗斯文学文体研究[M].上海:上海文艺出
版社,2006.

[264]邹丽娟.浅谈屠格涅夫小说的爱情描写[J].学术交流,1995(1):
105-108.